O Nome da Estrela

SOMBRAS DE LONDRES
LIVRO UM

O Nome da Estrela

MAUREEN JOHNSON

Tradução
Larissa Helena

Fantástica
ROCCO

Título original
THE NAME OF THE STAR
A Shades of London Book

Copyright © 2011 *by* Maureen Johnson

O direito moral de Maureen Johnson de ser
identificada como autora desta obra foi assegurado.

Todos os direitos reservados, incluindo o de reprodução
no todo ou em parte sob qualquer forma.

Direitos para a língua portuguesa reservados
com exclusividade para o Brasil à
EDITORA ROCCO LTDA.
Av. Presidente Wilson, 231 – 8º andar
20030-021 – Rio de Janeiro – RJ
Tel.: (21) 3525-2000 – Fax: (21) 3525-2001
rocco@rocco.com.br | www.rocco.com.br

Printed in Brazil/Impresso no Brasil

GERENTE EDITORIAL	ASSISTENTES
Ana Martins Bergin	Gilvan Brito
	Silvânia Rangel (Produção Gráfica)
EQUIPE EDITORIAL	
Elisa Menezes	REVISÃO
Larissa Helena	Sophia Lang
Manon Bourgeade (arte)	Wendell Setubal
Milena Vargas	
Viviane Maurey	PREPARAÇÃO DE ORIGINAIS
	Sheila Louzada

CIP-Brasil. Catalogação na fonte.
Sindicato Nacional dos Editores de Livros, RJ.

J65n Johnson, Maureen
O nome da estrela/Maureen Johnson; tradução: Larissa Helena.
Primeira edição. Rio de Janeiro: Fantástica, 2015.
(Sombras de Londres; 1)

Tradução de: The Name of the Star, a Shades of London Book
ISBN 978-85-68263-29-7

1. Mistério – Ficção infantojuvenil. 2. Literatura infantojuvenil
americana. I. Helena, Larissa. II. Título. III. Série.

15-25848   CDD-028.5   CDU-087.5

O texto deste livro obedece às normas do
Acordo Ortográfico da Língua Portuguesa.

Para Amsler.
Obrigada pelo leite.

**DURWARD STREET, LESTE DE LONDRES
31 DE AGOSTO
4H17**

O<small>S OLHOS DE</small> L<small>ONDRES OBSERVAVAM</small> C<small>LAIRE</small> Jenkins.

Ela não os notava, é claro. Ninguém presta atenção às câmeras. É um fato que Londres tem um dos sistemas de vigilância mais amplos do mundo. A estimativa mínima é que haja um milhão de câmeras pela cidade, mas a quantidade provavelmente é bem maior e não para de crescer. As filmagens vão para a polícia, empresas de segurança, o serviço de inteligência britânico e milhares de agentes privados, formando uma rede dispersa e de plena abrangência. É impossível fazer algo em Londres sem que em algum momento o circuito de câmeras o filme.

As câmeras gravaram silenciosamente o progresso de Claire e a seguiram quando ela virou na Durward Street. Eram quatro e dezessete da manhã; ela deveria estar no trabalho às quatro. Tinha se esquecido de programar o despertador e agora estava correndo para tentar chegar ao Royal London Hospital. No turno em que trabalhava geralmente tinha que lidar com os frutos da bebedeira da noite anterior: os casos de intoxicação alcoólica, as quedas, as agressões, os acidentes de carro, as ocasionais brigas com faca. Todos os erros cometidos à noite iam parar nas mãos da primeira enfermeira da manhã.

Tinha chovido, evidentemente. O lugar estava cheio de poças. A única misericórdia daquela manhã fatídica era que agora restara apenas um leve chuvisco. Claire pegou o telefone para mandar uma mensagem avisando que estava chegando. O telefone emitiu uma luz suave que envolveu a mão dela, dando-lhe um brilho etéreo. Era difícil digitar e andar ao mesmo tempo; quer dizer, se ela não quisesse cair da calçada ou dar de cara num poste. **Estou abrasada...**

Ela tentou digitar a palavra "atrasada" três vezes, mas só saía "abrasada". Ela não estava *abrasada*, só *atrasada*. Mas se recusou a parar de andar para consertar. Não podia perder tempo; eles iam entender a mensagem.

... chego em 5...

Então ela tropeçou. O celular saiu voando, uma pequena bola brilhante de luz, finalmente livre antes de se chocar contra a calçada e se apagar.

– Droga! – exclamou Claire. – Não, não, não... não pode ter quebrado...

Preocupada com o destino do celular, a princípio Claire nem reparou na coisa em que tinha tropeçado, só registrou vagamente que era larga e pesada, e que cedeu um pouco quando seu pé a atingiu. No escuro, parecia uma pilha de lixo com formato estranho. Mais um dos obstáculos colocados em seu caminho naquela manhã para atrapalhar sua vida.

Ela se ajoelhou e tateou o chão à procura do telefone, mergulhando o joelho em uma poça.

– Que ótimo – disse para si mesma, ainda tateando.

O celular logo foi recuperado. Apagado e sem vida. Ela tentou ligar, mas não esperava qualquer resultado. Para seu deleite, o telefone acendeu, projetando sua luzinha ao redor da mão dela novamente.

Só então ela reparou que havia algo grudento em sua mão. A consistência era extremamente familiar, assim como o cheiro levemente metálico.

Sangue. Sua mão estava coberta de sangue. *Muito* sangue, com uma ligeira consistência gelatinosa que sugeria coagulação. Sangue coagulado significava sangue que estava ali fazia vários minutos, ou seja, não podia ser o dela. Claire se virou, levantando o telefone para iluminar o local. Então viu que tropeçara em uma pessoa. Aproximou-se lentamente e sentiu a mão – fria, mas não gelada.

– Olá? – chamou. – Você consegue me ouvir? Consegue falar?

Ela observou a figura, uma pessoa pequena, vestida inteiramente em roupas de couro de motociclista, capacete na cabeça. Esticou a mão até o pescoço para sentir o pulso.

Onde deveria estar o pescoço, havia um buraco.

Claire levou um momento para processar o que estava sentindo, e continuou apalpando em volta da base do capacete desesperadamente, à procura de um pescoço, para ter uma noção do tamanho do ferimento. Isso se prolongou por vários instantes, até ela perceber que a cabeça mal estava presa ao corpo, e que a poça em que estava ajoelhada certamente não era de água da chuva.

Os olhos viram tudo isso.

O retorno

"Então o dilacerador retornará, e virá à sua própria cidade e à sua própria casa, e à cidade de onde fugiu."

– *Josué 20:6*

1

Se você vive perto de Nova Orleans e há a suspeita de que um furacão está a caminho, é um verdadeiro inferno. Não entre os moradores, para dizer a verdade, mas nos noticiários. Os telejornais querem que nos preocupemos desesperadamente com furacões. Na minha cidade, Bénouville, Louisiana (a pronúncia é Bêná-VIL; 1.700 habitantes), preparar-se para um furacão geralmente envolve comprar mais cerveja, assim como gelo, para manter a cerveja gelada quando faltar luz. Até temos um vizinho que prendeu um barco a remo para dois em cima do teto da varanda, prontinho para o dia em que chegar a enchente – mas é o Billy Mac, que fundou a própria religião na garagem de casa, então o caso dele vai muito além de uma mera preocupação excessiva com segurança pessoal.

Enfim, Bénouville é um lugar instável, construído em cima de um pântano. Todo mundo que mora aqui concorda que foi um péssimo lugar para se construir uma cidade, mas, como ela já foi erguida, a gente vai vivendo nela. A cada cinquenta anos mais ou menos, tudo, exceto o velho hotel, é destruído por uma enchente ou um furacão... e o mesmo bando de lunáticos volta e constrói coisas novas. Muitas gerações da família Deveaux já viveram no belo centro de Bénouville, em grande parte porque não há nenhum outro lugar em que dê para morar. Eu adoro o lugar onde nasci, não me entenda mal, mas é o tipo de cidade que deixa a pessoa um pouco maluca se ela *nunca* sair de lá, nem que seja só por um tempinho.

Meus pais foram os únicos da família a deixar a cidade para cursar uma faculdade e se especializar em Direito. Tornaram-se professores na Universidade de Tulane, em Nova Orleans. Já tinham decidido fazia muito tempo que seria bom para nós três passarmos um tempo fora de Louisiana. Quatro anos atrás, pouco antes de eu começar o ensino médio, eles se inscreveram para um ano sabático em que lecionariam Legislação Norte-Americana na Universidade de Bristol, na Inglaterra. Combinamos que eu poderia participar da decisão sobre onde eu passaria esse ano sabático – seria meu último ano na escola. Eu disse que queria estar em Londres.

Bristol e Londres são bem distantes, para os padrões ingleses. Bristol é no meio do país e bem para oeste, enquanto Londres é lá embaixo, no sul. Mas "bem distantes" na Inglaterra quer dizer a algumas horas de trem. E Londres é *Londres*. Então eu escolhi uma escola chamada Wexford, no East End de Londres. Nós três íamos pegar o avião juntos e passar alguns dias na capital da Inglaterra, e depois, quando começassem minhas aulas, meus pais iriam para Bristol, onde eu os visitaria de tempos em tempos.

Mas então surgiu um alerta de furacão, todos entraram em pânico e as companhias aéreas cancelaram tudo. O furacão riu da cara de todo mundo, deu uma volta pelo Golfo e por fim virou uma tempestade, mas àquela altura o nosso voo já tinha sido cancelado, e tudo ficou uma bagunça nos dias que se seguiram. Depois de um tempo, a companhia aérea conseguiu encontrar um assento vago em um voo para Nova York, de onde sairia um voo para Londres com outro assento vago. Como eu havia marcado de chegar a Wexford antes da data em que os meus pais tinham que estar em Bristol, aceitei a oferta e fui sozinha.

Isso não era um problema, na verdade. Era uma viagem longa: três horas até Nova York e duas vagando pelo aeroporto antes de pegar um voo de seis horas para Londres, de madrugada – e ainda assim eu gostei. Fiquei acordada a noite inteira assistindo à televisão inglesa e ouvindo todos os sotaques ingleses no avião.

Logo depois da alfândega, passei pelo free shop, onde tentam fazer com que você compre alguns litros de perfume e quilos de cigarros de última hora. Havia um homem me esperando logo depois das portas. Ele tinha o cabelo completamente branco e usava uma camisa polo com *Wexford* bordado no peito. Um chumaço de pelo branco escapava no colarinho, e, conforme eu me aproximava, percebi o cheiro peculiar e picante de colônia masculina. Muita colônia.

– Aurora? – perguntou ele.

– Rory – corrigi.

Nunca uso o nome Aurora. Era o nome da minha bisavó, e foi jogado em cima de mim como uma espécie de obrigação familiar. Nem mesmo meus pais me chamam assim.

– Sou o sr. Franks. Vou levá-la a Wexford. Deixe que eu ajude você com isso.

Eu trazia duas malas incrivelmente grandes, cada uma mais pesada do que eu, e marcadas com grandes etiquetas laranja com a inscrição PESADO. Eu precisava levar o suficiente para viver por nove meses. Nove meses num lugar frio. Por mais que eu achasse justificável ter levado aquelas duas malas extremamente grandes e pesadas, não queria alguém que mais parecia um vovô puxando minha bagagem. Mas ele insistiu.

– Você escolheu um dia e tanto para chegar, sabe – grunhiu ele, arrastando com dificuldade as malas. – Hoje de manhã tivemos uma notícia forte. Algum maluco saiu por aí dando uma de Jack, o Estripador.

Imaginei que "dar uma de Jack, o Estripador" fosse uma daquelas expressões inglesas que eu ainda precisava aprender. Eu tinha começado a estudar esse tipo de coisa na internet, para não parecer perdida quando as pessoas começassem a falar comigo sobre libras e biscoitos Jammy Dodgers e coisas do gênero. Mas aquela não tinha cruzado meu caminho eletrônico.

– Ah – falei. – Claro.

Ele me guiou por entre a multidão de gente, tentando alcançar os elevadores que subiam para o estacionamento. Quando saímos do prédio, senti a primeira rajada de ar frio. O ar de Londres tinha um cheiro surpreendentemente limpo e fresco, talvez um pouco metálico. O céu era de um cinza forte e homogêneo. Estava incrivelmente frio para o mês de agosto, mas em todo lugar à minha volta eu via gente de bermuda e camiseta. Eu tremia mesmo de calça jeans e casaco de moletom, e xinguei meu chinelo – algum site idiota dizia que era bom usar por motivo de segurança. Ninguém mencionava que faziam os pés congelarem no avião e na Inglaterra, onde a palavra "verão" tinha um significado diferente.

Chegamos à van escolar, e o sr. Franks colocou as malas lá dentro. Tentei ajudar, juro, mas ele só disse não, não, não. Tive quase certeza de que ele ia ter um ataque cardíaco, mas sobreviveu.

– Vamos entrando – disse ele. – A porta está aberta.

Eu me lembrei de entrar pelo lado esquerdo, o que fez com que me sentisse muito esperta para alguém que não dormia fazia mais de vinte e quatro horas. O sr. Franks ficou um minuto inteiro arquejando depois que se instalou no banco do motorista. Abri minha janela para deixar escapar um pouco da colônia dele para o mundo lá fora.

– Saiu em todos os noticiários. – Arf, arf. – Foi perto do Royal Hospital, bem ali na Whitechapel Road. Jack, o Estripador, quem diria. Sabe, os turistas adoram o velho Jack. Vai causar uma agitação e tanto, isso. Wexford no território de Jack, o Estripador.

Ele ligou o rádio. Estava em uma estação de notícias. Fiquei escutando enquanto ele dirigia pela rampa de saída em espiral.

"...*Rachel Belanger, de trinta e três anos, era produtora de filmes comerciais e tinha um estúdio na Whitechapel Road. As autoridades afirmam que o assassino tentou emular o primeiro crime de Jack, o Estripador, em 1888...*"

Bem, ao menos isso explicava o que significava "dar uma de Jack, o Estripador".

"*...corpo encontrado na Durward Street, pouco depois das quatro da manhã. Em 1888, a Durward Street chamava-se Buck's Row. A vítima de ontem à noite foi encontrada na mesma localização e posição de Mary Ann Nichols, a primeira vítima do Estripador, com ferimentos muito similares. O inspetor-chefe Simon Cole, da Scotland Yard, fez uma breve declaração dizendo que, apesar de haver similaridades entre este assassinato e o de Mary Ann Nichols, ocorrido em 31 de agosto de 1888, é prematuro afirmar que não tenha sido apenas coincidência. Vamos saber mais informações sobre o assunto com nossa correspondente Lois Carlisle...*"

O sr. Franks por pouco não bateu nas paredes ao guiar o carro espiral abaixo.

"*... especialistas concordam que Jack, o Estripador, atacou em quatro datas em 1888: 31 de agosto, 8 de setembro, o 'Evento Duplo' de 30 de setembro – assim chamado porque houve dois assassinatos num espaço* *de tempo de menos de uma hora – e 9 de novembro. Ninguém sabe o que aconteceu com o Estripador ou por que ele parou nessa data..."*

– Que troço horrendo – comentou o sr. Frank quando chegamos à saída. – Wexford fica bem no meio do antigo território em que Jack costumava atacar. Ficamos a apenas cinco minutos da Whitechapel Road. As excursões sobre o Estripador passam por lá o tempo todo. Acho que a quantidade de gente vai dobrar agora.

Seguimos alguns minutos por uma autoestrada, até que de repente nos vimos em uma área bem populosa: casas em fileiras compridas, restaurantes indianos, lanchonetes de *fish and chips*. Depois disso as ruas foram se tornando mais estreitas e mais cheias de gente – nitidamente, havíamos entrado na cidade sem que eu percebesse. Serpenteamos pela região ao sul do Tâmisa para então o cruzarmos, toda Londres estendendo-se à nossa volta.

Eu tinha visto a foto de Wexford cem vezes ou mais. Sabia a história. Lá por meados do século XIX, o East End de Londres era muito pobre. Batedores de carteiras, gente vendendo crianças em troca de um pedaço de pão, esse tipo de coisa. Wexford foi construída por uma instituição de caridade. Ela comprara toda a terra em torno de um pequeno quadrilátero e construiu um complexo inteiro. Havia um abrigo para mulheres, um abrigo para homens e uma pequena igreja que imitava o estilo gótico – todo o necessário para fornecer comida, abrigo e orientação espiritual. Todos os prédios eram bonitos, e alguns bancos de pedra e árvores na pequena praça tornavam a atmosfera agradável. Então encheram os prédios de homens, mulheres e crianças pobres e fizeram com que todos trabalhassem quinze horas por dia em fábricas e oficinas também construídas em torno da praça.

Em algum ponto da década de 1920, alguém percebeu que isso era meio que horrível, e os prédios foram vendidos. Alguém teve a brilhante percepção de que aquelas construções em estilos gótico e georgiano bem que pareciam uma escola e os comprou. As oficinas viraram salas de aula. A igreja acabou virando o refeitório. Os prédios eram todos de pedra marrom ou tijolos, numa época em que se comprava terreno barato no East End, então eram grandes, com janelas largas e a silhueta de torres e chaminés recortada contra o céu.

– Aquele ali é o prédio onde você vai ficar – disse o sr. Franks enquanto o carro seguia aos solavancos por um estreito caminho de paralelepípedos.

Era Hawthorne, o dormitório feminino. A palavra MULHERES estava gravada em baixo-relevo na porta. Logo abaixo, como prova, havia uma mulher. Era baixa, devia ter apenas um metro e meio de altura, mas era larga. Seu rosto era de um vermelho vivo, e ela tinha mãos grandes, mãos que você imaginaria capazes de fazer almôndegas enormes ou então de apertar pneus até tirar todo o ar. Seu cabelo era curto, quase completamente quadrado, e ela usava um vestido xadrez de lã grossa. Algo nela sugeria que seus hobbies incluíam lutar contra imensos animais selvagens e bater tijolos.

Quando saí da van, ela gritou um "Au*rora*!" em uma voz tão incisiva que faria um passarinho cair morto do céu.

– Pode me chamar de Claudia – disse ela. – Sou a responsável pela Hawthorne. Seja bem-vinda a Wexford.

– Obrigada – respondi, meus ouvidos ainda zunindo –, mas é Rory.

– Rory. Claro. Tudo certo, então? Fez uma boa viagem?

– Ótima, obrigada.

Corri até a traseira da van e tentei tirar as malas antes que o sr. Franks quebrasse a coluna em três pontos diferentes tentando puxá-las para fora. Só que chinelos e paralelepípedos não combinam, ainda mais depois de ter chovido, quando cada pequena reentrância fica cheia de água gelada. Meus pés estavam encharcados; fui escorregando e tropeçando por cima das pedras. O sr. Franks chegou antes de mim à mala do carro e começou a tirar a bagagem, grunhindo.

– O sr. Franks vai trazer as malas para dentro – disse Claudia. – Leve-as para o quarto vinte e sete, Franks, por favor.

– Tudo bem – respondeu ele, ofegante.

A chuva começou a tamborilar suavemente no momento em que Claudia abriu a porta e entrei em minha nova casa pela primeira vez.

2

Eu entrara em um vestíbulo com revestimento de madeira escura e chão em mosaico. Uma grande faixa com os dizeres bem-vindas de volta a wexford estava pendurada em cima da porta do lado de dentro. Passamos por baixo dela e entramos numa sala maior, com uma triste lareira apagada e inúmeras portas e entradas para outros quartos e corredores. Degraus espiralados levavam ao que eu imaginava serem nossos quartos. Na parede, um enorme quadro de avisos já estava repleto de panfletos sobre testes para equipes de várias modalidades de esporte e grupos de teatro. Hawthorne não era um lugar quente. Meus dedos dos pés se curvaram e apertei os braços ao redor do corpo.

– Pode me chamar de Claudia – disse Claudia outra vez. – Venha por aqui, Aurora, para podermos conversar.

Seguindo-a, passei por uma porta à esquerda, entrando em um escritório. O cômodo estava pintado de um bordô bem fechado, bem acadêmico, e havia um grande tapete oriental no chão. As paredes e estantes estavam repletas de prêmios de hóquei, fotos de times de hóquei, bastões de hóquei pendurados. Alguns dos prêmios tinham registrados o ano e o nome da escola, o que me informou que Claudia tinha agora pouco mais de trinta anos. Fiquei surpresa, já que ela parecia mais velha que minha avó. Se bem que, para ser justa, vovó tinha maquiagem permanente nos olhos e comprava calça jeans no departamento juvenil da Kohl's. Enquanto Claudia, era evidente, não se importava em encarar as intempéries do clima para perpetrar um pouco de violência física em nome do esporte. Eu conseguia facilmente imaginá-la correndo por um campo lamacento, gritando, com o bastão de hóquei erguido. Na verdade, eu tinha bastante certeza de que era isso que eu veria nos meus sonhos à noite.

– Esses são os meus aposentos – disse ela, indicando o escritório e quaisquer que fossem os esplendores ocultos atrás daquela porta ao lado da janela. – Moro aqui e estou disponível a todo tempo em caso de emergências, e até às nove da noite todos os dias se você quiser apenas conversar. Agora, vamos tratar do básico. Este ano, você é a única aluna de fora. Como já deve saber, nosso sistema aqui é diferente do que o que você tinha no seu país. Aqui, os alunos fazem um exame chamado GCSE por volta dos dezesseis anos...

Eu sabia disso. Não tinha como eu me preparar para ir estudar ali e não saber disso. Os GCSEs são testes individuais que abordam praticamente cada matéria que você já estudou na vida. Eles fazem entre oito e catorze desses trecos, dependendo, acho, do quanto gostam de fazer provas. Seu desempenho nos GCSEs determina onde você vai passar os dois anos seguintes, porque aos dezessete e aos dezoito você pode fazer matérias específicas. Wexford era uma coisa estranha e rara: um internato para a época final do colégio – e, nesse caso, *época final do colégio* quer dizer "escola para alunos de dezessete e dezoito anos". Era para quem não podia pagar por cinco anos numa escola particular cara, ou para quem odiava a escola em que estudava e queria morar em Londres. Os alunos só passavam dois anos estudando em Wexford, então em vez de ir para uma escola em que todo mundo se conhecia fazia *séculos*, em Wexford minhas novas colegas só se conheceriam havia, no máximo, um ano.

– Aqui em Wexford – prosseguiu ela – os alunos fazem quatro ou cinco matérias por ano. Estão estudando para o exame de qualificação que vão fazer no final do último ano. Você pode tentar fazer as provas de qualificação se quiser, mas, como não precisa, podemos estabelecer um sistema de notas específico para o seu caso, para enviar aos Estados Unidos. Pelo que estou vendo, você vai escolher cinco matérias: Literatura Inglesa, História, Francês, História da Arte e Matemática Ulterior. Aqui está o seu horário.

Ela me entregou um papel com uma enorme tabela. O horário em si não tinha aquela coisa de "dia disso", "dia daquilo" a que eu estava acostumada. Era uma grade horária louca, que cobria duas semanas, cheias de horários duplos e tempos livres.

Fiquei olhando para aquela bagunça, sem nenhuma esperança de decorar o que eu via.

– Bem – continuou Claudia –, o café é às sete da manhã. As aulas começam às oito e quinze, com um intervalo para o almoço às onze e meia. Às duas e quarenta e cinco você vai se trocar para a educação física, que é das três às quatro, depois toma banho e vai para a aula das quatro e quinze até as cinco e quinze. O jantar acontece entre seis e sete horas. À noite você pode se dedicar aos clubes, ou a algum esporte, ou a fazer trabalhos. É claro, ainda precisamos encaixá-la em algum esporte. Se me permite, recomendo o hóquei. Estou treinando o time das meninas. Acho que você ia gostar.

Essa era a parte que eu temia. Não sou uma pessoa muito esportiva. O lugar de onde eu venho é quente demais para correr, o que, aliás, geralmente não é encorajado. Costumamos brincar dizendo que se você vir alguém correndo em Bénouville, pode correr na mesma direção, porque provavelmente há alguma coisa terrível acontecendo atrás. Já em Wexford, praticava-se atividade física *todos os dias*. Eu podia escolher entre futebol (também conhecido como correr loucamente em um campo ao ar livre), natação (não), hóquei (de campo, não no gelo) e *netball*. Odeio todos os esportes, mas pelo menos sei alguma coisa sobre basquete – e *netball*, teoricamente, é parente do basquete. Sabe como as garotas jogam *softball* em vez de beisebol? Bem, *netball* é a versão *softball* do basquete, se é que isso faz algum sentido. A bola é mais macia, menor e branca, e algumas das regras são diferentes... mas é basicamente basquete.

– Eu estava pensando no *netball* – falei.

– Sei. Você já jogou hóquei alguma vez?

Olhei em torno, para as decorações em tema de hóquei.

– Nunca joguei. Só conheço mesmo basquete, então *netball* seria...

– É completamente diferente. Podíamos apresentá-la ao hóquei. Que tal fazermos isso agora mesmo, hein?

Claudia se inclinou sobre a mesa, sorriu e entrelaçou as mãos carnudas.

– Claro – eu me ouvi dizer.

Quis engolir a palavra de volta, mas Claudia já tinha agarrado uma caneta e agora rabiscava alguma coisa enquanto murmurava:

– Excelente, excelente. Vamos providenciar o equipamento de hóquei para você. Ah, e é claro que você vai precisar disto.

Ela deslizou uma chave e um cartão de identificação pela mesa. O cartão era uma decepção; eu tinha tirado umas cinquenta fotos de mim mesma até encontrar uma razoável, mas, sob o plástico, minha cara tinha ficado esticada e roxa. Meu cabelo parecia uma espécie de fungo.

– Este cartão é para abrir a porta principal. É só encostar no leitor. Jamais o empreste a outra pessoa. Agora, vamos dar uma volta.

Nós nos levantamos e voltamos ao corredor. Ela agitou a mão para uma parede cheia de escaninhos de correio abertos. Havia outros murais de avisos repletos de mais anúncios sobre aulas que nem tinham começado ainda: lembretes para comprar cartões do metrô, livros, e para pegar materiais na biblioteca.

– O salão comunitário – disse ela, abrindo portas duplas. – Você vai passar bastante tempo aqui.

Era um salão gigantesco, com uma lareira enorme. Havia uma televisão, um monte de sofás, algumas mesas de estudo e pilhas de almofadas espalhadas pelo chão. Ao lado do salão havia uma sala de estudo cheia de mesas, e depois outra sala, com uma mesa grande para estudos em grupo, e então uma série de salas de estudo cada vez menores, algumas com apenas uma cadeira acolchoada ou um quadro branco na parede.

Dali, subimos três andares de largos degraus grandes que rangiam. Meu quarto, o de número vinte e sete, era bem maior do que eu esperava. O teto era alto. Havia janelas amplas, cada uma com o retângulo de sempre mais um semicírculo de vidro em cima. Um fino tapete bege fora colocado no chão. A luz refletida do teto era ótima, vinha de grandes esferas que pendiam de uma estrutura prateada com sete braços. E o melhor de tudo: havia uma pequena lareira. Parecia que nem funcionava, mas era incrivelmente linda, com uma pequena grade de ferro e ladrilhos azul-escuros. A parte de cima da lareira era grande e profunda, com um espelho logo acima.

Mas o que realmente chamou a minha atenção foi o fato de que havia três de cada coisa. Três camas, três escrivaninhas, três armários, três estantes de livros.

– É um quarto triplo – falei. – Só recebi o nome de uma colega de quarto.

– Isso, você vai ficar com Julianne Benton. Ela faz natação.

A última informação foi dada com um toque de irritação. Estava ficando bem claro quais eram as prioridades de Claudia.

Em seguida ela me mostrou uma pequena cozinha ao fim do corredor. No canto havia um bebedouro que oferecia ou água gelada ou fervendo ("assim você não precisa de chaleira"). Havia também uma pequena lava-louças e uma geladeira bem, bem diminuta.

– O frigobar é abastecido diariamente com leite e leite de soja – informou Claudia. – A geladeira é apenas para bebidas. Não se esqueça de etiquetar as suas. É para isso que serve o pacote com duzentas etiquetas em branco na lista de material escolar. Sempre haverá algumas frutas e cereal aqui, para o caso de você sentir fome.

Então fizemos o tour pelo banheiro, que se revelou o ambiente mais vitoriano de todos. Era gigantesco, com um chão azulejado branco e preto, paredes de mármore e grandes espelhos chanfrados. Havia armários de madeira para nossas toalhas e itens de higiene. Pela primeira vez consegui imaginar todas as minhas futuras colegas de classe ali, todas nós tomando banho, conversando e escovando os dentes. Eu ia ver minhas colegas de quarto só de toalha. Elas iam me ver sem maquiagem, todos os dias. Aquilo não tinha me ocorrido antes. Às vezes você tem que ver o banheiro para compreender a dura realidade das coisas.

Tentei afastar o medo crescente enquanto voltávamos para o quarto. Claudia continuou recitando regras por mais uns dez minutos. Tentei fazer notas mentais sobre tudo de que precisaria lembrar. Tínhamos que apagar as luzes às onze, mas podíamos usar computadores ou outras luzes menores depois desse horário, desde que não incomodássemos as colegas de quarto. Só podíamos colar coisas nas paredes usando algo chamado Blu-Tack (também na lista de material). Era preciso usar os blazers do uniforme para as aulas, os encontros gerais e o jantar. Não precisávamos usá-los no café da manhã nem no almoço.

– A programação do jantar é um pouco diferente esta noite, já que são só os monitores e você. Será às três. Vou mandar Charlotte vir buscá-la. É a monitora-chefe.

Monitores. Essa eu sabia. Era tipo o conselho estudantil, só que com superpoderes. Aqueles que devem ser obedecidos. A monitora-chefe era a chefe de todas as monitoras. Claudia foi embora, batendo a porta ao sair. E então era só eu. Num quarto grande. Em Londres.

Oito caixas aguardavam no chão. Eram minhas *coisas novas*, minhas roupas para o ano: dez vestidos brancos, três saias cinza-escuras, um blazer de listras cinza e brancas, uma gravata bordô, um suéter cinza com o brasão da escola no peito, doze pares de meias cinza que iam até o joelho. Havia também outra caixa, com uniformes para o treino diário da educação física: duas calças de corrida cinza-escuras com listras laterais brancas, três shorts do mesmo material, cinco camisetas cinza-claras com WEXFORD escrito na frente, um casaco de corrida de lã bordô com o brasão da escola, dez pares de meias brancas esportivas. E sapatos: enormes e deselegantes; pareciam pertencer ao Frankenstein.

Evidentemente, eu tinha que colocar o uniforme. As roupas estavam duras e amassadas por estarem dobradas. Tirei os alfinetes dos colarinhos das camisetas e as etiquetas da saia e do blazer. Vesti tudo, exceto as meias e os sapatos. Então coloquei meus fones de ouvido, porque acho que um pouco de música sempre ajuda a gente a se adaptar.

Não encontrei nenhum espelho de corpo inteiro para avaliar o resultado final. O espelho acima da lareira me permitiu uma visão parcial. Mas eu ainda precisava ver o todo. A situação pediu um pouco de engenhosidade. Tentei ficar em pé na ponta da cama do meio, mas era muito longe, então a empurrei para o centro do quarto e tentei mais uma vez. Agora eu tinha a visão completa. O resultado era bem menos cinzento do que eu imaginara. Meu cabelo, que é de um castanho-escuro, parecia preto contra o blazer; gostei disso. Mas a melhor parte, sem dúvida, era a gravata. Sempre gostei de gravatas, mas me parecia algo muito exagerado para usar. Eu a afrouxei, virei-a de lado, enrolei-a em volta da cabeça – queria conferir todas as variações do meu visual.

Foi quando, de repente, a porta se abriu. Dei um grito e arranquei os fones do ouvido. A música se espalhou pela sala. Quando me virei, vi uma menina alta parada à porta. Ela tinha cabelo vermelho preso no alto de um jeito extremamente complicado, mas ainda assim casual, a pele clara e, para combinar, intensos salpicados de sardas douradas. O mais notável era a postura dela. Seu rosto era comprido, terminando num queixo protuberante, que ela apontava para o alto. Era uma dessas pessoas que *realmente* anda com os ombros para trás, como se isso fosse normal. Ela não estava, como reparei, de uniforme. Usava uma saia azul e rosa, com uma camiseta cinza-clara e uma echarpe rosa-bebê de linho envolvendo desleixadamente seu pescoço.

– Você é a Au*rora*? – perguntou ela.

Mas a garota não esperou que eu confirmasse se era a tal "Aurora" que ela estava procurando.

– Meu nome é Charlotte – apresentou-se. – Vim buscá-la para o jantar.

– Será que eu devo – apertei uma parte do uniforme, na esperança de que isso desse a entender o verbo pretendido – me trocar?

– Ah, não – disse ela, animadamente. – Assim está bom. É pouca gente. Vamos lá!

Ela esperou até eu descer desajeitadamente da cama, pegar meu cartão e minha chave e calçar meu chinelo.

3

– E<small>NTÃO</small> – cantarolou Charlotte, enquanto eu tropeçava e escorregava pelos paralelepípedos –, de onde você vem?

Sei que não se deve julgar as pessoas pela primeira impressão... mas às vezes elas lhe dão muito material negativo logo de cara. Por exemplo, Charlotte toda hora espiava meu uniforme. Teria sido muito fácil dizer "tire um minuto para se trocar", mas não. Acho que eu poderia ter pedido, mas fiquei intimidada pelo status de monitora-chefe. Além disso, no meio da escada ela comentou que ia tentar ir estudar em Cambridge. Qualquer um que comunique seus planos extravagantes de faculdade antes de seu sobrenome... é alguém com quem se deve tomar cuidado. Uma vez eu estava na fila do Walmart quando uma menina com quem eu estava conversando disse que ia participar do *America's Next Top Model*. Depois, vi a garota no estacionamento batendo o carrinho de compras contra o carro de uma velhinha. Sinais. Você tem que saber detectar.

Fiquei apavorada por alguns minutos com a ideia de que todas as garotas seriam assim, mas me acalmei pensando que provavelmente era preciso ser de um jeito específico para virar monitora. Decidi me esquivar da atitude superior dela com uma longa resposta sulista. De onde eu venho, o pessoal sabe como arrastar uma conversa. Irrite um sulista, e ele vai consumir momentos da sua vida com respostas lentas e detalhadas, até que você não seja mais nada além de uma farpa do que era antes e esteja bem mais perto da morte.

– Nova Orleans – respondi. – Quer dizer, não exatamente Nova Orleans, mas logo ali em volta. Quer dizer, mais ou menos a uma hora de Nova Orleans. Minha cidade é bem pequena. É um pântano, na verdade. Eles drenaram um pântano para construir nosso condomínio. Quer dizer, tentar drenar um pântano é um bocado inútil. Pântanos não são *drenados*. Você pode tacar a quantidade de terra que quiser, e eles continuam sendo pântanos. A única coisa pior que construir um condomínio em um pântano é construir um condomínio em cima de um antigo cemitério indígena... e, se tivesse algum antigo cemitério indígena por lá, aqueles imbecis gananciosos que construíram nossas McMansões teriam começado as obras num piscar de olhos.

– Ah. Entendi.

Mas minha resposta aparentemente só fez aumentar a intensidade das ondas de júbilo presunçoso dela. Meus chinelos faziam estranhos ruídos de sucção contra os paralelepípedos.

– Você deve estar com os pés gelados nesses chinelos – comentou Charlotte.

– Estou mesmo.

E foi o fim da nossa conversa.

O refeitório ficava na antiga igreja havia muito desconsagrada. Minha cidade tem três igrejas; todas construções pré-fabricadas, todas preenchidas por fileiras de cadeiras de plástico. Aquela era uma *Igreja*: não grande, mas de verdade, construída em pedra, com contrafortes e uma pequena torre de sino e janelas estreitas com vitrais. Seu interior estava muito bem-iluminado por vários candelabros de metal negros e circulares. Havia três longas fileiras de mesas de madeira com bancos, e uma plataforma com uma mesa onde antes ficava o antigo altar. Tinha também um desses púlpitos de parede suspensos, com escadas em espiral.

Um pequeno grupo de alunos estava sentado mais adiante. Ninguém de uniforme, claro. O som dos meus chinelos ecoou pelas paredes, chamando a atenção.

– Pessoal – disse Charlotte, me guiando até o grupo –, esta é Aurora. Dos Estados Unidos.

– Rory – corrigi depressa. – Todo mundo me chama de Rory. E eu adoro uniformes. Vou usar o meu *o tempo todo*.

– Certo – disse Charlotte, antes que eu conseguisse transmitir a ironia do meu comentário. – E estes são Jane, Clarissa, Andrew, Jerome e Paul. Andrew é monitor-chefe.

Todos os monitores estavam com roupas casuais, mas de um jeito elegante. Assim como Charlotte, as outras meninas usavam saias informais. Os meninos estavam de polo ou camisetas com logos que não reconheci, e pareciam anúncios de lojas de roupas. De todos, Jerome era o mais rock 'n roll, com uma cabeleira ligeiramente selvagem de cachos castanhos. Ele era bem parecido com o cara de quem eu gostava quando estava no quarto ano, Doug Davenport. O mesmo cabelo castanho-claro, mesmos nariz e boca largos. Havia algo de descontraído em sua expressão. Ele parecia do tipo que sorri bastante.

– Vamos, Rory! – cantarolou Charlotte. – Por aqui.

A essa altura, tudo que saía da boca de Charlotte me indignava. Eu definitivamente não gostava de ser chamada como um cachorro. Mas não consegui ver outro curso de ação disponível, então a segui.

Para chegar à comida, tivemos que contornar o púlpito suspenso até uma porta lateral. Entramos pelo que provavelmente tinham sido os antigos gabinetes dos padres ou a sacristia. Tudo fora arrancado, de forma que desse lugar a uma cozinha industrial e ao usual balcão com cubas de self-service. O jantar daquele dia consistia em ensopado de frango, escondidinho de carne, batatas assadas, vagens e alguns pãezinhos. Havia uma fina camada de gordura dourada por cima de tudo, exceto dos rolinhos, o que não era problema para mim. Tendo passado o dia inteiro sem comer, meu estômago era capaz de aguentar qualquer quantidade de gordura que eu conseguisse engolir.

Peguei um pouco de cada coisa enquanto Charlotte vigiava meu prato. Ergui o olhar para ela e sorri.

Quando voltamos, a conversa já tinha prosseguido. Todo mundo falava sobre as férias de verão; alguém ia visitar o Quênia, alguém ia velejar. Ninguém que eu conhecia passava o verão no Quênia. Eu até conhecia gente que tinha barco, mas ninguém que fosse velejar. Aquelas pessoas não pareciam ricas – pelo menos não do tipo de ricos com que eu estava familiarizada. Ricos significavam carros estúpidos e uma casa ridícula e festas gigantescas no seu aniversário de dezesseis anos, com limusines para levar você a Nova Orleans e tomar drinks não alcoólicos, que você trocava por drinks de verdade no banheiro, e aí roubava um pato e vomitava no chafariz. Tudo bem, eu estava pensando em uma pessoa bem específica nesse caso, mas essa era a ideia geral que eu tinha de um rico. Todo mundo naquela mesa tinha um nível de maturidade ao qual eu não estava acostumada – *gravitas*, para usar um termo mais chique.

– Você é de Nova Orleans? – perguntou Jerome, me arrancando dos meus pensamentos.

– É – falei, terminando de mastigar às pressas. – Ali perto.

Ele parecia prestes a me fazer mais alguma pergunta, mas Charlotte o interrompeu:

– Temos uma reunião de monitores agora. – Era uma informação dirigida a mim. – Aqui.

Eu ainda não tinha propriamente terminado de comer a sobremesa, mas não quis parecer chateada com isso.

– Vejo vocês mais tarde – falei, repousando a colher.

De volta ao quarto, tentei escolher uma cama. Eu definitivamente não queria a do meio. Precisava de uma área com parede. A única pergunta era: eu pegava logo a que ficava em frente à lareira maneiríssima (e portanto reivindicaria a excelência do consolo para armazenar minhas coisas) ou mostrava minha alma evoluída e escolhia o outro lado do quarto?

Passei cinco minutos ali de pé, racionalizando a escolha de pegar a da lareira. Decidi que tudo bem fazer isso, desde que eu não ocupasse a lareira *de imediato*. Eu só pegaria a cama, e não tocaria no consolo por um tempo. Gradualmente, ela seria minha.

Com essa importante questão solucionada, coloquei meus fones de ouvido e concentrei a atenção em desfazer as caixas. Uma continha os lençóis, travesseiros, cobertores e toalhas que eu mandara de casa. Era estranho essas coisas domésticas triviais aparecerem ali, naquele prédio no meio de Londres. Depois de fazer a cama, ataquei as malas, enchendo o guarda-roupas e as gavetas. Coloquei a colagem de fotos dos meus amigos em cima da escrivaninha, além das fotos dos meus pais, do tio Bick e da prima Diane. E também o cinzeiro em forma de lábios contraídos que eu roubara de nossa churrascaria local, o Poço de Amor do Big Jim. Peguei minha coleção de miçangas e medalhões do Mardi Gras e os pendurei no pé da minha cama. Finalmente, coloquei meu computador em um bom lugar e posicionei meus preciosos potes de molho de queijo Cheez Whiz em segurança na prateleira.

Eram sete e meia.

Ajoelhei-me na cama e olhei pela janela. O céu ainda estava claro e azul.

Vagueei pelo prédio vazio por um tempo e acabei indo parar no salão comunitário. Aquela provavelmente era a única vez em que eu teria o salão só para mim, então me joguei no sofá bem na frente da televisão e a liguei. Estava na BBC One, e o jornal tinha acabado de começar. A primeira coisa em que reparei foram os enormes dizeres na parte de baixo da tela, informando: **ASSASSINATO À LA ESTRIPADOR NO EAST END**. Vi, com os olhos entreabertos, imagens da rua onde o corpo fora encontrado, e que tinha sido bloqueada. Vi policiais de coletes florescentes tentando conter equipes de filmagem. Então o telejornal voltou ao estúdio, onde o apresentador continuou:

"Apesar de haver uma câmera do circuito de monitoramento apontada quase diretamente para a posição do assassino, nenhuma imagem do crime foi capturada. As autoridades alegam que foi um problema no funcionamento da câmera. Têm sido levantadas perguntas a respeito da manutenção do circuito de monitoramento..."

Pombos arrulhavam lá fora junto à janela. O prédio rangeu e se aquietou. Estiquei a mão e passei pelo tecido azul pesado e levemente áspero do sofá. Olhei para cima, para as estantes de livros embutidas nas paredes, que se estendiam até o teto alto. Eu tinha conseguido. Estava mesmo em Londres, naquele prédio frio e vazio. Aqueles pombos eram pombos ingleses. Eu imaginara isso por tanto tempo que não sabia ao certo como processar a realidade.

As palavras **UM NOVO ESTRIPADOR?** apareceram na tela por cima de uma tomada panorâmica do Big Ben e do Parlamento. Era como se até a TV quisesse me dar certeza. O próprio Jack, o Estripador, reaparecera para fazer parte do comitê de recepção.

4

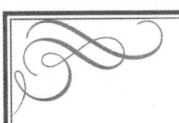

Quando acordei no dia seguinte, dei de cara com duas estranhas no meu quarto: uma tinha cara de mãe e a outra era uma garota de longos cabelos cor de mel que usava um razoável suéter cinza de caxemira e calça jeans. Esfreguei os olhos rapidamente, tateei algumas partes do meu corpo para ver se tinha alguma peça de roupa tanto em cima quanto embaixo e descobri que tinha ido dormir de uniforme. Eu nem me lembrava de ter ido para a cama. Apenas descansei os olhos por um minuto, e agora era de manhã. O *jet lag* tinha me pegado. Puxei o cobertor para cima de mim e emiti um ruído parecido com "oi".

– Puxa, acordamos você? – disse a garota. – Estávamos fazendo de tudo para evitar.

Então reparei nas quatro malas, nos dois cestos de roupas, nas três caixas e no violoncelo, tudo já dentro do quarto. Aquelas pessoas deviam estar andando na ponta dos pés fazia algum tempo, tentando se movimentar ao redor do meu corpo adormecido e uniformizado. Então ouvi o estrondo no corredor, o som de dezenas de pessoas chegando com bagagens.

– Não se preocupe – disse a garota –, meu pai não entrou aqui no quarto. Não quero incomodar você. Pode voltar a dormir. Aurora, não é?

– Rory – falei. – Caí no sono ainda de...

Nem terminei a frase. Não tinha por que apontar o óbvio.

– Ah, não tem problema! Não vai ser a última vez, pode acreditar. Meu nome é Julianne, mas todo mundo me chama de Jazza.

Eu me apresentei à mãe de Jazza e então segui para o banheiro a fim de escovar os dentes e tentar ficar um pouco mais apresentável de forma geral.

Os corredores fervilhavam. Como consegui continuar dormindo durante aquela invasão, não sei. As garotas davam guinchos de deleite ao se reverem. Havia abraços e beijos jogados pelo ar e um monte de discussões veladas com pais que tentavam fazer censuras discretas. Havia lágrimas e despedidas. Eram todas as emoções humanas acontecendo exatamente ao mesmo tempo. Ao passar pelo corredor, ouvi a voz de Claudia retumbando três andares abaixo, saudando as pessoas com seu "Pode me chamar de Claudia! Como foi sua viagem? Que bom, que bom...".

Finalmente cheguei ao banheiro. Debrucei-me em uma das janelas: lá fora a manhã era clara e sem nuvens. Na verdade só havia três ou quatro vagas de estacionamento na frente da escola. Os motoristas tinham que se revezar e manter os veículos quase que em movimento perpétuo, descarregando uma ou duas caixas antes de continuar andando para dar espaço à pessoa seguinte. A mesma cena se desenrolava do outro lado da praça, no dormitório dos garotos.

Eu tinha planejado entradas muito melhores. Tinha feito roteiros para todo tipo de saudação, recapitulado minhas melhores histórias. Até agora, no entanto, eu estava perdendo de dois a zero. Escovei os dentes, passei água gelada no rosto, penteei o cabelo com os dedos e aceitei que era com aquela aparência que eu ia conhecer minha nova colega de quarto.

Já que ela era dali da Inglaterra mesmo e, portanto, podia ir para a escola de carro, Jazza tinha trazido mais coisas que eu. *Muito* mais. Havia várias malas, que a mãe dela desfazia sem parar, empilhando tudo sobre a cama. Havia caixas de livros, umas sete dezenas de almofadas, uma raquete de tênis e uma variedade de guarda-chuvas. Os lençóis, toalhas e cobertores dela eram todos melhores que os meus. Ela tinha trazido até cortinas. E o violoncelo. Quanto aos livros, ela tinha por baixo uns duzentos ali, se não mais. Olhei para minhas caixas de papelão e minhas miçangas decorativas e o cinzeiro e a minha única prateleira de livros.

— Posso ajudar? — perguntei.

— Ah... — Jazza se virou para olhar para suas coisas. — Acho que já... Acho que já trouxemos tudo aqui para dentro. Meus pais têm que fazer uma longa viagem de volta, sabe, e... Eu só vou lá fora para me despedir.

— Já acabaram?

— Sim, bem, estávamos empilhando algumas coisas no corredor e trazendo para dentro uma de cada vez, para não incomodar você.

Jazza ficou fora por uns vinte minutos e, quando voltou, estava com os olhos vermelhos e fungando. Ela ficou um tempo desfazendo as malas. Eu não sabia se deveria oferecer minha ajuda de novo, porque as coisas pareciam meio que pessoais demais. Mas ofereci mesmo assim, e Jazza aceitou, agradecendo muito. Ela me disse que eu podia usar qualquer coisa que quisesse, ou pegar roupas emprestadas, ou cobertores, ou qualquer outra coisa de que eu precisasse. "É só pegar", era o lema de Jazza.

Ela explicou tudo que Claudia não tinha explicado: como, onde e quando permitiam que a gente usasse o telefone (dentro da casa e do lado de fora), o que se fazia no tempo livre (trabalhos, geralmente na biblioteca ou dentro da casa).

– Você morava com a Charlotte antes? – perguntei, enquanto cobria a cama dela com uma colcha pesada.

– Você conhece a Charlotte? Ela é monitora-chefe agora, então ganhou um quarto só para ela.

– Jantei com ela ontem à noite – falei. – Ela parece meio... intensa.

Jazza bateu uma fronha.

– Ela é legal. A família faz muita pressão para ela ir estudar em Cambridge. Eu odiaria se a minha fosse assim. Meus pais só querem que eu dê o meu melhor, e vão ficar felizes não importa para onde eu queira ir. É muita sorte mesmo.

Arrumamos as coisas dela até a hora de nos vestirmos para o jantar de Boas-Vindas de Volta a Wexford. Não era o esquema aconchegante da noite anterior: o salão estava completamente lotado. E dessa vez eu não era a única de uniforme. Eram blazers cinza e gravatas bordô listradas até onde os olhos conseguiam alcançar. O refeitório, que parecera enorme quando só havia um punhado de alunos na noite anterior, encolhera consideravelmente. A fila para pegar comida serpenteava até a porta. O espaço que restava nos bancos era suficiente apenas para todo mundo conseguir sentar espremido. Havia mais algumas opções para o jantar: carne assada, bolo de lentilha, batatas, vários tipos de legumes e verduras. A gordura, fiquei feliz ao constatar, ainda estava presente.

Quando aparecemos no salão com nossas bandejas, Charlotte se levantou parcialmente e acenou para nós. Ela e Jazza trocaram beijos no ar, o que me deixou meio enojada.

Charlotte estava a uma mesa com o mesmo grupo de monitores. Jerome se afastou alguns centímetros para eu poder sentar. Mal havíamos encostado a bunda nos bancos quando Charlotte começou com as perguntas:

– Como está sua agenda este ano, Jazza?

– Boa, obrigada.

– Peguei quatro aulas de nível avançado, e o curso que vou tentar em Cambridge exige um diploma especial; além disso, tenho que entrar nas aulas preparatórias para Oxbridge para estar pronta para a entrevista. Então vou ficar bem ocupada. Você também vai pegar a preparatória para Oxbridge?

– Não – respondeu Jazza.

– Entendi. Bem, não é tão necessária. *Qual* universidade você vai tentar?

Os olhos de corça de Jazza se estreitaram um pouco, e ela deu uma garfada violenta no bolo de lentilha.

– Ainda estou me decidindo – respondeu ela.

– Você não fala muito, não é? – perguntou-me Jerome.

Em minha vida inteira, ninguém jamais tinha dito isso sobre mim.

– Você ainda não me conhece – falei.

– Rory estava me contando que morava em um pântano – disse Charlotte.

– É isso aí – falei, acentuando um pouco meu sotaque. – Estes são os primeiros sapatos que já tive na vida. Eles realmente apertam meu pé.

Jerome soltou um riso zombeteiro. Charlotte deu um sorriso azedo e voltou a conversar sobre Cambridge, um assunto no qual ela tinha uma fixação patológica. As pessoas voltaram a comparar suas ideias sobre as matérias avançadas, e continuei a comer e observar.

O diretor, dr. Everest (imediatamente ficou claro para mim que ele era conhecido por todos como Monte Everest, o que fazia sentido, já que ele devia ter uns dois metros de altura), se levantou e fez um discursinho motivacional para os alunos. Em resumo, falou que era outono, todos estavam de volta e, apesar de isso ser ótimo, era melhor as pessoas não ficarem convencidas nem se comportarem mal, senão ele mataria a todos nós com as próprias mãos. Ele não disse exatamente essas palavras, mas essa era a mensagem implícita.

– Ele está ameaçando a gente? – sussurrei para Jerome.

Ele não virou a cabeça, mas seus olhos foram na minha direção. Então ele puxou uma caneta do bolso e escreveu nas costas da mão, sem nem mesmo olhar para baixo: *Divórcio recente. E odeia adolescentes.*

Assenti, mostrando que compreendia.

– Como vocês devem estar cientes – Everest ainda tagarelava –, houve um assassinato na área, a que algumas pessoas resolveram se referir como um novo Estripador. É claro que não há motivo para temores, mas a polícia nos pediu para lembrar a todos os alunos que redobrem o cuidado ao deixarem a área da escola. Acabo de lembrá-los e creio que não será preciso voltar ao assunto.

– Que reconfortante – sussurrei. – Ele é tipo o Papai Noel.

Everest se virou mais ou menos em nossa direção por um momento, e nós dois congelamos, o olhar fixo à frente. Ele nos torturou mais um pouco, dando alguns avisos sobre não ficar acordados depois da hora, não fumar de uniforme ou dentro dos prédios e não beber *demais*. Beber *um pouco* parecia que já era esperado. As regras eram diferentes ali. Com dezoito anos você já podia beber, mas sempre havia alguma regra alternativa que permitia que você pedisse vinho ou uma cerveja junto com a refeição, com um adulto, ou aos dezesseis. Eu ainda estava refletindo sobre isso quando reparei que o discurso acabara e as pessoas estavam se levantando e depositando as bandejas no balcão.

Passei a noite assistindo, e de vez em quando ajudando, Jazza a iniciar o processo de decorar sua metade do quarto. Havia cortinas a serem penduradas e pôsteres e fotografias a serem coladas com Blu-Tack. Ela tinha uma print artística de Ofélia se afogando no lago, um pôster de uma banda da qual eu nunca tinha ouvido falar e um quadro de cortiça gigantesco. As fotos da família e dos cachorros estavam todas em molduras enfeitadas. Fiz uma nota mental de arrumar mais trecos de paredes para o meu lado não ficar tão vazio.

O que ela não colocou em exibição, como reparei, foi uma caixa cheia de medalhas de natação.

– Minha nossa! – exclamei quando ela as colocou na mesa. – Você é praticamente um peixe.

– Ah. Uhm. É, sabe, eu nado.

Dava para ver.

– Ganhei essas no ano passado. Eu não ia trazê-las, mas... eu trouxe.

Ela guardou as medalhas dentro da gaveta da escrivaninha.

– Você pratica algum esporte? – perguntou ela.

– Não *muito* – falei.

O que na verdade era só meu jeito de dizer "óbvio que não". Os Deveaux prefeririam derrotar as pessoas com palavras em vez de se envolver em embates físicos.

Ela continuou a desfazer as malas, e eu a encará-la, então me ocorreu que Jazza e eu faríamos aquilo – aquela coisa de ficar ali no mesmo quarto – todas as noites. Por mais ou menos oito meses. Eu sabia que meus dias de privacidade total estavam no passado, mas ainda não tinha compreendido exatamente o que isso significava. Todos os meus hábitos ficariam expostos. E Jazza parecia tão natural e bem-adaptada... E se eu fosse uma esquisitona e nunca tivesse percebido? E se eu fizesse coisas estranhas enquanto dormia?

Afastei depressa esses pensamentos da cabeça.

5

A vida em Wexford começava pontualmente às seis horas da manhã de segunda-feira, quando o despertador de Jazza tocava, segundos antes do meu. Logo depois vinham violentas batidas na porta, um som que percorria o corredor à medida que alguém batia em cada porta.

– Rápido – disse Jazza, saltando da cama com uma velocidade que era ao mesmo tempo assustadora e inaceitável para aquela hora.

– Não consigo correr de manhã – falei, esfregando os olhos.

Jazza já estava vestindo o roupão e pegando sua toalha e os outros itens para o banho.

– Rápido! – repetiu ela. – Rory! Rápido!

– Rápido o quê?

– Levante-se!

Jazza transferia o peso do corpo de um pé para outro, ansiosa, enquanto eu me arrastava para fora da cama, me espreguiçava e remexia nas gavetas para pegar minhas coisas.

– Tão frio de manhã – comentei, esticando a mão para pegar o roupão.

E estava mesmo. A temperatura do nosso quarto devia ter caído uns dez graus desde a noite.

– Rory...

– Estou indo – falei. – Desculpa.

Eu preciso de um monte de *coisas* de manhã. Tenho um cabelo bem comprido e grosso que só pode ser domado com o uso de um pequeno laboratório portátil de produtos. Na verdade (e tenho vergonha disso), um dos meus grandes medos de vir para a Inglaterra era ter que achar novos produtos capilares. É vergonhoso, eu sei, mas levei anos para elaborar meu sistema. Graças a ele, meu cabelo fica parecendo cabelo. Sem ele, fica armado, se arrepiando centímetro a centímetro conforme a umidade aumenta. Não chega a ser cacheado – é como se estivesse possuído. Obviamente, eu precisava de sabonete líquido, de uma lâmina de barbear (me depilar nos chuveiros compartilhados... eu nem tinha pensado nisso ainda) e do creme para o rosto. E aí também precisava dos chinelos, para não pegar nenhuma micose.

Eu sentia o desespero crescente de Jazza subir pela minha coluna, mas eu *estava* me apressando. Não estava acostumada a ter que pensar em tudo isso e carregar todas as minhas coisas às seis da manhã. Finalmente, reuni tudo o que era necessário e saímos correndo. No começo, fiquei me perguntando para que todo aquele alvoroço. Todas as portas do corredor estavam fechadas e mal havia barulho. Então chegamos ao banheiro e abrimos a porta.

– Ah, não – disse ela.

E foi aí que eu entendi. O banheiro estava completamente lotado. Todas as garotas do corredor já estavam lá dentro. As cabines já tinham sido ocupadas, e havia três ou quatro pessoas fazendo fila diante de cada uma delas.

– Você tem que ser rápida – disse Jazza –, senão acontece isso.

Como descobri, não existe nada mais irritante do que ficar esperando outras pessoas tomarem banho. Você sente rancor por cada segundo que elas passam ali dentro; analisa quanto tempo estão levando e especula sobre o que estão fazendo. As pessoas do meu corredor tomavam banho em mais ou menos dez minutos cada uma, o que significa que levou pelo menos meia hora até eu conseguir entrar. Eu estava tão indignada pela lentidão delas que já tinha planejado cada um dos meus movimentos no banho. Ainda assim, levei dez minutos e fui uma das últimas a sair do banheiro.

Jazza já estava no quarto, vestida, quando voltei, com o cabelo ainda encharcado.

– Em quanto tempo você consegue se arrumar? – perguntou ela enquanto calçava os sapatos escolares.

Os sapatos eram, sem dúvida, a pior parte do uniforme. Eram emborrachados e pretos, com grossas solas antiderrapantes. Nem minha avó usaria aquilo. Se bem que minha avó foi Miss Bénouville em 1963 e 1964, um título cujo principal critério era a elegância da concorrente. Quer dizer, na verdade a definição de *chique* na Bénouville de 1963 e 1964 era altamente questionável. Minha avó usava, por exemplo, pantufas de salto alto com pijamas de seda. Aliás, ela comprou pijamas de seda para eu trazer para Londres. Eram ligeiramente transparentes. Deixei por lá.

Eu ia contar tudo isso a Jazza, mas percebi que ela não estava no clima para histórias. Então conferi o relógio. O café da manhã era dali a vinte minutos.

– Vinte minutos – falei. – Fácil.

Não sei o que aconteceu, mas me arrumar foi muito mais complicado do que achei que seria. Eu tinha que vestir todas as partes do uniforme. Tive dificuldades com a gravata; tentei colocar um pouco de maquiagem, mas a luz perto do espelho era fraca. E tive que chutar quais livros levar para as primeiras aulas, coisa que eu provavelmente deveria ter feito na noite anterior.

Resumo da história: saímos às 7h13. Jazza esperou o tempo todo sentada na cama, os olhos cada vez mais arregalados e tristes. Mas ela não me largou lá e simplesmente foi embora, nem reclamou em momento algum.

O refeitório estava lotado e barulhento. A parte boa de chegar tão atrasada era que a fila da comida já tinha esvaziado. Precisamos esperar apenas os poucos caras que tinham voltado para repetir. Peguei uma xícara de café antes de mais nada e um copo incrivelmente pequeno de suco morno. Jazza optou por uma seleção muito sensata de iogurte, fruta e pão integral. Naquela manhã eu não estava no clima para absurdos desse tipo. Peguei um donut de chocolate e uma salsicha.

– Primeiro dia – expliquei a Jazza quando ela encarou meu prato.

Ficou claro que seria complicado encontrar lugares para sentar. Encontramos dois bem no final das compridas mesas. Não sei por quê, procurei por Jerome. Ele estava na ponta da mesa seguinte, entretido numa conversa com umas garotas do primeiro andar da Hawthorne. Voltei a olhar para o meu prato cheio de gordura. Eu sabia como aquilo me fazia parecer americana, mas não me importava muito. Só tive tempo de enfiar um pouco de comida goela abaixo antes de o Monte Everest subir em seu palanque e nos dizer que era hora de ir andando. De repente todo mundo estava em movimento, enfiando na boca um último pedaço de pão e tomando só mais um gole de suco.

– Boa sorte hoje – disse Jazza. – A gente se vê no jantar.

O dia foi ridículo.

Na verdade, a situação era tão séria que achei que só podia ser piada – como se talvez tivessem encenado um primeiro dia só para assustar os novatos. Eu tinha apenas uma aula de manhã, a misteriosa "Matemática Ulterior". Durava duas horas e era tão terrivelmente assustadora que acho que entrei em transe. Depois tive dois tempos livres, dos quais eu tinha rido com desdém quando vi o meu horário. Passei-os tentando fervorosamente resolver os problemas de matemática.

Às duas e quinze, tive que voltar correndo ao meu quarto e me trocar. Vesti um short por cima de uma calça de ginástica, uma camiseta, um casaco de flanela e aquelas caneleiras e sapatos com travas na sola que a Claudia me dera. De lá, andei três ruas até o campo que a escola dividia com uma universidade local. Se já é complicado andar nos paralelepípedos de chinelo de dedo, eles se tornam seu pior pesadelo quando você está usando chuteiras e caneleiras enormes e esquisitas. Quando cheguei, descobri que as pessoas (todas meninas) estavam (sabiamente) calçando os tênis e as caneleiras ali, e que todo mundo estava só de short e camiseta. Tirei a calça e o casaco. Coloquei as caneleiras estranhas e os tênis de novo.

Para minha tristeza, descobri que Charlotte também estava no hóquei. Assim como minha vizinha Eloise, que morava no único quarto individual do alojamento, em frente ao meu. Ela tinha o cabelo bem curto e repicado e um dos braços cuidadosamente coberto por tatuagens. Havia um purificador de ar gigantesco no quarto dela, obtido com algum tipo de permissão especial (já que não podíamos ter aparelhos domésticos). Eloise conseguira fazer um médico alegar que ela sofria de alergias terríveis e que, portanto, precisava do purificador e do próprio espaço. Na verdade, ela usava o purificador para esconder que passava a maior parte do tempo livre fumando um cigarro atrás do outro e soprando a fumaça direto na saída de ar do aparelho. Eloise falava francês fluentemente porque passava alguns meses na França todos os anos. Quanto ao cigarro, ela nunca chegou a dizer que era "coisa de francesa", mas estava implícito. Eloise aparentava estar tão desanimada quanto eu com o hóquei. As outras pareciam cheias de uma determinação assustadora.

A maior parte das garotas tinha o próprio bastão para o esporte, mas os professores distribuíram alguns para as que não tinham. Então formamos fila para recebê-los; fiquei ali tremendo de frio.

– Bem-vindas ao hóquei! – ressoou a voz de Claudia, como um estrondo. – Quase todas aqui já jogaram hóquei antes, então vamos apenas repassar o básico e as posições para voltarmos à ativa.

Ficou bastante evidente, e bem rápido, que "quase todas aqui já jogaram hóquei antes" na verdade significava "todas vocês já jogaram hóquei antes menos a Rory". Ninguém além de mim precisava das instruções iniciais: como segurar o bastão, com qual lado dele atingir a bola (a parte reta, não a arredondada). Ninguém precisava que mostrassem como correr com o bastão ou como atingir a bola. A quantidade total de tempo dedicada a esses tópicos foi cinco minutos. Pode me Chamar de Claudia fez uma inspeção rápida para ter certeza de que todas estávamos adequadamente vestidas e de que tínhamos todos os acessórios. Parou na minha vez.

– Protetor bucal, Aurora?

Protetor. Um pedaço de plástico que ela tinha deixado na minha porta de manhã. Eu tinha esquecido.

– Amanhã – disse ela. – Hoje você só assiste.

Então me sentei na grama na lateral do campo enquanto todas as outras colocavam seus pedaços de plástico na boca, transformando o espaço anteriormente repleto de dentes em caretas alarmantes de azul-néon ou rosa-shocking. Elas corriam para cima e para baixo no campo, passando a bola de um lado para outro, umas para as outras. Claudia andava ao longo do campo o tempo todo, vociferando comandos que eu não entendia. O processo de atingir a bola parecia bastante objetivo de onde eu estava, mas essas coisas sempre enganam.

– Amanhã – disse-me ela quando a aula acabou e todo mundo foi saindo do campo. – Protetor. E acho que vamos começar com você no gol.

O gol me pareceu uma posição especial. Eu não queria nada especial, a não ser ficar sentada na lateral embaixo de uma pilha de cobertores.

Nós voltamos correndo para Hawthorne (e com isso quero dizer correndo literalmente), onde todo mundo já estava de novo competindo pelas cabines de banho. Encontrei Jazza já no quarto, seca e vestida. Aparentemente havia chuveiros no vestiário da piscina.

Os pratos do jantar foram: batatas assadas, sopa e algo chamado *hot pot*, que parecia carne com batatas. Peguei isso. Nossos grupos estavam ficando cada vez mais previsíveis, e eu começava a entender a dinâmica. Jerome, Andrew, Charlotte e Jazza eram todos amigos do ano anterior. Três deles tinham se tornado monitores; Jazza não. Jazza e Charlotte não se davam bem. Tentei entrar na conversa, mas descobri que não tinha muito a contribuir. Então o assunto chegou ao Estripador, e resolvi entrar com um pouco de história familiar.

— As pessoas adoram assassinatos — falei. — Minha prima Diane namorou um cara que estava no corredor da morte no Texas. Quer dizer, não sei se eles namoravam, mas ela escrevia cartas para ele o tempo todo, dizia que eles estavam apaixonados e que iam se casar. Mas no fim das contas o cara tinha tipo umas seis namoradas, então eles terminaram e Diane fundou o Ministério Anjos da Cura...

Conquistei a atenção deles. Todos passaram a comer mais devagar e olhavam para mim.

— Sabem — falei —, a prima Diane gerencia esse Ministério da sala da casa dela. E do quintal. Ela tem 161 estátuas de anjos no quintal. Além de 875 estatuetas, bonecos e fotos de anjos pela casa. E as pessoas a procuram para fazer terapia angelical.

— Terapia angelical? — repetiu Jazz.

— É. Ela toca música New Age, faz a pessoa fechar os olhos e aí canaliza uns anjos. Ela diz os nomes deles e as cores das auras e o que eles estão tentando comunicar à pessoa.

— A sua prima é... maluca? — perguntou Jerome.

— Não acho que ela seja *maluca* — falei, atacando meu *hot pot*. — Uma vez, eu estava na casa dela. Quando fico entediada por lá, eu canalizo os anjos, para ela sentir que está fazendo um bom trabalho. Eu faço assim...

Inspirei longa e profundamente para preparar minha voz de anjo. Só que, infelizmente, fiz isso enquanto mastigava o *hot pot*. Um pedaço de carne escorregou pela minha garganta; eu o senti parar em algum ponto logo abaixo do meu queixo. Tentei engolir, mas nada aconteceu. Nada. Tentei falar. Nada.

Todo mundo estava me olhando com atenção. Talvez achassem que fizesse parte da encenação. Eu me afastei um pouco da mesa e tentei tossir com mais força, depois mais força ainda, mas meus esforços não surtiram efeito. Minha garganta estava bloqueada. Meus olhos lacrimejavam tanto que tudo começou a parecer meio embaçado. Senti uma onda de adrenalina... e então tudo ficou branco por um segundo, de um branco brilhante, completo e total. O refeitório inteiro desapareceu e foi substituído por esse panorama infinito que parecia papel. Eu ainda conseguia sentir e ouvir, mas parecia estar em outro lugar, em um lugar sem ar, em um lugar onde tudo era feito de luz. Até quando eu fechava os olhos, lá estava. Alguém estava gritando que eu tinha engasgado, mas as palavras soavam muito distantes.

E então havia braços em volta da minha cintura. Um soco atingindo a região abaixo das minhas costelas. Fui jogada para cima, várias vezes, até sentir um movimento. O refeitório voltou para o lugar quando o pedaço de carne se projetou para fora do meu corpo, voando na direção do pôr do sol, e uma corrente de ar invadiu meus pulmões.

– Você está bem? – perguntou alguém. – Consegue falar? Tente falar...

– Eu...

Eu conseguia falar, e era só isso que eu tinha vontade de dizer no momento. Deixei-me cair no banco e descansei a cabeça na mesa. O sangue latejava em meus ouvidos. Examinei profundamente as marcas na madeira e inspecionei os talheres bem de perto. Meu rosto estava molhado de lágrimas que eu não me lembrava de ter derramado. O refeitório ficara em silêncio completo. Pelo menos eu achava que era silêncio. Meu coração fazia um estrondo tão alto em meus ouvidos que abafara todo o resto. Alguém estava dizendo às pessoas que se afastassem para me deixar respirar. Algum colega me ajudou a levantar. E aí um professor (acho que era professor) estava na minha frente, e

Charlotte também estava ali, enfiando a enorme cabeça ruiva na cena.

– Estou bem – falei, com a voz rouca.

Eu não estava bem. Só queria ir embora dali, ir para algum lugar e chorar. Ouvi o suposto professor dizer:

– Charlotte, leve-a para o san.

Charlotte grudou em meu braço direito. Jazza grudou no esquerdo.

– Eu cuido dela – disse Charlotte, secamente. – Pode voltar a comer.

– Eu vou junto – devolveu Jazza.

– Eu consigo andar – respondeu minha voz esquisita.

Nenhuma das duas me soltou, o que provavelmente foi bom, porque no fim das contas meu tornozelo e meus joelhos tinham ficado completamente molengas. Elas me acompanharam até o corredor central do refeitório, conduzindo-me por entre os compridos bancos. As pessoas se viravam para me ver sair dali. Considerando que o refeitório era uma antiga igreja, nossa saída devia estar parecendo o fim de uma cerimônia de casamento muito incomum: eu sendo arrastada pela nave por minhas duas noivas.

6

San era o sanatório – basicamente, a enfermaria. Mas, sendo Wexford um internato, era mais do que uma simples enfermaria. Havia alguns quartos, incluindo um cheio de camas onde as pessoas muito doentes podiam ficar. A enfermeira de plantão, srta. Jenkins, me examinou. Verificou minha pulsação e me auscultou com um estetoscópio e, em suma, verificou que eu não tinha morrido engasgada. Ela orientou Charlotte a me levar de volta ao dormitório para que eu relaxasse com uma boa xícara de chá. Uma vez no quarto, Jazza deixou claro que dali para a frente era com ela. Charlotte deu meia-volta como quem tem prática nisso. Sua cabeça oscilava enquanto ela andava. Dava para ver seu coque quicando; subindo e descendo.

Chutei meus sapatos para longe e me encolhi na cama. A carne assassina já havia saído há muito tempo, mas esfreguei a garganta na altura do incidente. A sensação ainda estava lá, a de não ter ar, de não conseguir falar.

– Vou fazer um pouco de chá para você – disse Jazza.

Ela saiu para fazer o chá, me deixando sentada na cama, segurando meu próprio pescoço. Embora meu coração já tivesse voltado ao normal, um tremor ainda percorria meu corpo. Peguei o telefone para ligar para meus pais, mas então lágrimas começaram a escorrer dos meus olhos e enfiei o telefone de volta embaixo do cobertor. Obriguei-me a levantar e inspirei profundamente algumas vezes. Eu tinha que recuperar o controle. Estava tudo bem. Não tinha acontecido nada comigo. Eu não podia ser a colega de quarto chorona, patética e inútil. Assim, quando Jazza voltou, eu tinha secado as lágrimas do rosto e estava meio que sorrindo. Ela me entregou o chá, foi para sua escrivaninha, pegou alguma coisa e veio se sentar no chão perto da minha cama.

– Quando tenho uma noite ruim – falou –, eu olho meus cachorros.

Ela estendeu uma foto de dois cachorros lindos: um golden retriever razoavelmente pequeno e um labrador preto muito grande. Na foto, Jazza estava apertando os cachorros. Ao fundo havia colinas onduladas e verdejantes e uma enorme e branca casa de fazenda. Parecia idílica demais para que alguém de fato morasse ali.

– A golden é a Belle, e a grande e chorosa é a Wiggy. A Wiggy dorme na minha cama à noite. E ali ao fundo é a nossa casa.

– Onde você mora?

– Em um vilarejo na Cornualha, perto de St. Austell. Você precisa conhecer um dia. É muito bonito.

Fui tomando meu chá lentamente, em pequenos goles. Minha garganta doeu no começo, mas depois o calor fez bem. Estiquei o braço e peguei meu computador para mostrar a ela algumas fotos minhas. Primeiro, mostrei a prima Diane, porque eu tinha falado dos anjos pouco antes. Eu tinha uma foto muito boa dela, de pé na sala de casa, rodeada por estatuetas.

– Então é verdade – disse Jazza, inclinando-se para a cama e olhando a foto mais de perto. – Deve ter centenas delas!

– Eu não minto – falei.

Mostrei-lhe uma foto do tio Bick.

– Parecido com você – comentou Jazza.

E era mesmo. De todos os meus parentes, era com ele que eu mais parecia: cabelo escuro, olhos escuros, um rosto muito redondo. Só que eu sou menina, e tenho peitos e quadril um tanto vastos, e ele é um cara na faixa dos trinta, com barba. Se eu usasse uma barba preta falsa e um boné de beisebol com a inscrição BIRDMAN, acho que as pessoas reconheceriam imediatamente o nosso parentesco.

– Ele parece bem jovem.

– Ah, essa foto é antiga – falei. – Acho que foi tirada na época em que eu nasci. É a foto preferida dele, então foi a que eu trouxe.

– Essa é a preferida dele? Parece que foi tirada num supermercado.

– Está vendo a mulher meio escondida atrás da pilha de latinhas de molho? Aquela é a srta. Gina. É a gerente da Kroger local, uma mercearia. Faz dezenove anos que o tio Bick é a fim dela. Ele gosta desta foto porque é a única em que ele aparece com ela.

– Como assim faz dezenove anos que ele é a fim dela? – perguntou Jazza.

– Sabe, meu tio Bick... ele é muito legal, aliás... ele tem uma pet shop de pássaros exóticos chamada *Um pássaro na mão*. A vida dele se resume basicamente a pássaros. Ele é apaixonado pela srta. Gina desde o colégio, mas não tem muito jeito para falar com garotas, então ele simplesmente... fica perto dela; desde o colégio. Ele simplesmente vai aonde ela vai.

– Isso não é perseguição?

– Legalmente, não – respondi. – Perguntei isso aos meus pais quando eu era pequena. O que ele faz é bizarro e socialmente inadequado, mas não chega a ser perseguição. Acho que o pior que já aconteceu foi quando ele deixou uma colagem de penas de pássaros no para-brisa do carro dela...

– Mas ela não tem medo dele?

– A srta. Gina? – Eu ri. – Não. Ela tem um montão de armas.

Inventei essa última parte só para divertir Jazza. Eu não acho que a srta. Gina tenha armas. Quer dizer, pode ser que tenha. Muita gente na nossa cidade tem. Mas é difícil explicar a alguém que não conhece o tio Bick que na verdade ele é inofensivo. Basta vê-lo com um papagaio em miniatura para saber que aquele homem não poderia fazer mal a nada nem ninguém. Além disso, mamãe o mandaria para a cadeia num piscar de olhos se ele realmente tentasse algo.

– Eu me sinto tão sem graça perto de você – disse Jazza.

– Sem graça? Mas você é inglesa!

– Pois é. Isso não é muito interessante.

– Você... você tem um violoncelo! E cachorros! E mora em uma... meio que uma casa de fazenda! Em um vilarejo.

– O que também não é muito empolgante. Eu adoro o meu vilarejo, mas lá é todo mundo bastante... normal.

– Na nossa cidade – falei, solenemente –, você seria tipo um deus.

Ela deu uma breve risada.

– É sério – insisti. – Minha família... quer dizer, minha mãe, meu pai e eu... nós somos os normais da cidade. Por exemplo, meu tio Will. Ele tem oito freezers.

– Isso não me parece *tão* estranho.

– Sete ficam no segundo andar, no quarto de hóspedes. Ele também não acredita em bancos, então guarda o dinheiro em potes de manteiga de amendoim dentro do armário. Quando eu era pequena, ele me dava potes vazios de presente para eu juntar dinheiro e vê-lo crescer.

– Ah – disse ela.

– E tem também o Billy Mack, que fundou a própria religião na garagem de casa, a Igreja Universal do Povo Universal. E até minha avó, que é quase normal, posa para uma fotografia formal todos os anos em um vestido levemente indecente e manda a foto por correio para todos os amigos e a família, incluindo meu pai, que rasga sem nem abrir o envelope. Minha cidade é assim.

Jazza ficou em silêncio por um instante.

– Estou com muita vontade de conhecer sua cidade – disse ela, finalmente. – Eu sou sempre a garota sem graça.

Pelo jeito como ela falou, tive a impressão de que era algo doloroso para Jazza.

– Você não me parece sem graça – falei.

– Você ainda não me conhece direito. E eu não tenho tudo isso – disse ela, acenando para o meu computador para indicar minha vida no geral.

– Mas você tem tudo isso – retruquei, e também balancei os braços, na tentativa de indicar Wexford e a Inglaterra no geral, mas acabou parecendo que eu estava sacudindo pompons invisíveis.

Tomei mais um gole de chá. Minha garganta estava voltando ao normal agora. De vez em quando eu me lembrava de como era não conseguir respirar e daquele branco estranho...

– Você não gosta da Charlotte – falei, piscando com força.

Eu tinha que dizer alguma coisa para tirar aquilo da minha cabeça. Provavelmente foi um pouco abrupto e rude.

Jazza torceu a boca.

– Ela é... competitiva.

– Parece uma palavra educada para descrever o que ela é. Foi assim que ela conseguiu ser monitora?

– Bem... – Jazza remexeu no meu edredom por um momento, beliscando pedacinhos de tecido e depois os soltando. – Os responsáveis pelas casas escolhem seus respectivos monitores. Claudia fez dela a monitora-chefe, o que foi merecido, imagino...

– Você se candidatou? – perguntei.

– Não é uma eleição. Só escolhem você. E você não precisa ser desagrad... quer dizer, eu gosto muito da Jane. E o Jerome e o Andrew são bons amigos. É só que a Charlotte, bem... tudo meio que virava uma competição. Quem estudava mais. Quem era melhor nos esportes. Quem namorava quem.

Tirando o fato de ser uma pessoa que usava a palavra "respectivos" enquanto criticava alguém, Jazza também era do tipo que parecia se sentir mal de falar mal de outra pessoa. Ela fechou as mãos com força algumas vezes, como se a fofoca exigisse pressão física para deixar seu corpo.

– Assim que chegamos, eu namorei Andrew por um tempo – disse Jazza. – Antes disso, Charlotte não tinha o menor interesse nele. Mas ela nunca poderia deixar nada assim passar impune. Ela saiu com ele depois que terminamos, e aí terminou com ele instantaneamente, mas... ela tem que... bem, eu não preciso mais conviver com ela. Agora moro com você.

Jazza soltou um curto suspiro, como se tivesse soltado um demônio interior.

– Você está namorando alguém agora? – perguntei.

– Não. Eu... Não. Talvez na faculdade. Este ano estou me concentrando em estudar para as provas. E você?

Repassei mentalmente a breve e sofrível história de minha vida amorosa em Bénouville. Eu também só vivia para a escola. Tinha sido muito difícil entrar para Wexford. E eu não sabia ao certo se alguns amassos com amigos no estacionamento do Walmart consistiam em namorar alguém. Agora que eu estava pensando sobre o assunto, talvez eu também estivesse esperando... esperando ir para Londres. Em minha imaginação, eu sempre idealizava alguma figura ao meu lado em Wexford. Esse prospecto parecia improvável depois da cena daquela noite, a não ser que os ingleses curtissem gente capaz de ejetar comida da garganta em alta velocidade.

– Eu também – falei. – Estudar. É o que vou fazer este ano.

Claro, nós duas queríamos dizer isso *até certo ponto*. Eu tinha ido para estudar. Eu teria que tentar entrar para a universidade enquanto estivesse ali. Realmente ia ler todos aqueles livros da minha prateleira, e estava animada de verdade com as minhas aulas, ainda que parecesse que elas provavelmente fossem me matar. Mas nenhuma de nós duas estava dizendo a verdade completa nesse quesito, e ambas sabíamos disso. Houve um olhar, um clique quase audível quando nos unimos diante dessa mentira mútua. Jazza e eu nos *entendíamos*. Talvez fosse ela a figura que eu sempre imaginara ao meu lado.

7

NO DIA SEGUINTE, CHOVEU.

Meu dia começou com dois tempos seguidos de francês, uma das matérias em que eu me saía melhor em minha cidade natal. A Louisiana tem raízes francesas. Um monte de coisas em Nova Orleans tem nome francês. Eu achava que me sairia muito bem na matéria, mas a ilusão foi rapidamente estilhaçada quando nossa professora, Madame Loos, entrou na sala tagarelando em francês como uma parisiense irritada. Depois fui direto para mais dois tempos seguidos, dessa vez de literatura inglesa, em que fomos avisados de que estudaríamos o período entre 1711 a 1847. O que me deixou inquieta foi a especificidade disso. Nem achei que a matéria seria necessariamente mais difícil da que eu estudava na outra escola – era mais o fato de eles se comportarem de forma tão adulta a esse respeito. Os professores falavam com uma segurança tranquila, como se todos fôssemos acadêmicos perfeitamente qualificados, e os alunos agiam de acordo. Leríamos Pope, Swift, Johnson, Pepys, Fielding, Coleridge, Wordsworth, Richardson, as irmãs Brontë, Dickens... A lista era interminável.

Então fui almoçar. A chuva continuava.

Depois do almoço eu tive um tempo livre, que gastei tendo um ataque de pânico no meu quarto.

Com certeza cancelariam o hóquei, pensei. Na verdade, perguntei a uma aluna o que a gente deve fazer quando o tempo de esporte é cancelado por causa do clima, e ela apenas riu. Então lá fui eu para o campo com meu shortinho e meu casaco, e o protetor bucal, é claro. Na noite anterior eu o deixara de molho numa xícara de água quente para fazê-lo amolecer e se ajustar aos meus dentes. Foi uma sensação agradável. No campo, fui recebida com o equipamento de goleiro. Não sei bem quem elaborou o equipamento para quem fica no gol, mas eu diria que essa pessoa queria unir o amor pela segurança com um senso de humor realmente macabro. Na parte de baixo eu vestira duas caneleiras gordas que davam, fácil, duas vezes o tamanho da minha perna. Havia outro par para a parte superior da coxa. Os protetores de braço pareciam boias que alguém tinha inflado demais. Havia também protetores para o peito com uma camiseta de tamanho gigantesco para colocar por cima, e, como sapatos, enormes objetos que pareciam ter saído de um desenho animado. E tinha também o capacete com a proteção para o rosto. O efeito geral era o daquelas fantasias acolchoadas que fazem você parecer um lutador de sumô – só que bem menos elegante e humano. Levei quinze minutos para colocar tudo, e depois tive que descobrir como andar com aquilo. A outra goleira, uma garota chamada Philippa, colocou as dela na metade do tempo e já estava correndo pelo campo com as pernas abertas enquanto eu ainda tentava calçar os sapatos.

Depois que consegui fazer isso, minha função foi ficar parada no gol enquanto as pessoas lançavam bolas de hóquei em cima de mim. Claudia ficava gritando para eu evitar o massacre usando os pés, mas às vezes dizia para usar os braços. O tempo todo, a chuva batia no capacete e escorria pelo meu rosto. Eu não conseguia me mexer, então as bolas simplesmente me acertavam. Quando tudo acabou, Charlotte foi até mim; eu estava tentando tirar as proteções.

– Se quiser uma ajuda – disse ela –, faz tempo que eu jogo. Seria um prazer ajudar você com as técnicas.

Foi especialmente doloroso perceber que ela estava sendo sincera.

Na minha cidade, eu tinha a terceira média mais alta da turma, e literatura era o meu forte. Eu pretendia começar os deveres de casa pela leitura para a aula de Literatura Inglesa. O texto que eu precisava ler era o "Ensaio sobre a crítica", de Alexander Pope.

O primeiro desafio era que o ensaio na verdade se tratava de um poema muito longo em "dísticos heroicos". Se um texto se chama ensaio, deveria ser um ensaio. Li duas vezes. Alguns trechos me chamaram a atenção, como "Atreve-se o Tolo onde até anjos receiam pisar". Agora eu sabia de onde vinha essa frase. Mas eu ainda não entendia muito bem o que queria dizer. Primeiro pesquisei na internet, mas logo percebi que precisaria fazer um esforço extra ali em Wexford. Aquela instituição era adepta do aprendizado com livros. Então fui à biblioteca.

A biblioteca da minha outra escola era um negócio que parecia um bunker de alumínio anexado ao prédio. Não tinha janelas, e o ar-condicionado chiava. Já a de Wexford era uma biblioteca de verdade. O chão era todo em pedra preta e branca. Havia dois níveis de estantes – todas grandes, de madeira. E havia também uma área de estudos gigantesca, cheia de compridas mesas de madeira com divisórias, de forma que cada aluno tinha um espaço reservado, dispondo de uma prateleira, uma luminária e tomadas para o laptop. Inclusive, a divisória era, na frente, coberta de cortiça e com alfinetes, para pendurar anotações de estudo. Essa parte era muito moderna e com materiais lustrosos; ao sentar ali, me senti uma pessoa de verdade, como se eu realmente fosse um daqueles intelectuais de Wexford. Eu podia pelo menos fingir, e, se fingisse por tempo suficiente, talvez eu transformasse aquilo em realidade.

Escolhi um lugar em uma das baias vazias e passei vários minutos ajeitando o espaço. Liguei meu laptop na tomada. Prendi o plano de estudos do curso à cortiça e o encarei. Todo mundo ali na biblioteca parecia estar estudando tranquilamente. Ninguém tinha, até onde eu sabia, lido o plano de estudos de alguma matéria e tentado fugir pela chaminé. Eu havia sido aceita em Wexford, e teria que presumir que eles não estavam só tentando ser engraçadinhos.

Wexford tinha uma vasta seleção de livros sobre Alexander Pope, então fui para a seção de Literatura Ol-Pr, que ficava no fim do nível superior. Quando cheguei ao corredor certo, encontrei um cara sentado ali no chão, lendo. Ele estava de uniforme, mas usava um sobretudo grande demais por cima. Tinha um cabelo muito elaborado, pintado de loiro, com pontas penteadas para cima. E estava cantando uma música.

Panic on the streets of London,
Panic on the streets of Birmingham...

Claro, era muito romântico se recostar na seção de literatura com um cabelo estiloso, mas ele estava fazendo isso no escuro. Toda a iluminação dos corredores era temporizada. Quando você entrava, ia acender a luz. Ela apagava sozinha depois de uns dez minutos. Ele não se dera ao trabalho de acendê-la e estava lendo com a escassa luz que entrava pela janela bem no fim do corredor. Ele não se moveu nem olhou para cima, mesmo quando precisei ficar bem ao seu lado e esticar o braço por cima dele para pegar os exemplares. Havia cerca de dez livros com as obras completas de Alexander Pope; eu não precisava deles. Eu tinha o poema – precisava de algo que me dissesse o que diabos o poema significava. Perto desses havia vários livros sobre Alexander Pope, mas eu não fazia ideia de qual queria. Sem contar que eram muito grandes. Enquanto isso, o cara continuava cantando:

> *I wonder to myself,*
> *Could life ever be sane again?*

– Com licença, se importa de chegar um pouco para lá? – falei.

Ele olhou lentamente para cima e piscou.

– Está falando comigo?

Havia uma leve confusão nos olhos do garoto. Ele dobrou os joelhos e girou sentado para olhar para mim. Agora eu entendia o que as pessoas queriam dizer com sangue azul: ele era a pessoa mais pálida que eu já tinha visto, de um genuíno tom azul-acinzentado à luz do corredor.

– Que música é essa que você está cantando? – perguntei, na esperança de que ele interpretasse isso como um 'por favor, pare de cantar'.

– Se chama 'Panic' – respondeu ele. – É do The Smiths. As ruas estão em pânico agora, não é? O Estripador e tudo o mais. Morrissey é um profeta.

– Ah.

– O que você está procurando?

– Um livro sobre Alexander Pope, e eu...
– Para quê?
– Eu precisava ler 'Ensaio sobre a crítica'. E li. Eu só não... eu preciso de um livro sobre esse poema. Um livro de crítica.
– Então você não quer estes – disse ele, se levantando. – É tudo bobagem. Vai aproveitar muito mais algo que contextualize o trabalho do Pope. Sabe, Pope estava falando sobre a importância da boa crítica. Todos estes livros são só biografias para encher linguiça. Você está procurando a seção de crítica geral, que é para lá.

Tive a impressão de que o garoto fez um esforço extraordinário para se levantar. Ele apertou bem o casaco em volta do corpo e se afastou um pouco de mim. Então fez um movimento brusco com a cabeça coberta de cabelo arrepiado para indicar que eu deveria segui-lo. Foi o que fiz. Ele se desviou das pilhas sombrias de livros, virando-se abruptamente alguns corredores à frente. Não acendeu as luzes ao entrar – eu é que tive que fazer isso. Ele também não precisou procurar pela seção ou livro que queria. Foi direto até o exemplar e apontou para a lombada vermelha.

– Este aqui. De Carter. Fala sobre o papel de Pope na formação da crítica moderna. E este aqui – disse ele, indicando um livro verde duas prateleiras abaixo –, de Dillard. Meio básico, mas se o assunto é novidade para você, vale uma lida.

Decidi não ficar ressentida com o fato de ele presumir que o assunto era "novidade" para mim.

– Você é americana – disse ele, recostando-se na prateleira às suas costas. – Não recebemos muitos americanos aqui.

– Bom, vocês me receberam.

Eu não sabia o que fazer em seguida. Ele não dizia nada, só me encarava enquanto eu segurava o livro. Então o abri e dei uma olhada no sumário. Havia um capítulo inteiro a respeito de "Ensaio sobre a crítica". Tinha vinte páginas. Eu podia dar conta de vinte páginas se aquilo fosse me ajudar a parecer menos perdida.

– Meu nome é Rory – falei.

– Alistair.

– Obrigada – falei, erguendo o livro.

Ele não respondeu. Apenas se sentou no chão e cruzou os braços cobertos pelo sobretudo, me encarando.

A luz do corredor se apagou quando saí, mas ele nem se mexeu.

Ainda ia levar um tempo até eu conseguir entender como eram as coisas ali em Wexford.

8

Morar na escola faz os alunos se aproximarem muito rápido. Não tem como evitar os outros. Todas as refeições são com eles. Você fica em pé na fila para o chuveiro com eles. Vai às aulas e aos treinos de hóquei com eles. Vocês dormem no mesmo lugar. Você começa a perceber os milhares de detalhes da vida cotidiana em que nunca repara quando só vê as pessoas na escola. Como você está lá constantemente, o tempo da escola passa de um jeito diferente. Depois de apenas uma semana em Wexford, eu já sentia que estava lá fazia um mês.

Percebi que eu era popular em Bénouville, eu acho. Quer dizer, não a ponto de virar rainha do baile, porque isso sempre cabia a uma garota com Habilidade Profissional em Concursos. Mas minha família era antiga na cidade e meus pais eram advogados, o que significava que eu tinha uma certa segurança. Nunca me senti fora de lugar. Nunca me faltavam amigos. Eu nunca entrava em uma sala de aula me sentindo um peixe fora d'água. Eu era dali. Estava em casa.

Wexford não era minha casa. A Inglaterra não era minha casa.

Eu não era popular em Wexford. Mas também não era impopular. Eu só ficava ali. Não era a mais inteligente, apesar de me virar bem nas matérias. Mas tinha que me esforçar mais do que nunca. Volta e meia eu não sabia do que as pessoas estavam falando. Não entendia as piadas e referências. Minha voz às vezes soava alta e estranha. Eu tinha hematomas provocados pelas bolas de hóquei *e* pela proteção que eu usava contra as bolas de hóquei.

Alguns outros fatos que me saltaram aos olhos:

Galês é uma língua de verdade e usada hoje em dia. Nossas vizinhas do quarto em frente, Angela e Gaenor, a falavam. Soa como a língua dos bruxos.

Baked beans, aqueles feijões cozidos em molho doce de tomate, são muito populares na Inglaterra. No café da manhã. Na torrada. Nas batatas assadas. Eles não enjoam nunca disso.

"História Norte-Americana" não é uma matéria que se ensine em qualquer escola do mundo.

Inglaterra, Grã-Bretanha e Reino Unido não são tudo a mesma coisa. Inglaterra é o país. A Grã-Bretanha é a ilha em que ficam a Inglaterra, a Escócia e o País de Gales. O Reino Unido é a designação formal para a Inglaterra, a Escócia, o País de Gales e a Irlanda do Norte como entidade política. Se você falar alguma parte disso errado, vão corrigir você. Sempre.

Os ingleses jogam hóquei faça chuva ou faça sol. Trovoadas, relâmpagos, praga de gafanhotos... nada é empecilho para o hóquei. Não lute contra o hóquei, pois o hóquei vencerá.

Jack, o Estripador, atacou pela segunda vez bem cedo no dia 8 de setembro de 1888.

Este último fato foi martelado na minha cabeça de aproximadamente dezessete mil maneiras diferentes. Eu nem assistia ao noticiário, mas mesmo assim as notícias chegavam até mim. E essas notícias queriam muito que soubéssemos sobre o 8 de setembro. O dia 8 de setembro era um sábado, e eu tinha aula de História da Arte aos sábados. Esse fato parecia bem mais relevante para minha vida, já que eu não estava habituada à ideia de ter aulas aos sábados. Sempre presumira que o final de semana era uma tradição sagrada, respeitada pelas pessoas de bem em qualquer lugar. Não era o que ocorria em Wexford.

Mas nossas aulas de sábado eram de "arte e enriquecimento cultural", ou seja, teoricamente seriam um pouquinho menos dolorosas do que as que tínhamos durante a semana, a não ser para quem detestava artes ou enriquecimento cultural; acredito que algumas pessoas detestem.

Jazza tentou me acordar antes de ir tomar banho, e depois, de novo, antes de descer para o café, mas ela só teve sucesso quando voltou ao quarto para pegar seu violoncelo para a aula de música. Caí da cama quando a ouvi arrastando aquele enorme estojo preto porta afora.

Eu não era a única a começar o dia mais tarde aos sábados. Eu já desenvolvera o hábito de jogar a saia e o blazer por cima do pé da cama à noite, de maneira que pela manhã bastava pegar uma camisa limpa, vestir a saia e o blazer e calçar os sapatos e prender o cabelo em qualquer formação que parecesse razoavelmente com um penteado. Eu tomava banho à noite e, assim como Jazza, tinha desistido da maquiagem. Minha avó ficaria estarrecida.

Eu fiquei pronta em cinco minutos e voei pelos paralelepípedos até o prédio das salas de aula. História da Arte era ministrada num dos estúdios grandes e arejados do andar superior. Sentei em uma das bancadas. Ainda estava limpando a remela dos cantos dos olhos quando Jerome se sentou ao meu lado. Era a primeira aula que eu pegava com um amigo, o que não era muito chocante, considerando que a contagem de amigos estava em dois até aquele momento. De todo mundo que eu vira, Jerome era quem parecia mais deslocado em seu uniforme, certamente comparado aos outros monitores-chefes. Sua gravata especial de monitor-chefe (com listras cinza) estava torta e meio frouxa no pescoço. Os bolsos do blazer estavam estufados de coisas: celular, canetas, algumas anotações. O cabelo dele era o mais desgrenhado – mas um desgrenhado legal, pensei. Parecia que ele tinha cortado os cachinhos na medida certa, talvez um centímetro a menos. Eles caíam exatamente em cima das orelhas. E dava para perceber que tudo o que ele fazia era sacudir a cabeça de manhã. Os olhos dele eram rápidos, sempre percorrendo os lugares em busca de informação.

– Ficou sabendo? – perguntou ele. – Encontraram outro corpo por volta das nove desta manhã. É o Estripador, sem dúvida.

– Bom dia – respondi.

– Bom dia. Escuta só. A segunda vítima dos assassinatos de Jack, o Estripador, em 1888 foi encontrada nos fundos de uma casa na Hanbury street, nos fundos, numa área externa perto de um lance de degraus, às 5h45 da manhã. A casa já era a esta altura, e a polícia ficou concentrada no lugar onde ela costumava ficar. Esta nova vítima foi encontrada atrás de um pub chamado Flowers and Archers, que tem nos fundos uma área externa bem parecida com a descrição do jardim da casa na Hanbury Street. A segunda vítima em 1888 foi uma mulher chamada Annie *Chapman*. A vítima desta vez se chamava Fiona *Chapman*. Todos os ferimentos correspondiam exatamente aos de Annie Chapman. O talho no pescoço. O abdome aberto. Os intestinos removidos e colocados por cima de um dos ombros. O estômago arrancado e colocado em cima do outro. O assassino pegou a bexiga e o...

Nosso professor entrou. De todos os professores que eu conhecera até então, este me pareceu o mais comedido. Todos os professores homens usavam paletó e gravata, e as mulheres tendiam a escolher vestido ou calça social com uma blusa de ar sério. Mark, como ele se apresentou, estava de suéter azul básico e calça jeans. Parecia ter trinta e tantos anos e usava óculos de aro de tartaruga.

– A polícia nem está mais tentando negar – disse Jerome baixinho, logo antes de Mark começar. – Definitivamente é um novo Estripador.

Assim começou a aula de História da Arte. Mark era curador em tempo integral na National Gallery, mas vinha nos ensinar sobre arte todos os sábados. Começaríamos, informou ele, a trabalhar com quadros do Século de Ouro dos Países Baixos. Ele distribuiu alguns livros de referência, que eram quase do peso de uma cabeça humana (uma estimativa aleatória de minha parte, obviamente, mas, uma vez que o Estripador tinha sido mencionado, a gente logo pensava em partes do corpo).

Imediatamente ficou claro que, apesar de ser uma aula de sábado sob a etiqueta geral de "arte e enriquecimento cultural", aquele não era apenas um jeito de matar três horas que poderiam de outra forma ser passadas na cama ou comendo cereal. Era uma aula como qualquer outra, e muitas pessoas ali na sala (Mark perguntou) estavam considerando passar para o nível avançado em História da Arte. Mais competição.

Mark nos informou de que em vários sábados iríamos à National Gallery para ver os quadros de perto, o que era um ponto positivo. Mas não hoje. Hoje estudaríamos slides. Três horas de slides não é tão terrível quanto parece, não quando tem uma pessoa razoavelmente interessante que realmente gosta do que ensina para explicá-los. E eu gosto de arte.

Jerome, eu percebi, era cuidadoso nas anotações. Ele sentava bem recostado na cadeira, o braço estendido, escrevendo rápido com a mão solta e relaxada, os olhos indo do slide para a página. Comecei a copiar o estilo dele. Ele fazia umas vinte anotações, de poucas palavras, sobre cada obra. De vez em quando o cotovelo dele fazia contato com meu braço, e ele dava uma olhada. Quando a aula acabou, igualamos nosso ritmo e andamos lado a lado para o refeitório. Jerome continuou exatamente de onde tinha parado:

– O Flowers and Archers não é longe daqui – disse ele. – Podíamos ir lá.

– A gente... podia?

De novo, eu sabia que muitos alunos de Wexford podiam beber, porque a idade legal era dezoito anos. Eu sabia que os pubs seriam, de alguma forma, parte da vida dali. Mas eu não esperava que alguém, ainda mais um monitor-chefe, me convidasse para ir a algum. Além disso, ele estava me chamando para sair? Será que se leva alguém para um encontro em uma cena de crime? Meu coração acelerou um pouquinho, mas foi rapidamente regulado quando ele continuou:

– Eu, você, Jazza – disse ele. – Você deveria convencê-la a ir, se não ela vai começar a se estressar logo no primeiro dia. Você é a guardiã dela agora.

– Ah – falei, tentando não transparecer a decepção. – Certo.

– Eu tenho que ajudar na parte administrativa da biblioteca até a hora do jantar, mas podemos ir logo depois. O que acha?

– Claro – falei. – Hã... quer dizer, não tenho nenhum plano.

Ele colocou as mãos nos bolsos e deu alguns passos para trás.

– Tenho que ir – disse ele. – Não conte a Jazza aonde vamos. Só diga que vamos a um pub, ok?

– Claro – falei.

Jerome acenou de um jeito meio largado, com toda a parte de cima do corpo, e saiu andando para a biblioteca.

9

Ninguém precisava ser muito perceptivo para saber que Jazza não ia querer visitar uma cena de crime naquela noite. Ela era, para usar a linguagem coloquial, uma pessoa normal. Estava à escrivaninha, comendo um sanduíche, quando voltei.

– Desculpe – disse ela quando entrei. – Minha aula de violoncelo foi até mais tarde, e eu não estava com vontade de descer para o refeitório. Nos sábados eu às vezes me permito curtir uma guloseima, como sanduíche e bolo.

"Curtir uma guloseima" era uma das particularidades de Jazza que eu amava. Tudo era uma pequena celebração para ela. Dava para curtir um único biscoito ou uma xícara de chocolate quente. Ela fazia essas coisas parecerem especiais. Até meu molho de queijo se tornara uma guloseima. Era mais precioso agora.

Alguma coisa apitava na minha cama. Eu ainda não estava acostumada aos toques e alertas pouco familiares no meu celular inglês. Ainda nem pegara o hábito de carregá-lo comigo, porque não era provável que alguém quisesse me ligar, a não ser meus pais. A chegada deles a Bristol estava marcada para aquela manhã. Era deles a mensagem. Reparei em uma frequência de tensão na voz da minha mãe.

– Achamos que você deveria passar os fins de semana aqui em Bristol – disse ela, depois de resolvermos os "olás" básicos do início de conversa. – Pelo menos até essa história de Estripador acabar.

Por mais que Wexford pudesse ser alarmante às vezes, eu não tinha vontade alguma de sair dali. Na verdade, tinha certeza de que, se fizesse isso, perderia coisas cruciais: todas as que permitiriam que eu me adaptasse e completasse aquele ano letivo.

– Bom, eu tenho aula no sábado de manhã – falei –, depois tem o almoço. E não leva, tipo, horas para chegar aí? Então eu nem chegaria até sábado à noite, e aí teria que ir embora no domingo à tarde, e preciso de todo esse tempo para fazer meus trabalhos. Além disso, tenho que jogar hóquei todos os dias, e, já que eu não sei jogar, preciso treinar a mais...

Jazza não levantou os olhos, mas dava para perceber que ela estava ouvindo cada palavra do que eu dizia. Depois de dez minutos, eu conseguira convencê-los de que não era uma boa ideia sair da escola, mas tive que jurar por Deus e o mundo que tomaria cuidado e que nunca, jamais, em hipótese alguma, faria nada sozinha. Eles passaram a descrever a casa em Bristol. Minha ida para conhecê-la estava marcada para um feriado prolongado no meio de novembro.

– Seus pais estão preocupados? – perguntou Jazza quando desliguei.

Fiz que sim e sentei no chão.

– Os meus também – disse ela. – Acho que querem que eu vá para casa também, mas não falaram nada. Mesmo porque a viagem à Cornualha seria longa demais. E Bristol é a mesma coisa. Você está certa.

Essa confirmação fez eu me sentir um pouco melhor. Não era tudo invenção minha.

– O que você vai fazer hoje à noite? – perguntei a ela.

– Pensei em ficar aqui e trabalhar no ensaio de alemão. E também preciso muito passar algumas horas praticando violoncelo. Eu estava péssima hoje de manhã.

– Ou poderíamos sair. Para... um pub. Com o Jerome.

Jazza mordeu uma mecha de cabelo por um momento.

– Um pub? Com o Jerome?

– Ele me pediu para chamar você.

– Jerome pediu para você me chamar para ir a um pub?

– Ele disse que o meu trabalho era convencer você – expliquei.

Jazza girou na cadeira e abriu um sorriso largo.

– Eu *sabia* – disse ela.

Jazza e Jerome, imaginei, deviam ter um flerte antigo e agora tinham a mim para dar vida ao amor deles. Se esse seria o meu papel, era melhor eu aceitar. Ou, pelo menos, parecer falsamente alegre.

– Então – falei –, você e Jerome... Qual é a história?

Jazza inclinou a cabeça para o lado de um jeito que decididamente a fazia parecer um pássaro.

– Não – disse ela, rindo. – Não diga coisas nojentas. Eu e o Jerome? Quer dizer... eu amo o Jerome, mas somos amigos. Não. Ele está chamando você para sair.

– Ele está me chamando para sair, me pedindo para chamar você?

– Exato – disse ela.

– Não teria sido mais fácil simplesmente me chamar?

– Você não conhece o Jerome – disse Jazza. – Ele não faz as coisas do jeito fácil.

Minha animação voltou a toda.

– Então – falei –, você quer ir, ou...

– Bem, eu deveria – disse ela –, porque se eu não for, é capaz de ele ficar nervoso e não ir. Ele precisa de mim como apoio.

– Isso é complicado – falei. – Todos os ingleses são que nem vocês?

– Não – disse ela. – Ah, eu *sabia*! É perfeito!

Adorei o jeito como ela disse a palavra, com o sotaque britânico. Era *perfeito*.

Para poder sair, Jazza passou a tarde inteira estudando, sem pausa. Fiquei sentada à minha escrivaninha fingindo fazer o mesmo, mas eu estava dispersa demais. Passei cerca de duas horas na internet tentando descobrir discretamente o que se deve vestir para ir a um pub, mas a internet é inútil para coisas desse tipo. Peguei uma variedade terrível de conselhos, de sites de viagem americanos (defensores de um guarda-roupa de trajes básicos de viagem que não amassam e uma capa de chuva) a um monte de sites ingleses, sobre como todas as garotas em todos os pubs usavam saias curtas demais ou saltos altos demais e como elas caem quando andam bêbadas nas ruas – o que gerou mais meia hora de pesquisa furiosa sobre misoginia e feminismo, porque esse tipo de coisa me deixa louca.

Minha lista de problemas de matemática infelizmente não se resolveu sozinha nesse período. Nem meu texto se leu sozinho. Tentei me convencer de que eu estava buscando um aprendizado cultural, mas nem eu cairia nessa. Sem que eu percebesse, eram cinco horas, e Jazza começou a se mexer e falar alguma coisa sobre se arrumar. Nas noites de sábado, a gente podia descer para jantar com a roupa que quisesse. Essa seria a primeira vez que eu encararia a sociedade Wexford usando Roupas de Verdade.

Como eu ainda não sabia o que usar, protelei mais um pouco ligando a música enquanto via Jazza se trocar. Ela vestiu calça jeans; eu vesti calça jeans. Ela vestiu uma blusa fina; coloquei uma camiseta. Ela prendeu o cabelo no alto; prendi meu cabelo no alto. Ela ignorou a maquiagem, mas nesse ponto eu divergi. Botei também um casaco de veludo preto. Foi um presente da minha avó, uma das poucas coisas que ela comprou para mim que eu não tinha aversão a usar em público. Como sou bem branca – anos de filtro solar em excesso e sendo sangrada até a morte por mosquitos dos pântanos –, o preto chapado dava ao meu visual um aspecto dramático. Acrescentei um pouco de batom vermelho, o que talvez fosse um pouquinho longe demais, mas Jazza falou que eu estava bonita, e me pareceu sincera ao dizer isso. Para completar, coloquei um cordão com pingente de estrela, presente da prima Diane.

O refeitório estava com apenas três quartos da lotação, se tanto. Um monte de gente, explicou Jazza, simplesmente não ia jantar no sábado para poder começar a noite cedo. Pude ver a escolha de vestimenta dos que ficaram e fiquei satisfeita ao constatar que eu fora sábia em copiar Jazza. Ninguém vestia nada muito elaborado – jeans, saias, suéteres, camisetas. Jerome estava de casaco marrom com capuz e calça jeans. Comemos rápido e saímos. Eu tremia em meu casaco. Eles nem precisavam de casaco. O dia ainda estava bastante claro, mesmo depois das sete. Andamos vários quarteirões, Jazza e Jerome conversando sobre coisas que eu não sabia ou não compreendia, quando Jazza começou a olhar ao redor, confusa.

– Achei que estivéssemos indo ao pub – disse ela.

– E estamos – respondeu Jerome.

– O pub é naquela direção – disse ela, apontando para o lado oposto. – Para qual estamos indo?

– O Flowers and Archers.

– O Flowers... Ah. Não. Não.

– Qual é, Jazzy – disse Jerome. – Temos que mostrar a área pra sua colega de quarto aqui.

– Mas é a *cena de um crime*. Não podemos entrar em uma *cena de crime*.

Mesmo enquanto ela dizia isso, avistamos tudo. Os caminhões dos noticiários primeiro, os satélites para fora. Devia ter umas duas dezenas deles. Uma seção inteira de calçada lotada com repórteres falando para as câmeras. E as viaturas, as vans de polícia, as unidades móveis de cenas de crimes. Sem contar as pessoas, muita gente. Algum tipo de cordão de isolamento fora colocado, obviamente, de maneira que as pessoas se agrupavam em volta. Devia ter pelo menos cem, só olhando e tirando fotos. Alcançamos a multidão.

– Eu vou só tirar umas fotos e depois vamos a um pub de verdade – disse Jerome, avançando e se espremendo entre as pessoas para passar.

Fiquei na ponta dos pés por uns instantes para tentar dar uma olhada no Flowers and Archers. Era só um pub comum: janelas grandes e pretas, placas de madeira pintadas com cores alegres em cima da porta, uma lousa do lado de fora anunciando um prato especial. Só as dezenas de policiais passando às pressas de um lado para outro como formigas dava alguma indicação do terror que ocorrera ali. De repente me senti desconfortável. Um calafrio desagradável percorreu minhas costas.

– Venha – falei. – Vamos nos afastar disso tudo.

Quase fui com tudo em cima de um homem que estava de pé bem atrás da gente. Ele usava um terno com o paletó ligeiramente largo demais. Era completamente careca, daquelas carecas bem lisas. A falta de cabelo deixava em evidência seus olhos, que eram intensamente brilhantes. Quando pedi desculpas, os olhos dele se arregalaram no que pareceu uma expressão de choque.

– Sem problema – respondeu ele. – Sem problema.

Ele deu um passo para o lado a fim de me deixar passar, abrindo um sorriso largo.

– As pessoas estão agindo como se isto fosse uma festa – disse Jazza, olhando para o grupo de pé a nossa volta com garrafas de cerveja, tirando fotos com o celular e segurando filmadoras. – Olhe só como todo mundo parece feliz.

– Desculpa – falei. – O Jerome pediu para eu não contar a você. E eu esqueci quando você começou a explicar toda a coisa de ele me chamar para sair.

– Tudo bem – disse ela. – Eu deveria ter imaginado.

Jerome voltou dando uma corridinha e com um sorriso enorme no rosto.

– Cheguei bem na frente da fita – disse ele. – Venham. Agora vamos beber de verdade.

Fomos a um pub a algumas ruas dali, mais perto de Wexford. O local não me decepcionou. Era tudo o que a internet prometera: o longo balcão do bar todo em madeira, uma aglomeração decente, copos de *pint*. De nós três, só Jerome tinha mais de dezoito; além disso, Jazza disse que ele nos devia uma por ter nos levado a uma cena de assassinato – então ele ficou com a responsabilidade de comprar todas as bebidas. Jazza queria uma taça de vinho, mas eu queria cerveja, porque tinha ouvido dizer que é isso que se bebe num pub. Quando chegou a hora, Jerome foi até o bar. Todos os lugares lá dentro estavam ocupados, então fomos para a área externa e ficamos de pé em uma mesa pequena embaixo de uma lâmpada de calor. O diâmetro nos colocou cara a cara uns com os outros, nossas peles brilhando avermelhadas sob a luz. Jazza foi rápida com a taça de vinho. Uma *pint* de cerveja, descobri, é cerveja pra caramba. Mas eu estava determinada a colocar tudo para dentro.

Jerome tinha mais a nos contar sobre os eventos do dia:

– A vítima não só tinha o mesmo sobrenome que a de 1888; tinha também a mesma idade, 47 anos. Trabalhava em um banco aqui de Londres e morava em Hampstead. Quem quer que seja o assassino, teve muito trabalho para conseguir acertar todos os detalhes. Ele conseguiu levar uma mulher com o nome e a idade certos para um pub perto da casa dela e a quase dois quilômetros do lugar onde ela trabalha. Às cinco da manhã. Dizem que ela não parece ter sido amarrada ou trazida à força.

– Jerome vai ser jornalista – explicou Jazza.

– Escutem – continuou Jerome, apontando para o teto, logo acima da porta. – Olhem para cima. É uma câmera do circuito de monitoramento. A maioria dos pubs tem uma. Só naquele trecho, perto do Flowers and Archers, contei cinco câmeras. Na Durward Street? Pelo menos seis no caminho que a vítima percorreu. Se eles não têm registro do Estripador, tem alguma coisa muito errada com o sistema.

– Jerome vai ser jornalista – repetiu Jazza.

Ela já estava meio alta, se balançando um pouco ao som da música.

– Eu não fui o único a reparar nisso!

Olhei para a câmera no teto. Era bastante grande, comprida e fina, o olho eletrônico apontado direto para nós. Havia outra ao lado dela, apontada em outra direção, de maneira a cobrir as duas metades da área externa do pub.

– Não sou monitora-chefe – disse Jazza de repente.

– Qual é, Jazzy – disse ele, segurando o braço dela.

– *Ela* é.

Jazza estava falando sobre Charlotte, obviamente.

– E o que mais ela é? – perguntou Jerome.

Jazza não deu resposta alguma, então me pronunciei com:

– Uma parasita?

– Uma parasita! – O rosto de Jazza se iluminou. – Ela é uma parasita! Adoro minha nova colega de quarto!

– Ela é meio fraca pra bebida – explicou Jerome, referindo-se a Jazza. – E nunca a deixe beber gim.

– Gim não é legal – disse Jazza. – Gim faz Jazza vomitar.

Jazza ficou sóbria depressa no caminho para casa, justamente quando a tontura subiu à minha cabeça. Comecei a contar a Jerome algumas das histórias que eu narrara para Jazza noites antes: sobre o tio Bick e a srta. Gina, Billy Mack, tio Will. Quando ele nos deixou nos degraus sob a grande placa com a inscrição MULHERES em cima da nossa porta, tinha um olhar estranho, ilegível. Charlotte estava sentada na mesa do saguão de entrada, uma lista de afazeres e um livro de latim diante de si.

– Foi boa, a noite? – perguntou ela quando entramos.

– Maravilhosa – disse Jazza, um pouco alto demais. – E a sua?

Pela primeira vez, enquanto eu subia as escadas em caracol, senti que estava voltando para casa. Olhei para o longo corredor, com seus carpetes cinza e suas curvas estranhas e as diversas saídas de incêndio no meio do caminho, e tudo me pareceu muito certo e familiar.

O restante da noite foi agradável. Jazza se concentrou em seu ensaio de alemão. Eu respondi a alguns e-mails dos meus amigos de Bénouville, fiquei navegando na internet por um tempo e pensei em começar o dever de francês. Nada perturbou minha tranquilidade até eu fechar as cortinas para dormir. Quando fiz isso, algo chamou a minha atenção. Eu já havia fechado a cortina com um puxão antes de meu cérebro registrar que eu tinha visto algo que não me agradara, mas, quando voltei a abri-la, não havia nada lá fora a não ser algumas árvores e paralelepípedos molhados. Começara a chover. Fiquei com o olhar fixo por um momento, tentando entender o que eu tinha visto. Havia algo logo ali embaixo – uma pessoa. Alguém estava em pé bem na frente do prédio. Mas isso não era nenhuma surpresa. Havia pessoas na frente do prédio o tempo inteiro.

– Qual é o problema? – perguntou Jazza.

– Nada – respondi, fechando a cortina de novo. – Achei que tivesse visto alguma coisa.

– Esse é o problema com toda essa cobertura da mídia para o Estripador. Deixa as pessoas com medo.

É claro que Jazza tinha razão. Mas reparei que as cortinas do lado dela também estavam mais bem fechadas que o normal.

GOULSTON STREET, LESTE DE LONDRES
8 DE SETEMBRO
21H20

VERONICA ATKINS ESTAVA SENTADA À ESCRIVANINHA em sua cobertura, olhando para o Flowers and Archers lá embaixo. Ela colocou um dos pés na cadeira e empurrou-se lentamente para trás e para a frente, depois esticou o braço e, sem olhar para a confusão de garrafas e latas e canecas sujas, alcançou a xícara de chá que agora tomava. Veronica era designer e consultora freelancer de TI. No quarto da frente, o que dava para o Flowers and Archers, ficava sua mesa de trabalho.

É claro que tinha que terminar esse site, um dos trabalhos mais importantes e lucrativos do ano. No contrato não havia nenhuma cláusula prevendo atraso devido ao fato de que *o Estripador* decidira atacar bem em frente a sua casa, *no pub dela*. Aliás, ela instalara as câmeras de monitoramento no pub depois de terem sido roubados pela primeira vez, no ano anterior. Como era amiga do dono, fizera por uma fração do preço usual. Em retribuição, o dono lhe dava bebidas de graça. Mais cedo naquele dia, ela vira a polícia remover o gravador. Eles assistiriam ao resultado do trabalho *dela*...

Não importava. Nem as sirenes, o barulho da crescente força policial que entrava e saía do laboratório móvel estacionado em frente ao prédio dela, o helicóptero que sobrevoava sua cabeça ininterruptamente, o policial que viera a sua porta perguntar se ela tinha visto alguma coisa. Normalmente, ela podia andar por aí com sua camiseta I LOVE NERDS, a calça de corrida velha, as pantufas, o cabelo tingido de loiro e cor-de-rosa em um nó emaranhado no topo da cabeça e preso com um grampo de plástico feito para enrolar fios de computador. Esse era um traje perfeitamente aceitável para ir pegar um expresso duplo no Wakey Wakey. Hoje, ela não conseguia nem sair de casa, porque toda a área fora isolada com uma faixa e toda a imprensa do mundo estava no fim da rua.

Não. Sem desculpas. Ou ela terminava hoje, ou não receberia o pagamento.

Como concessão ao ocorrido, ela deixara o noticiário ligado no mudo. De vez em quando dava uma olhada e encarava as vistas aéreas do próprio prédio, imagens em plano geral da fachada da casa dela. Uma vez, chegou a vislumbrar a si mesma na janela. Ignorou, resoluta, as dezenas de mensagens dos amigos e parentes implorando para saber o que estava acontecendo.

Mas aí alguma coisa chamou a sua atenção. Era uma nova legenda na parte de baixo da tela do noticiário. Dizia: **FALHA NO CIRCUITO DE MONITORAMENTO**. Ela ligou o som depressa, a tempo de pegar a ideia geral do que dizia a reportagem.

"*... como no primeiro assassinato da Durward Street. Esta segunda falha do circuito em capturar qualquer imagem útil do indivíduo apelidado de Novo Estripador coloca em questão a eficiência do sistema de monitoramento londrino.*"

– Falha? – repetiu Veronica, em voz alta.

A importância do website diminuiu instantaneamente.

Não. Ela não cometera uma falha. Tinha que provar àquelas câmeras que não. Levou um momento pensando, mas se lembrou de que tinha um backup das filmagens em um servidor on-line, e a documentação devia estar em algum lugar. Sentou no chão, abriu um arquivo e despejou o conteúdo. Aquela era a caixa onde ela enfiara os manuais e garantias de todos os equipamentos. Forninho elétrico, não. Chaleira elétrica, não. Televisão, não...

Então ela encontrou. A papelada das câmeras, com os códigos de acesso rabiscados a caneta na frente.

É claro que isso significava que ela teria que assistir à gravação.

Ela foi até a cozinha, abriu um armário e pegou uma garrafa de uísque – do bom, um presente de aniversário de um ex-namorado escocês. Era o tipo de coisa em que ela só encostava em ocasiões muito especiais. Serviu-se de uma boa dose em um copo de suco e bebeu tudo de virada. Então fechou as cortinas e sentou diante do computador. Entrou no site, digitou os códigos e obteve acesso. Clicou nas opções, selecionando o *play*.

De acordo com o noticiário, o assassinato ocorrera entre as cinco e meia e as seis da manhã. Ela configurou o início da reprodução para as 6h05. Então, inspirando profundamente, apertou *play*, depois *rewind*.

A gravação fora feita no modo noturno, o que lhe conferia uma estranha aura verde-acinzentada. E a primeira coisa que ela viu foi o corpo. Jazia sozinho no terraço de concreto perto da cerca. Estava estranhamente pacífico, desconsiderando o ferimento aberto no abdome e a poça escura ao redor. Veronica engoliu em seco e tentou controlar a respiração. Falha o cacete.

Ela poderia ter parado ali, poderia ter ligado imediatamente para a polícia, mas algo a compeliu a continuar assistindo. Por mais terrível que fosse, havia algo de irresistível em ser a primeira pessoa a ver o assassino. Ele (ou ela) tinha que estar ali.

    Veronica seria uma heroína – a pessoa que havia recuperado o vídeo. A pessoa que conseguira filmar o Estripador.

    Ela desacelerou a reprodução, voltando cautelosamente o filme. Observou a estranha cena do sangue voltando para o corpo. Os marcadores de tempo retrocederam. Às 5h42, alguns dos objetos escuros em torno da mulher começaram a se mover. Agora Veronica conseguia ver o que eram: intestinos, um estômago... posicionados direitinho dentro de um abdome aberto. Então o abdome em si foi cuidadosamente fechado com o lampejo de uma faca. A mulher se sentou, então se ergueu do chão de um jeito brusco e artificial. A faca fechou um ferimento no pescoço. Depois ela bateu na cerca. Então estava se debatendo. Agora estava andando de costas para fora do jardim.

    Veronica pausou a imagem na marca temporal: 5h36.

    As câmeras não haviam falhado, mas a mente dela aceitava aos poucos o que haviam captado. E o que haviam captado não fazia o menor sentido. Ela ficou bizarramente calma, e voltou a dar *play* na ordem certa. Então deu *rewind* e *play* de novo. Então foi até a cozinha e novamente encheu de uísque, por inteiro, o copo de suco. Vomitou na pia, limpou a boca e bebeu um copo de água.

    Não podia guardar aquilo para si. Ia acabar ficando maluca.

Energia persistente

Em vez de descrever um "fantasma" como uma pessoa morta com a permissão de se comunicar com os vivos, vamos defini-lo como a manifestação de uma energia persistente.

– *Fred Myers,*
Anais da Sociedade de Pesquisas
Paranormais 6, 1889.

10

O OUTONO DE 1888 FICOU CONHECIDO COMO Outono do Terror. Jack, o Estripador, estava à solta, na neblina, à espreita com sua faca. Ele podia atacar em qualquer lugar, a qualquer momento. A questão no outono deste ano era que todo mundo sabia exatamente quando o Estripador ia atacar caso continuasse a se ater à sua agenda. A data seguinte era 30 de setembro. Foi quando Jack, o Estripador, atacou duas vezes: o chamado "Evento Duplo". O Evento Duplo era grande parte do motivo por que Jack, o Estripador, era considerado tão incrivelmente assustador – ele conseguira cometer esses assassinatos brutais e um tanto complicados bem debaixo dos olhos da polícia, e ninguém vira nada.

Nesse quesito, o passado e o presente eram precisamente iguais.

Os policiais não sabiam nada. Então, para ajudá-los, milhares de pessoas se uniram às fileiras de detetives amadores. Vinham de avião de todo o mundo. De acordo com o noticiário, o turismo aumentou vinte e cinco por cento durante o mês de setembro. Os hotéis em Londres estavam recebendo um número inédito de reservas. E todos vinham passear no nosso bairro, perambulando em cada centímetro do East End. Não dava para ir a lugar algum sem encontrar alguém tirando fotos ou gravando um vídeo. O Ten Bells, que era o pub do Estripador, onde as vítimas costumavam beber, ficava a apenas algumas ruas de Wexford, e as filas de gente esperando para entrar chegavam a dar a volta no quarteirão. Centenas de pessoas passavam pelos prédios da nossa escola todos os dias, em algum dos dez tours a pé sobre o Estripador que atravessavam nosso campus (até que Monte Everest reclamou, e eles refizeram a rota, dando a volta).

O Estripador também modificou nossa vida escolar. A direção enviara cartas para os pais de todos os alunos garantindo que seríamos mantidos sob vigilância irrestrita e ininterrupta, de maneira que, na verdade, a escola seria o melhor lugar para nós, e o melhor era agir normalmente e não atrapalhar os estudos de ninguém. Na noite seguinte ao segundo assassinato, mudaram todas as regras relativas a deixar o terreno da escola. Tínhamos que estar presentes e registrados até as oito da noite, incluindo nos fins de semana. Podíamos ficar no dormitório ou na biblioteca. Monitores-chefes montavam guarda em ambos os lugares, carregando pranchetas com os nomes de todos nós. Você tinha que fazer o check-out com o monitor da sua casa, e então o check-in com o que ficava no balcão da biblioteca, e depois o inverso para voltar para casa.

Isso gerou o maior ultraje, já que aniquilava completamente toda a vida social do mês de setembro. Todo mundo estava acostumado a ir aos pubs ou a festas nos finais de semana. Tudo isso já era. Em resposta, as pessoas começaram a estocar nos quartos enormes quantidades de álcool, até que um conjunto de regras adicional deu aos monitores-chefes autoridade para fazer vistorias. Enormes quantidades foram confiscadas, e muita gente se perguntou o que o Everest faria com toda aquela bebida. Em alguma parte do terreno da escola havia um paraíso do álcool – um armário mágico cheio até o teto.

Durante a preciosa hora que se estendia entre o jantar e as oito da noite, todo mundo corria até qualquer loja ainda aberta para comprar as provisões para a noite, quaisquer que fossem. Alguns compravam café. Alguns compravam comida. Outros corriam para a farmácia Boots a fim de comprar xampu ou pasta de dente. Alguns corriam até o pub para uma rodada incrivelmente rápida de bebidas. E havia quem desaparecesse completamente nesse período para se agarrar com alguém. E aí começava um influxo insano – a corrida de volta a Wexford. Dava para ver o imenso fluxo se aproximando às 19h55.

Duas pessoas não estavam reclamando das novas regras: os habitantes do quarto número vinte e sete da Hawthorne. Para Jazza, aquela era a vida normal. Ela estava perfeitamente satisfeita e confortável dentro de casa, fazendo seus deveres. E, apesar de ocasionalmente eu arranhar a janela e olhar desejosa para o lado de fora, eu gostava das novas regras pelo único benefício que acidentalmente proviam – o toque de recolher era um ótimo nivelador. Toda a dinâmica social fora alterada. Não era mais questão de quem ia a qual festa, boate ou pub. Estávamos todos reclusos em Wexford. Nessas três semanas, a escola virou meu lar.

Jazza e eu desenvolvemos nossos rituais. Eu colocava um molho de queijo Cheez Whiz em cima do aquecedor antes do jantar. Desenvolvi esse truque por acidente, mas funcionava incrivelmente bem. Por volta das nove da noite, ficava perfeito, quente e mole. Toda noite, Jazza e eu fazíamos um ritual de chá e biscoitos e cereal de arroz com Cheez Whiz.

Eu tinha dado sorte no quesito colega de quarto. Jazza, com seus olhos grandes, a cautela adorável, a determinação implacável de fazer a coisa certa. Jazza sentia falta dos seus cachorros e de tomar banhos quentes e demorados, e prometeu me levar para conhecer sua cidade, incrustada na selvagem Cornualha. Ela gostava de ir para a cama às dez e meia e ler Jane Austen tomando chá. Não se importava se eu ficasse acordada, vendo porcaria na internet ou tentando desesperadamente enfiar a literatura inglesa no meu cérebro ou me atrapalhando com os trabalhos de francês até as três da manhã. Na verdade, essas novas regras provavelmente salvaram minha vida acadêmica. Não havia nada para fazer além de estudar. Às sextas e sábados, ficávamos levemente bêbados com canecas cheias de vinho tinto barato (fornecidas por Gaenor e Angela, que tinham conseguido esconder sua provisão de álcool de um jeito tão esperto que ninguém conseguia achar), e então corríamos em círculos em torno do prédio.

Setembro passou assim. No fim do mês, todo mundo no meu andar já ouvira sobre a prima Diane, o tio Bick, Billy Mack. Todos haviam admirado as fotografias da minha avó de *négligée*. Fiquei sabendo que Gaenor era surda de um ouvido, que Eloise uma vez fora atacada nas ruas de Paris, que Angela tinha um problema de pele que a fazia se coçar o tempo todo, que a Chloe do fim do corredor não era uma esnobe horrorosa – o pai dela morrera fazia pouco tempo. Quando ficava alta, Jazza fazia coreografias complicadas com adereços.

As pessoas foram ficando cada vez mais furiosas com essas regras conforme nos aproximamos do dia 29. Em reação à solicitação da polícia de que todos ficassem em casa ou em grupo, a festa agora tinha dominado a cidade. Pubs faziam promoções de dose dupla de bebida. Casas de aposta discutiam a probabilidade de onde poderiam encontrar cadáveres. A programação normal da BBC One fora substituída por uma cobertura que transmitia notícias noite adentro, e os outros canais passavam todo tipo de programa possível sobre o Estripador ou sobre investigação de assassinatos. As pessoas davam festas em casa para assistir, só sendo permitida a saída dos convidados quando amanhecesse. A noite do Evento Duplo prometia ser maior que o ano-novo, e ficaríamos de fora dessa.

No dia vinte e nove, o céu amanheceu incerto, à beira de uma chuva. Fui me arrastando até o refeitório, mancando um pouco por causa de um breve romance entre a minha coxa e uma bola de hóquei voadora durante um dos raros momentos em que eu não estava guardando o gol com minhas proteções que iam dos pés à cabeça. Acho que eu não estava tão preocupada com Jack, o Estripador. Na minha cabeça, o Estripador era uma criatura ridícula que sempre vivera em Londres. Naquele dia, no entanto, vi os primeiros sinais de que as pessoas realmente estavam começando a surtar. Ouvi alguém dizer que nem queria sair do prédio. Duas pessoas simplesmente deixaram a escola por alguns dias. Vi uma delas puxando a mala pelos paralelepípedos.

– As pessoas estão levando isso a sério – comentei com Jazza.

– Tem um serial killer por aí – disse ela. – É claro que estão levando a sério.

– Sim, mas qual a probabilidade de acontecer com a gente?

– Aposto que todas as vítimas pensaram isso.

– Ainda assim, qual a probabilidade?

– Bem, imagino que seja de vários milhões para um.

– Não é tão baixa – disse Jerome, aparecendo atrás da gente.
– Temos que considerar só uma parte pequena de Londres. E, apesar de talvez haver um milhão de pessoas ou mais na área, o Estripador provavelmente vai focar nas mulheres, porque todas as vítimas originais eram mulheres, então podemos cortar pela metade...

– Você está precisando mesmo de outro hobby – disse Jazza, abrindo a porta do refeitório.

– Eu tenho um monte de hobbies. Mas olhem, o Estripador nunca demonstrou interesse em crianças ou adolescentes, então acho que não temos nada com que nos preocupar. Isso faz você se sentir melhor?

– Não muito – disse Jazza.

– Bem, eu tentei.

Jerome deu um passo para o lado a fim de me deixar entrar. Ficamos na fila e nos servimos. Mal havíamos começado a comer quando Monte Everest entrou com estardalhaço, acompanhado de Claudia e Derek, o chefe da casa de Aldshot, a reboque.

– Eles não parecem contentes – disse Jerome.

Ele estava certo. Havia uma aura cansada em torno dos três. Eles foram até o palanque em formação, Everest se colocando à frente e Claudia e Derek nos flancos, os braços cruzados no peito como guarda-costas.

– Pessoal! – começou Monte Everest. – Silêncio. Tenho um anúncio a fazer.

Levou um tempinho para que se propagasse por todas as partes do refeitório a informação de que era hora de calar a boca.

– Esta noite – começou ele –, como todos vocês sabem, a atividade policial será intensa em Londres, devido à questão do Estripador. Portanto, vamos alterar a programação do dia. Todas as atividades após as quatro da tarde serão canceladas para que os professores possam voltar para casa.

O salão inteiro irrompeu em vivas.

– Acalmem-se! – pediu ele. – O jantar será servido às cinco da tarde para que a equipe da cozinha também possa voltar para casa antes do anoitecer. Todos os alunos devem voltar aos seus dormitórios após o jantar, onde permanecerão durante a noite. Todos os outros prédios terão o acesso proibido e serão trancados, inclusive a biblioteca.

Um leve murmúrio percorreu a sala.

– Quero transmitir a seriedade disto – acrescentou Everest. – *Qualquer aluno* que tentar deixar o terreno da escola assumirá o risco de expulsão. Entendido?

Ele esperou até ouvir um grunhido afirmativo.

– Agora vou me reunir com os monitores-chefes no meu gabinete.

Jerome precisou de um segundo para enfiar mais um pouco de comida na boca antes de se levantar. Na ponta da nossa mesa, vi Charlotte se erguer de um pulo.

– Isso quer dizer que eu não vou ter o treino extra de hóquei hoje à tarde – falei para Jazza. – Nada de hóquei. *Nada de hóquei.*

Bati com a colher na mesa para dar ênfase ao comentário, mas ela não se animou.

– Eu deveria ter ido para casa – disse Jazza, cutucando a comida.

– Vai ser ótimo – falei, sacudindo o braço dela. – Nada de *hóquei*! E eu acho que o meu novo carregamento de Cheez Whiz bem pode chegar hoje.

Era verdade. Eu tinha dito a todos os meus amigos que meu estoque tinha acabado, e realmente esperava um carregamento de creme sabor queijo naquela tarde. Mas nem mesmo a promessa de Cheez Whiz conseguiu tirar o franzido do rosto de Jazza.

– É sinistro – disse ela, esfregando os braços. – Tudo isso deixou as coisas... Sei lá. Está todo mundo com medo. Um único homem deixou toda a cidade de Londres com medo.

Não havia nada que eu pudesse fazer. Jazza simplesmente não conseguia ver o lado positivo daquilo. Então continuei a comer minhas salsichas e respeitei o momento de Jazza. Eu já estava pensando na alegria que ia sentir em não ir até o campo de hóquei e não ter que ficar no gol e não ser atingida por bolas de hóquei. Como nadadora, era uma felicidade que ela jamais conheceria.

11

"*A POLÍCIA RECOMENDA AOS LONDRINOS QUE TOMEM UM cuidado extra esta noite. Orienta-se que andem em pares ou grupos. Que evitem áreas pouco iluminadas. E o mais importante: não entrem em pânico, sigam suas rotinas como sempre. Como diziam na Segunda Guerra Mundial, 'mantenham a calma e sigam em frente'.*"

Estávamos dentro de casa mais uma vez, e, como todos em Londres – e no mundo inteiro, provavelmente –, nos reunimos em torno da televisão. O salão comunitário estava completamente lotado. A maior parte das pessoas fazia algum trabalho ou tinha um laptop no colo. Tínhamos horas para ficar esperando o telejornal noticiar qualquer coisa interessante, então os repórteres preenchiam o tempo com frases como aquela: *Mantenham a calma e sigam em frente.* E fiquem trancados e escondidos, porque o Estripador está chegando.

Felizmente, tínhamos toda a programação dele. Como um Papai Noel maligno, não havia dúvida quando alguma obra era de sua autoria. Na noite do Evento Duplo, o primeiro ataque foi em um beco escuro em algum momento em torno de meia-noite e quarenta e cinco do dia trinta. A vítima se chamava Elizabeth "Long Liz" Stride. A garganta dela fora cortada, mas ela não tinha sido, como as outras vítimas, estripada. Por algum motivo, o Estripador deixou a cena do crime e correu para um lugar chamado Mitre Square, a dois quilômetros dali. Lá, ele assassinou e mutilou completamente uma mulher chamada Catherine Eddowes em apenas cinco ou dez minutos. Eles souberam disso porque um policial passou pela praça à uma e meia e não viu nada. Quando ele passou de novo, quinze minutos depois, encontrou os restos pavorosos.

Quanto à rota: Liz Stride foi assassinada na Berner Street, que agora se chamava Henriques Street. Dali, ele se apressara na direção oeste, para a Mitre Square. A praça ficava a dez minutos de caminhada de Wexford.

Até então, o Estripador não chegara a me assustar muito. Mas a cada hora que passava eu ficava mais impressionada. Duas pessoas seriam assassinadas naquela noite, bem perto de onde eu estava sentada. E o mundo todo ia ficar sentado assistindo, exatamente como nós.

A primeira notícia foi à meia-noite e cinquenta e sete. Todos sabíamos o que seria, mas ainda assim foi um choque quando o âncora encostou a mão na orelha e fez uma pausa para ouvir.

"Acabamos de receber a notícia... O corpo de uma mulher foi encontrado na Davenant Street, que dá na Whitechapel Road. Ainda estamos averiguando os detalhes, mas o primeiro relato indica que foi encontrado em um estacionamento ou talvez em um posto de gasolina. Não conseguimos confirmar nenhuma das versões. A polícia agora está se redistribuindo para cobrir tudo em um raio de um quilômetro e meio. Dois mil policiais e agentes especiais foram mobilizados para as ruas de Londres. Vamos passar ao mapa interativo..."

Eles criaram instantaneamente um mapa ao vivo, com a cena do crime destacada por um círculo vermelho. Nossa escola ficava bem no meio da seção vermelha. O salão comunitário ficou em silêncio. Todos ergueram os olhos de seus afazeres.

"*Agora podemos confirmar que o corpo de um homem foi encontrado na Davenant Street, em um pequeno estacionamento privativo. As testemunhas que encontraram o corpo afirmam que a vítima tinha um ferimento no pescoço. Apesar de não termos mais detalhes no momento, os dados são compatíveis com os assassinatos do Estripador. Estou aqui com o dr. Harold Parker, professor de psicologia do University College de Londres e consultor técnico da Polícia Metropolitana.*"

A câmera fez uma panorâmica e focou num homem de barba.

"*Dr. Parker*", perguntou o âncora, "*qual foi sua primeira reação a estas informações?*"

"*Bem*", começou o médico, "*a primeira coisa a se reparar aqui é que a vítima é do sexo masculino. Todas as vítimas do Estripador em 1888 foram prostitutas, do sexo feminino. No entanto, também é preciso ressaltar que a terceira vítima do Estripador, Elizabeth Stride, foi a única a não ser mutilada. Tinha apenas um corte no pescoço. Se verificarem que este assassinato foi obra do novo Estripador, ele sugere uma patologia diferente. Este Estripador não se importa com o sexo ou a profissão da vítima...*"

– Não consigo ficar vendo isso – disse Jazza. – Vou subir.

Jazza se levantou e passou por cima das várias garotas sentadas no chão ao nosso redor. Eu não queria parar de assistir, mas era evidente que ela tinha ficado transtornada, e eu não queria deixá-la sozinha.

– Odeio isso que estão fazendo – disse ela quando eu a segui. – Odeio o espetáculo que estão fazendo de tudo isto. É horrível, e é assustador, e as pessoas estão tratando como se fosse um reality show.

– Acho que só estão noticiando porque as pessoas querem saber – falei, alguns passos atrás dela.

– Mas eu não sou obrigada a assistir.

Meu Cheez Whiz, infelizmente, não tinha chegado, então me ofereci para fazer um chá para Jazza, mas ela não quis. Enterrou-se na cama e começou a dobrar a roupa limpa já dobrada. Em Wexford havia uma prestadora de serviços que pegava as sacolas de roupa suja, e, quando voltávamos à tarde, elas estavam na frente da porta, todas limpas e dobradas. Mas Jazza sempre as sacudia e as dobrava novamente do jeito especial dela. Eu sentei na minha cama e peguei meu laptop, mas, antes que tivesse a oportunidade de abri-lo, meu celular tocou. Era Jerome. Eu dera meu número a ele pouco antes, na aula de História da Arte, porque precisávamos combinar um encontro para fazermos um trabalho. Era a primeira vez que ele ligava.

– Vocês precisam vir aqui – disse ele assim que atendi. Parecia muito animado.

– Aqui onde?

– Aldshot, meu dormitório. Onde mais? Podemos subir no telhado.

– O quê?

– Venham logo – insistiu ele. – Já vai começar. Lá do telhado dá para ver tudo. Eu sei como subir lá.

– Você é maluco – falei.

– Quem é? – quis saber Jazza.

Cobri o telefone com a mão para responder:

– Jerome. Quer que a gente vá a Aldshot. Subir no telhado.

– Então você tem razão – respondeu ela. – Ele *é* maluco.

– Jazza falou que você é...

– Eu ouvi o que ela disse. Mas não sou maluco. Saiam da Hawthorne pelos fundos e deem a volta pela parte de trás da Aldshot. Ninguém vai pegar vocês. Todo mundo já fez o check-in noturno.

Transmiti a mensagem a Jazza, que me lançou um olhar de relance por cima das roupas que ainda dobrava. Sua expressão dava a ideia de que ela continuava não muito impressionada com a sugestão.

– Diga o seguinte – falou Jerome –, exatamente estas palavras: 'Ela nunca acharia que você teria coragem, e é por isso que você deve ir.'

– O que isso significa? – perguntei.

– Diga e pronto.

Repeti a mensagem exatamente do jeito que ele tinha dito. As palavras tiveram um efeito estranho, quase mágico. Foi como se Jazza se erguesse um pouco da cama, os olhos brilhando.

– Tenho que ir – disse Jerome. – Mandem uma mensagem quando estiverem chegando. É uma oportunidade única. Vamos conseguir ver tudo daqui de cima e ninguém vai saber, prometo.

Ele desligou. Jazza ainda estava suspensa ali, meio sentada e meio de pé na beirada da cama.

– Que tipo de vodu foi esse? – perguntei. – O que aquilo significa?

– Ele quis dizer que Charlotte nunca me julgaria corajosa o suficiente para usar a saída.

– A saída?

– Tem um jeito de sair daqui. Os banheiros do térreo. As janelas são gradeadas, mas em uma delas... os parafusos que mantêm a barra no lugar estão frouxos. Você só precisa abrir a janela, esticar a mão para fora e girá-los um pouco que eles saem. Aí é só empurrar as barras o suficiente para conseguir sair pela janela. Sei disso porque foi Charlotte quem desenvolveu o sistema. Foi ela quem afrouxou os parafusos. Mas não podemos fazer isso. Seríamos expulsas.

— Eles disseram que qualquer um que fosse pego saindo do *terreno* da escola corria o risco de ser expulso – falei. – Aldshot é *dentro* do terreno da escola.

— Sim, mas *nós* não temos autorização para ir a Aldshot – disse Jazza, sua voz cada vez mais baixa. – É tão ruim quanto. Quer dizer, não *tão* ruim quanto, mas ruim...

Talvez fosse simplesmente o fato de eu ter pegado um longo voo para a Inglaterra e depois ficado trancada em um prédio por um mês, mas eu realmente sentia o desejo um tanto bizarro de ver Jerome. Jerome com seus cachinhos esvoaçantes e sua obsessão boba pelo Estripador.

Jazza rondou o espaço entre a mesa dela e o armário, atiçando algum fogo interno. Eu tinha que acrescentar mais combustível, e rápido.

— Quem pode nos flagrar? A Charlotte, provavelmente. E ela vai denunciar o próprio vandalismo? Ela realmente vai delatar uma pessoa que está usando a saída que *ela* criou?

— É provável.

— Vamos colocar essa possibilidade de lado, então – respondi. – Pense só, Jazza. Você sabe que seria uma afronta para ela ver que você teve a coragem de usar a saída e ela não. E você sempre foi certinha. Ninguém suspeita que você vá fazer uma coisa dessas. Então você *precisa* fazer.

Alguma emoção dominou Jazza por um momento. Ela se levantou e uniu as mãos com força, então avaliou a organização dos próprios livros com grande intensidade.

— Tudo bem – disse ela. – Vamos lá. Mas vamos agora, antes que eu volte atrás. Diga a ele que chegamos em quinze minutos.

Primeiro houve uma troca febril de roupas. Tiramos nossos pijamas e os largamos no chão. Coloquei meu moletom da Wexford, enquanto Jazza vestia uma calça legging preta e um casaco escuro com capuz. Nós duas prendemos o cabelo e calçamos tênis. Vestidas para a ação.

– Espere – disse Jazza quando estávamos à porta, prestes a sair do quarto. – Não podemos descer de tênis. Agora há pouco estávamos lá embaixo só de meia. Vai parecer que estamos aprontando alguma coisa. Na verdade, deveríamos vestir o pijama de novo. A gente se troca lá embaixo, no banheiro.

Então tiramos toda a roupa, vestimos novamente o pijama e enfiamos as outras roupas na bolsa, porque era perfeitamente normal os alunos transitarem pelo dormitório carregando mochila, para levar livros ou o laptop. Fomos sorrateiramente até o térreo, apesar de não ser nenhum crime descer as escadas. Todo mundo, incluindo Claudia, estava fascinado com o noticiário, então conseguimos passar despercebidas pela porta do salão comunitário e seguir até o fim do corredor, para o banheiro. O banheiro do térreo não era tão grande quanto o nosso, porque não tinha chuveiros, nem fora projetado para trinta garotas se arrumarem ao mesmo tempo. Aquele era o banheiro que a gente usava quando estava no salão comunitário e não queria subir escadas. Tinha apenas uma cabine, que estava desocupada. Jazza e eu nos trocamos rapidamente. Então ela foi até a cabine, abriu a janela e subiu na tampa do vaso para passar o braço pelas barras no ângulo certo.

– Estou sentindo – sussurrou ela. – Vou conseguir girar.

Ela estava com o rosto comprimido contra a janela enquanto se empenhava na tarefa. Ouvi o mais suave *plinc* quando o parafuso caiu na calçada.

– Um já foi – disse Jazza.

Ela se virou com cuidado em cima do vaso e começou a se dedicar a outro parafuso. Mais um *plinc*.

As barras eram um todo extenso, unidas umas às outras. Jazza as empurrou para fora, produzindo uma abertura de mais ou menos cinquenta centímetros. Teríamos que nos espremer para passar por ali, e era uma pequena queda até o chão lá fora.
– Pronta? – perguntou ela.
Fiz que sim.
– Você primeiro – disse ela. – Porque a ideia foi sua.
Mudamos de posição desajeitadamente. Subi no vaso e coloquei a cabeça para fora, inspirando profundamente o frio ar londrino. Uma vez que eu saísse por aquela janela, estaria violando as regras. Estaria arriscando tudo. Mas era essa a intenção, afinal. E quem se importava com o que fazíamos quando havia um assassino à solta? Além do mais, só íamos andar uns metros até o prédio de outro dormitório. Mentalmente, eu já estava ensaiando minha defesa: "Mas estávamos dentro do terreno."

Subi no parapeito e passei as pernas pela abertura. Foi um salto fácil até o chão, mal chegou a ser um salto. Por um momento pensei que Jazza fosse desistir, mas então ela tomou coragem e saltou também.

Estávamos do lado de fora.

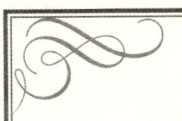

12

Foi uma fresca e perfeita noite de outono. O céu estava límpido; dava para sentir o cheiro de folhas no ar, e só um toque de madeira queimada. Obviamente, não podíamos passar pela praça; seríamos vistos por qualquer pessoa que estivesse olhando pelas janelas. Então tivemos que correr por uma rua e dar a volta usando o caminho mais longo, passando por fora do terreno da escola. Chegaríamos a Aldshot por trás. Levaria cerca de dez minutos para fazer esse trajeto, e agora estávamos definitivamente violando as regras, mas já tínhamos começado com aquilo e agora tínhamos que ir em frente.

Quando nos afastamos do prédio e viramos a esquina, diminuímos o passo para uma marcha rápida.

– Rory – disse Jazza, sem ar –, isso que a gente está fazendo... é imbecil? Não por causa da coisa da escola, mas por causa, sabe, da coisa do Estripador. Com ele à solta agora mesmo, matando gente.

– Não vai acontecer nada – falei, assoprando as mãos enquanto apertávamos o passo. – Estamos quase lá. Juntas.

— Mas isto *é* uma imbecilidade. Não é?

— Você tem que se concentrar em pensar que está fazendo alguma coisa interessante, e Charlotte não. Se formos pegas, eu vou alegar que obriguei você a vir. Sob a mira de uma arma. Sou americana. As pessoas sempre acham que andamos armados.

Começamos a caminhar mais depressa, acelerando por uma das pequenas ruas residenciais que desembocavam em Wexford. Dentro de muitas das casas, dava para ver luzes e algumas festas com gente bebendo. E também o reflexo de televisões em tantas daquelas janelas — o agora familiar logo branco e vermelho-vivo da BBC News brilhando contra a escuridão. Fizemos uma curva fechada para a esquerda no sapateiro, que estava fechado, e corremos pelo último quarteirão para chegar a Aldshot por trás.

Aldshot era idêntico ao nosso prédio, só que tinha a palavra HOMENS talhada em baixo-relevo na porta de entrada. Mesmo sem essa dica dava para notar que o prédio era habitado por garotos. Hawthorne tinha cortinas diferentes e bonitas em muitas das janelas e eventuais plantas no peitoril, ou algum outro item decorativo. Até a iluminação era diferente, por causa de todos os abajures que as meninas traziam, cobertos com cúpulas de papel irradiando luz colorida. Em Aldshot ninguém mudava as cortinas, então todas tinham o tom verde-acinzentado padrão. A decoração no peitoril era majoritariamente composta de pilhas de garrafas ou latinhas, ou, nos casos mais sofisticados, livros. As luzes eram todas do tipo padrão. Estranho como dois prédios idênticos podem ser tão diferentes.

Já dava para ver por onde entraríamos: era uma saída de incêndio com um livro pequeno encaixado na abertura, o que a mantinha aberta alguns centímetros. Atravessamos a rua e colamos as costas na lateral do prédio. Assim prosseguimos, sorrateiramente, por baixo das janelas do térreo. Estendi a mão para a frente, abri a porta com cuidado, e entramos. Estávamos em escadas de concreto frias e iluminadas por luzes fluorescentes. Fechei a porta com cuidado.

– Conseguimos – sussurrou Jazza.
– É o que parece.
– Agora ficamos aqui esperando, só isso?
– Acho que sim.
– Não me sinto muito escondida.
– Nem eu.

Então nos aproximamos em silêncio da porta interna que levava ao interior de Aldshot. Ouvi vozes masculinas e uma televisão. Jazza e eu ficamos bem perto uma da outra, sem saber ao certo o que fazer agora, até que escutamos uma porta se abrir no andar acima da escada de incêndio. A cabeça cacheada de Jerome olhou para nós por cima do corrimão, e ele sinalizou para subirmos.

– Desativei todos os alarmes – disse ele. – Segredo de monitor-chefe. Todo mundo está aqui embaixo assistindo.

Ele parecia muito satisfeito consigo mesmo. Subimos mais dois andares até chegarmos a outra porta, que parecia muito mais séria, com uma barra na frente e uma enorme placa com os dizeres **NÃO ABRA: PORTA COM ALARME** escritos em vermelho. A buzina estridente que eu esperava não soou. De repente estávamos no amplo telhado de Aldshot, no frio iluminado, nada além do céu acima de nós.

– Meu Deus – disse Jazza, saindo para a noite com um passo temeroso. – Eu consegui. Nós conseguimos. Realmente conseguimos.

Todos absorvemos a liberdade por um momento. Jazza ficou lá atrás, mas Jerome e eu fomos até a beirada. Dali se tinha uma boa visão da nossa praça lá embaixo, dos corredores e das ruas em volta. Tudo estava iluminado: cada poste de luz, cada janela, cada loja. Os prédios altos da cidade – o distrito financeiro de Londres, que ficava bem ao lado do nosso bairro – eram faróis, enchendo o ar com ainda mais luminosidade. Londres estava acordada, e assistindo.

– É incrível, não é? – comentou ele.

Era incrível. Era para aquilo, percebi, que eu tinha vindo. Aquela vista. Aquela noite. Aquelas pessoas. Aquela sensação eletrizando o ar.

– Imagino que seja seguro aqui em cima – disse Jazz, chegando um pouco mais perto e se abraçando para esquentar o corpo. – O prédio está trancado, e não é fácil subir aqui. Além do mais, tem polícia por todos os lados. E helicópteros.

Ela apontou para as luzes fortes dos helicópteros que se moviam acima de nós como abelhas gigantescas. Dava para ver pelo menos três de onde estávamos. A caça ao assassino tinha começado.

– É o lugar mais seguro de Londres no momento – disse Jerome. – Desde que a gente não caia.

Jazza recuou alguns passos. Olhei para baixo com cuidado: era uma queda desimpedida até os paralelepípedos. Quando olhei para cima novamente, Jazza tinha se afastado para observar a vista do outro lado. Ficamos apenas Jerome e eu encarando a praça e o céu.

– Valeu a pena? – perguntou ele.

– Por enquanto – respondi.

Ele riu um pouco, então deu alguns passos para trás e se sentou.

– Está quase na hora – disse ele. – E não queremos que ninguém nos veja.

Sentei-me ao lado dele no telhado frio. Ele estava com tudo pronto: no laptop, várias janelas abertas em diversos portais de notícias ou sites sobre o Estripador.

– Você gosta mesmo disso, hein? – comentei.

– Não gosto de gente sendo assassinada, mas... Cara, as pessoas vão perguntar onde estávamos quando isso aconteceu. Vai entrar para a história. Quero conseguir lembrar onde eu estava, e que seja um lugar maneiro. Tipo no telhado do prédio.

A simples aparência dele, o vento levantando seu cabelo um pouquinho, o perfil na luz amarela... Jerome estava diferente para mim agora, era mais do que o cara simpático e um tanto estranho a que eu me habituara. Ele era esperto. Era aventureiro. Tinha escolhido se tornar monitor-chefe, o que devia significar alguma coisa. Eu sentia o *gostar* desabrochar em mim.

– E agora, fazemos o quê? – perguntou Jazza, vindo até nós.

– Esperamos – disse Jerome. – Catherine Eddowes foi morta em algum momento entre uma e quarenta e uma e quarenta e cinco. Vai acontecer em breve.

Deu uma e quarenta e cinco. Depois, uma e quarenta e seis. Os minutos se passaram...

Os noticiários se prolongavam infinitamente, preenchendo o tempo com a mesma gravação de viaturas percorrendo as ruas. Comecei a me sentir esquisita por esperar no telhado pela morte de alguém. Era óbvio que o pessoal do noticiário já não sabia mais como dizer "nada foi encontrado". Voltaram a descrever o terceiro corpo. Os primeiros laudos confirmaram que era de fato um terceiro assassinato do Estripador. Esse tinha sido o mais rápido, apenas um talho no pescoço.

Duas horas. Duas e cinco. Jazza se levantou e começou a pular e abraçar o próprio corpo para se esquentar. Eu observava o orgulho alegre dela se esvair a cada minuto que passava.

– Quero voltar – disse ela. – Não posso continuar aqui.

Jerome olhou para ela, depois para mim.

– Você quer ficar, ou...?

Havia apenas um toque de tristeza na voz dele, o que deixou meu corpo todo formigando. Mas de jeito nenhum a Jazza ia querer voltar sozinha, e, para dizer a verdade, eu também não.

– Não – falei. – Temos que voltar juntas.

– Acho que é o melhor mesmo – disse ele.

Jerome desceu as escadas de incêndio conosco e nos acompanhou até a porta dos fundos.

– Tomem cuidado – disse ele. – E me mandem uma mensagem quando chegarem, ok?

– Ok – respondi.

Dei um sorrisinho. Não pude evitar.

A porta se fechou, e estávamos novamente do lado de fora, no frio. Eu não queria fazer o caminho mais longo por diversas razões – e o fato de que o Estripador realmente estava em algum lugar do leste de Londres não era a menor delas. Atravessar a praça era a rota mais segura e direta; mas era também a que aumentava nossas chances de sermos pegas por várias ordens de grandeza. Chegaríamos a Hawthorne de frente. Ainda assim, achei que conseguiríamos.

Havia iluminação nas laterais da praça, mas provavelmente nos manteríamos ocultas se ficássemos perto das árvores, onde era sempre escuro e sombrio. Mesmo que Claudia estivesse olhando pela janela, precisaria de óculos de visão noturna para nos ver passando sorrateiramente sob as árvores. Eu não teria duvidado de que Claudia tivesse óculos de visão noturna, mas é claro que ela provavelmente estava assistindo ao noticiário junto com todo mundo. Era onde a tínhamos visto pela última vez. O salão comunitário ficava nos fundos do prédio.

Jazza encarava a praça, fazendo os mesmos cálculos mentais.

– Sério? – perguntou ela.

– São uns quinze metros. Vamos lá. De árvore em árvore, como espiãs!

– Duvido que espiões trabalhem dessa forma – disse ela, mas me seguiu quando me lancei escuridão adentro.

Fizemos evasivas ridículas de árvores até arbustos e até outras árvores, as folhas se esmigalhando ruidosamente sob nossos sapatos. Quando chegamos ao outro lado, tivemos que correr para atravessar a rua de paralelepípedos em frente a Hawthorne, depois nos esgueirar por baixo das janelas até os fundos do prédio. As luzes do banheiro estavam apagadas. Até onde eu me lembrava, as tínhamos deixado acesas. Alguém devia ter entrado desde então. Tínhamos conseguido fechar a janela ao sairmos, mas havíamos deixado uma pequena fenda na parte de baixo para podermos abri-la de novo. Dei apoio para Jazza subir, e ela se enfiou por baixo das barras e jogou o corpo para dentro do banheiro. Eu estava prestes a fazer o mesmo quando reparei que tinha alguém ao meu lado. Era um homem, careca e vestido com um terno ligeiramente maior que o tamanho dele.

– Vocês deveriam estar fazendo isso? – perguntou ele, educadamente.

– Não tem problema – respondi depressa, assim que engoli o grito de surpresa. – Eu estudo aqui.

– Imagino que vocês não devessem estar aqui fora.

Havia algo estranhamente familiar naquele homem, algo que eu não conseguia identificar ao certo. Era alguma coisa em seus olhos, na cabeça careca, nos trajes. E ele era sinistro. Talvez fosse apenas por ele ser um cara de meia-idade parado diante de um prédio escolar, conversando com meninas menores de idade. Isso era o suficiente. É a definição técnica de *sinistro*.

Jazza apareceu na janela.

– Agora! – ela sussurrou-gritou, esticando o braço para mim.

– Boa noite, garotas – disse o homem, e continuou andando.

Esfolei um dos joelhos nos tijolos quando entrei, mas consegui, cambaleando para dentro da cabine. Recolocamos rapidamente as barras no lugar e fechamos a janela. Vestimos nossos pijamas freneticamente. Ainda ouvíamos muito barulho vindo do salão comunitário. Eu e Jazza nos entreolhamos, depois começamos nossa lenta caminhada pelo corredor. A ideia era passar casualmente pela porta do salão comunitário. Quando passamos, dei uma rápida olhada lá para dentro. Na parte de baixo da tela da TV estava escrito: **QUARTO CORPO NÃO ENCONTRADO**. Jazza seguiu em frente, escorregando ligeiramente em suas meias felpudas.

Então demos de cara com Claudia, que estava ajeitando um recado no quadro de avisos do saguão de entrada.

– Indo dormir? – perguntou ela.

– Aham – falei.

Jazza começou a subir os degraus correndo, mas eu a puxei pelo pijama para fazê-la desacelerar. Descontraídas. Inocentes. Era como tínhamos que parecer. Só voltamos a falar quando estávamos na segurança do nosso quarto. Fomos direto para a cama sem acender as luzes, como se assim fizéssemos menos barulho.

– Acho que... estamos a salvo – falei, esticando as pernas para o alto e transformando meu cobertor em uma tenda.

Silêncio do lado de Jazza do quarto. Então um travesseiro colidiu com minhas pernas, derrubando minha tenda. Jazza tinha um braço forte para lançamentos. Ouvi uma risadinha abafada e o que pareciam pés se debatendo. Joguei o travesseiro de volta e ela soltou um guinchinho agudo quando ele atingiu o alvo.

– Por que é que eu fui subir naquele telhado? – sussurrou ela alegremente. – Tomara que Charlotte descubra. Tomara mesmo. Espero que ela fique sabendo e tenha que morder a língua.

Mesmo no escuro, eu sabia que ela estava sorrindo. Saquei o telefone e mandei uma mensagem para Jerome.

A águia pousou, escrevi. A operação foi um sucesso.

A resposta dele veio um segundo depois: Entendido.

E então, logo em seguida: Ainda nenhum corpo.

E logo em seguida: Ele escondeu bem esse.

E enfim: A gente se vê amanhã.

Que foi completamente desnecessário, porque *é claro* que ele ia me ver no dia seguinte. Ele me via todos os dias. É o tipo de coisa que você diz quando quer falar alguma coisa e aí simplesmente fala qualquer bobagem só para prolongar a conversa.

Decidi fazer o que sempre sugerem nas colunas de romance: não responder. Fiquei sorrindo como boba da minha delicadeza.

– Com quem você estava falando lá fora? – perguntou Jazza.

– Com aquele cara – respondi.

– Que cara?

Jazza entrou instantaneamente em estado de alerta, colocando-se sentada na cama em um pulo.

– O que deu boa noite para a gente.

– Não vi ninguém – disse Jazza.

Não fazia sentido. Não tinha como Jazza não ter visto o homem.

– Quem era? – perguntou ela, com urgência. – Alguém da escola?

– Não – falei. – Só um cara, na rua.

– Isso é uma brincadeira? Porque não tem graça.

– Não. Era só um cara qualquer.

Ela aos poucos relaxou e voltou a se deitar.

– Mas então... Você e Jerome? – perguntou ela.
– O que tem a gente?

Eu olhava para os pequenos retângulos de luz que entravam pela janela e se estendiam pela parede. Não tínhamos nos dado o trabalho de fechar as cortinas.

– E aí?
– E aí o quê?
– Você gosta dele?
– Ele não tomou nenhuma iniciativa – respondi.
– Mas você gosta dele?
– Estou pensando – respondi.
– Não pense demais.

Então ouvi a risadinha de novo, e outro travesseiro bateu na parede acima da minha cabeça e aterrissou na minha cara.

– Não corremos esse risco – respondi.

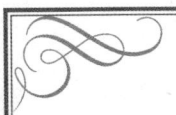

13

O DIA SEGUINTE COMEÇOU CEDO DEMAIS, COM ALguém batendo desesperadamente à porta.

– Você abre – murmurei contra o travesseiro. – Minhas pernas caíram.

Ouvi resmungos e ruídos confusos quando Jazza caiu da cama e foi se arrastando até a porta. Lá estava Charlotte, em um robe azul felpudo, tão desperta que era assustador.

– Reunião da escola no refeitório, às seis – informou ela. – Vinte minutos.

– Reunião da escola? – repeti.

– Não precisam ir de uniforme. Apenas vão.

Reunião em vinte minutos, às seis da manhã: isso significava que eram... cálculos matinais, cálculos matinais, cálculos matinais... cinco e quarenta. O sol ainda nem tinha nascido. Devia fazer apenas umas três ou quatro horas que tínhamos ido deitar.

– Sobre o que será isso? – perguntei enquanto procurava meus sapatos pelo quarto.

– Não faço ideia.

Sem tempo para pôr as lentes de contato, Jazza colocou os óculos.

– Eles vão mesmo fazer uma assembleia às seis da manhã? – continuei. – Isso não é tipo um crime contra a humanidade?

– Só pode ser problema. Alguém fez bobagem. A gente fez bobagem.

– Eles não iam marcar uma reunião às seis da manhã só para gritar com a gente, Jazzy.

– Como você sabe?

O saguão parecia um apocalipse zumbi, todo mundo perdido e se arrastando em direção às escadas, com o olhar vazio e meio morto. Um ou dois alunos estavam de uniforme, mas todo o restante tinha descido de moletom ou pijama. Jazza e eu éramos do grupo do pijama, e tínhamos colocado por cima o casaco de flanela da educação física para aumentar o calor e o aconchego. Lá fora estava um daqueles dias ingleses de chuvisco ao estilo está-chovendo-mas-não-está-chovendo, aos quais eu já estava me acostumando. O frio e a umidade me ajudaram um pouco, mas o que mais me despertou foi ver a polícia... isso e a pequena tenda branca com luzes de LED erigida no meio do gramado, e as pessoas em roupas esterilizadas que entravam e saíam dali.

– Ah, meu Deus – disse Jazza, agarrando meu braço. – Ah, meu Deus, Rory, aquilo é...

Era uma daquelas tendas forenses, era isso, do tipo que se vê em séries de investigação policial ou em noticiários. Todo mundo processou esse fato mais ou menos no mesmo momento. Houve uma longa inspiração coletiva, e então uma histeria hesitante que Claudia tentou sublimar fazendo gestos para que nos dirigíssemos ao refeitório, movimentos amplos estilo controlador de trânsito.

– Andem – disse ela. – Vamos lá, garotas, andem, andem.

Deixamo-nos arrebanhar para o refeitório, já cheio de gente que acabara de receber essa injeção de adrenalina. Havia muito barulho, gente correndo de mesa em mesa, olhando o celular freneticamente. Todos os membros docentes que viviam nas redondezas também estavam lá, sentados no palanque, tão surpresos quanto os alunos. Quando todo mundo foi empurrado para dentro, fecharam a porta com um estrondo, e o "tudo bem, tudo bem, acalmem-se" do Monte Everest teve efeito bastante limitado.

– Este é o inspetor-chefe, detetive Simon Cole – gritou ele por cima do barulho. – Ele precisa falar com vocês. Deem sua atenção máxima.

Ali estava o homem do noticiário, o inspetor-chefe de terno e rosto severo, acompanhado por dois agentes de uniforme. Aquilo era sério. O silêncio se instaurou.

– Às duas e quinze desta madrugada – começou o inspetor gravemente –, um corpo foi encontrado no gramado desta escola. Acreditamos que tenha relação com uma investigação em curso, da qual vocês devem estar cientes...

Ele não disse "Estripador". Nem precisava. Uma onda de choque percorreu a sala, pessoas inspirando profundamente todas ao mesmo tempo, e então um murmúrio como um zumbido e um arrastar de bancos conforme as pessoas se viravam para se entreolhar.

– Foi alguém de Wexford? – gritou um garoto.

– Não – respondeu o inspetor. – Não foi ninguém da escola. Mas a área agora é uma cena de crime. Vocês não poderão adentrar o perímetro da praça enquanto nosso time forense estiver trabalhando. Haverá presença policial aqui por vários dias. Hoje, diversos detetives ficarão a postos na biblioteca, para colher testemunhos de quem tiver visto qualquer coisa fora do comum ontem à noite. Queremos saber se viram ou ouviram qualquer coisa, mínima que seja, por mais irrelevante que pareça. Qualquer pessoa que tenham visto. Qualquer barulho estranho. Nada é trivial.

Monte Everest se manifestou novamente:

– Se algum de vocês tiver medo de falar com a polícia porque estava violando alguma regra da escola *naquele momento*... saiba que não será punido. Apresente-se e conte à polícia tudo o que sabe. Não haverá repercussões por parte da escola se vocês ajudarem a polícia. Todos permanecerão no terreno da escola hoje. Faremos com que o café da manhã seja levado aos dormitórios, portanto o café não será servido no refeitório, para limitar o tráfego pelo gramado durante a manhã. O almoço será servido normalmente. Se tiverem algo a contar à polícia, apresentem-se. E lembrem-se: *não há motivo para preocupação.*

Fomos dispensados. Ficamos ali por apenas alguns minutos, mas tudo havia mudado. Todo mundo agora estava desperto e inseguro. Ouviam-se muitos murmúrios confusos. Mas, ao contrário de qualquer outro momento em que a escola estivera reunida, ninguém dava risadinhas ou falava alto demais. Vários policiais já estavam diante da porta do refeitório, observando-nos conforme saíamos do prédio.

Percebi que estava tremendo quando entrei novamente em Hawthorne. Primeiro achei que estivesse com frio, mas o tremor não parou nem mesmo depois de cinco minutos sentada em frente ao radiador. Jazza estava do mesmo jeito, sentada em cima do aquecedor no seu lado do quarto. Ficamos ali, sentadas na semiescuridão, empoleiradas daquele jeito estranho, por vários minutos.

– E quanto àquele cara? – finalmente perguntei a ela.

Jazza olhou para mim, tentando entender se eu estava falando sério ou não.

– Jazza, ele estava bem atrás de mim. Ele me deu boa noite. Tem certeza de que não o viu nem ouviu?

– Tenho – disse ela. – Juro.

Mordi o lábio e recapitulei aqueles momentos. Ainda não fazia nenhum sentido Jazza não ter visto nem ouvido o cara. Eu sabia que não tinha sido minha imaginação.

– Acho que eu só não estava prestando atenção – disse ela depois de um momento. – Só estava olhando para você. Estava nervosa. Se você sente que deveria...

Ela deixou a frase no ar ao sentir o impacto do que aquilo implicava.

– Se você sente que deveria contar, então conte – disse ela, com mais firmeza. – Mesmo que isso signifique...

– Eles disseram que não haveria punições.

– Ainda que fôssemos punidas.

Levei uns dez minutos para tomar coragem e descer. Para sair do prédio, tive que ir falar com Pode me Chamar de Claudia. Ela estava em sua sala, ao telefone, contando com alarde para alguma amiga igualmente escandalosa o que tinha acontecido à noite.

– Sim, Aurora?

– Eu... vi uma coisa.

Claudia me avaliou por um momento.

– Ontem à noite? – perguntou.

– Ontem à noite – confirmei.

Deixei que o restante da frase fosse ignorado enquanto ela considerava essa parte.

– Bem, então é melhor você ir à biblioteca.

A atividade do lado de fora já se intensificara. Agentes da polícia em jaqueta verde fluorescente com faixas que refletiam a luz estavam por toda parte, colocando ainda mais faixas azuis e brancas de cena de crime, marcando trajetórias pelo terreno. Passei por eles e peguei o caminho mais longo até a biblioteca.

Dois policiais uniformizados estavam a postos diante das portas. Eles me deixaram entrar. Um terceiro policial falou comigo quando entrei e me acompanhou até uma das mesas, onde várias pessoas – presumi que fossem mais policiais – já tinham se instalado. Não estavam de uniforme, mas de terno e roupas sociais. Indicaram-me uma mesa, e uma mulher negra alta com cabelo bem curtinho e óculos sem armação se sentou à minha frente. Devia ter uns vinte e tantos anos, mas usava um terninho azul-marinho sóbrio com uma blusa branca que a fazia parecer mais velha e mais séria. Ela trazia alguns formulários e uma caneta.

– Sou a inspetora-detetive Young – começou ela, educadamente. – Qual é o seu nome?

Falei meu nome.

– Americana ou canadense? – perguntou ela.

– Americana.

– E você viu ou ouviu algo ontem à noite?

– Vi um homem – falei.

Ela pegou um dos formulários e o prendeu em uma prancheta para que eu não pudesse ver o que escrevia.

– Um homem – repetiu ela. – Onde e quando foi isso?

– Acho que foi às duas... pouco depois das duas. Foi bem na hora em que todos estavam à procura do quarto corpo. O quarto assassinato deveria ter sido à uma e quarenta e cinco, certo? Porque nós esperamos alguns minutos antes de voltar...

– Voltar de onde?

– Nós saímos escondidas. Só para ir até Aldshot. Ficamos só um pouquinho.

– Quem é 'nós'? Quem estava com você?

– Minha colega de quarto – respondi.

– E o nome dela é...?

— Julianne Benton.

A inspetora Young escreveu mais alguma coisa no formulário.

— Então você e sua colega de quarto saíram escondidas do prédio...

Eu queria dizer a ela para falar baixo, mas não se pode dizer à polícia que não anuncie ao mundo seus segredos para não lhe causar problemas.

— ... e você viu um homem logo após as duas da manhã, correto?

— Sim.

Ela fez outra anotação.

— E você tem certeza do horário?

— Bem, o noticiário ficava repetindo que a quarta vítima de 1888 foi encontrada à uma e quarenta e cinco. Estávamos no telhado acompanhando as notícias no laptop do Jerome...

— Jerome? — perguntou ela.

Agora eu tinha colocado o Jerome nessa também.

— Jerome — repeti. — Ele é de Aldshot.

— Quantos estavam lá exatamente?

— Três — respondi. — Eu, Jazza e Jerome. Fomos encontrá-lo no prédio dele, e depois nós duas voltamos.

Mais anotações.

— E vocês estavam acompanhando as notícias à uma e quarenta e cinco.

— Isso. E eles... quer dizer, vocês, acho... vocês não encontraram um corpo. Então esperamos um pouco, uns dez minutos ou algo assim, e aí Jazza quis voltar, porque estava tudo muito sinistro. Então atravessamos a praça...

— Vocês atravessaram *a praça* às duas da manhã?

— Sim — respondi, me encolhendo na cadeira.

A detetive Young chegou a cadeira um pouco mais para perto, e sua expressão ficou um pouco mais séria. Ela fez um sinal com a cabeça para que eu prosseguisse.

– Tínhamos acabado de chegar à janela dos fundos de Hawthorne e estávamos entrando quando esse cara surgiu da esquina do prédio. Ele perguntou se deveríamos estar fazendo aquilo, entrando pela janela. Eu falei que tudo bem porque a gente estudava ali. Ele era sinistro.

– Sinistro como?

Quanto mais eu pensava a respeito, menos conseguia explicar por que o cara era tão sinistro além do fato de que ele estava rondando a escola. Simplesmente havia algo nele que fazia meu cérebro se contrair e me dava uma sensação muito forte de que ele não deveria estar ali. O cara era simplesmente errado em todos os sentidos... Mas isso não era explicação.

Tem uma coisa que as testemunhas fazem que meus pais já me explicaram várias vezes. Quando elas descobrem que o que viram pode ter sido importante – que pode ter alguma relação com um crime –, seus cérebros sacam os lápis de cor e começam a acrescentar cores às cenas, tornando as coisas mais sombrias e suspeitas e cheias de sentido quando é perfeitamente possível que não tenha sido nada de mais. O barulho que você ouviu de noite e achou que era um escapamento de carro passa a ser obviamente um tiro. Aquele cara que você viu na loja às duas da manhã comprando vários sacos de lixo? Na hora você nem ligou, mas agora que ele está sendo julgado por matar alguém e esquartejar o corpo da vítima na banheira, você lembra que ele estava nervoso e suando e evasivo e talvez até com respingos de sangue na roupa. E não é que você esteja mentindo. A mente faz essas coisas. Reescreve constantemente nossas lembranças para acomodar novos fatos. É por isso que a polícia e os advogados levam as pessoas ao extremo, para terem certeza de que as testemunhas relatem os fatos e nada além dos fatos.

Em resumo, eu senti que deveria ser melhor nessa coisa de ser interrogada pela polícia. Tinha sido praticamente *treinada* para isso. O que vi foi um cara andando em frente à nossa janela. Ele poderia ser perfeitamente inocente. Ainda assim, tudo o que eu tinha era "sinistro". Se pressionada, eu poderia acrescentar "repulsivo". Fora de lugar. Esquisito.

– Só... sinistro.

– E o que aconteceu? – perguntou ela.

– Ele falou alguma coisa sobre como não deveríamos estar ali fora, e aí Jazza apareceu na janela e me ajudou a entrar.

– E o que aconteceu com o homem?

– Ele saiu andando.

– Como era a aparência dele?

– Ele era, não sei...

Como é a aparência das pessoas? De repente eu não sabia como descrever nada.

– Ele estava de terno. Um terno cinza. E era um terno meio estranho...

– Estranho como?

– É só que parecia... estranho. Velho...

– Era um homem velho?

– Não – respondi depressa. – O terno dele parecia meio ve... envelhecido.

– De que maneira? Estava muito puído?

– Não – respondi. – Parecia novo, mas antigo. É só que... Eu... eu não sei muito sobre ternos. Não era supervelho. Nem, tipo, pré-histórico. Era meio que.... da época de *Frasier*? Ou de *Seinfeld* ou algo assim? Sabe, aquelas séries de TV? O terno parecia ter vindo de uma sitcom dos anos noventa. O paletó era meio comprido e largo.

Ela hesitou, depois anotou isso.

– Certo, então – disse ela, pacientemente. – Qual idade você daria a esse homem?

Imaginei o tio Bick sem barba, talvez uns vinte quilos mais magro e de terno. Era mais ou menos isso. O tio Bick tinha uns trinta e oito ou trinta e nove anos.

– Trinta e alguma coisa, talvez? Quarenta?

– Certo. Cor do cabelo?

– Sem cabelo – falei rapidamente. – Careca.

Percorremos todas as alternativas: alto, baixo, gordo, magro, óculos, barba. No fim, eu tinha feito o retrato de um homem de peso e altura medianos, sem pelos faciais ou qualquer característica marcante, careca e usando um terno que me parecia meio fora de moda. E já que estava escuro e "insana" não é uma cor de olhos aceitável, também não pude ajudar muito nesse aspecto.

– Fique aqui só mais um instante – ordenou ela.

E saiu. Estremeci e olhei em volta. Alguns dos policiais que estavam trabalhando na biblioteca olharam para mim quando fiquei sozinha à mesa. Ninguém mais, ao que parecia, tinha ido relatar nada. Era só eu. Quando ela voltou, usava uma capa de chuva marrom e estava acompanhada do inspetor Cole: no palanque, o inspetor Cole me parecera bem mais jovem, mas de perto notei as rugas suaves ao redor dos seus olhos. Ele tinha um olhar firme, imperturbável.

– Gostaríamos que você nos mostrasse onde exatamente você viu esse homem – disse ela.

Dois minutos depois, estávamos na calçada ao lado de Hawthorne, olhando para cima, para a janela do banheiro. Os parafusos ainda estavam no chão. Foi só nesse momento que percebi que havíamos deixado nosso prédio inteiro vulnerável. Uma sensação viscosa, nauseante, me dominou.

– Então – disse a detetive Young –, mostre-nos o lugar exato em que você estava.

Eu me coloquei exatamente embaixo da janela.

– E onde estava o homem? – perguntou ela.

– Mais ou menos onde você está.

– Bem perto, então. A uns três metros.

– Sim.

– E sua colega de quarto?

Era a primeira vez que o inspetor-chefe Cole falava comigo. Ele me encarava sem piscar, me julgando, as mãos enterradas nos bolsos do casaco.

– Estava bem aqui – falei, apontando para a janela.

– Então ela também o viu.

– Não – respondi.

A sensação de enjoo piorou.

– Ela não o viu? Mas ela não estava bem na janela?

– Acho que ela só estava olhando para mim.

O inspetor-chefe mordeu o lábio superior com os dentes de baixo, olhou de mim para a janela e de volta, depois fez um gesto chamando a detetive Young para um canto e falou com ela em voz baixa. Então se afastou sem mais nenhuma palavra.

– Vamos voltar lá para dentro e repassar tudo – disse ela.

Voltei à biblioteca com a detetive Young. Eles me deram uma xícara de café quando nos sentamos, e outro policial veio se sentar conosco. Não me disseram o nome dele, mas ele digitava sem parar no laptop enquanto eu falava. As perguntas eram mais detalhadas desta vez. Como saímos do prédio? Tínhamos bebido? Alguém nos viu sair?

– Queremos fazer um E-fit – disse a detetive Young, por fim. – Você sabe o que é isso?

Balancei a cabeça em negativa, pesadamente.

– É um jeito de produzir imagens digitais de suspeitos com base em relatos de testemunhas. Sabe aquelas fotos que você vê nos noticiários? São produzidas por E-fit. Vamos só repassar sua história mais uma vez. Você nos dá todos os detalhes que conseguir lembrar e nós os colocamos em um programa que cria a imagem digital de um rosto. Depois podemos corrigir a imagem até o fazermos parecer com o homem que você diz ter visto. Tudo bem?

Não gostei da maneira como ela disse "você *diz* ter visto", mas assenti. Àquela altura eu já tinha plena certeza de que se falasse tudo de novo minha cabeça ia explodir. Nada mais parecia real. Mas só me deixariam ir embora depois que eu fizesse aquilo. Então repassamos tudo uma terceira vez, agora nos concentrando exclusivamente no homem. Exploramos ainda mais detalhes: o tamanho dos olhos (médios), a profundidade também dos olhos (profundos, acho), rugas (nenhuma, na verdade), o tamanho dos lábios (normal), o formato das sobrancelhas (ligeiramente arqueadas), o peso (normal, talvez meio magro). Foi só quando chegamos à cor da pele (branca) que uma coisa me chamou a atenção.

– Ele parecia meio... cinzento – falei. – Meio pálido. Ou doente.

– Então era um homem caucasiano de tez pálida?

Não; era mais que isso. A pele e os olhos não combinavam. Os olhos eram muito brilhantes e nítidos para mim, mas o restante... o restante mal parecia importar. Era como se eu tivesse me esquecido do restante do corpo.

O E-fit produziu algo parecido com uma caricatura. Para ser mais específica, era um Charlie Brown mais velho e malvado. Na verdade, a cabeça do homem não era tão lisa. Não é que tivesse calombos, mas é difícil explicar a textura de um crânio.

A detetive Young olhou a imagem com uma expressão resignada.

– Está certo – disse ela. – Por enquanto, é melhor você voltar para o seu dormitório. Mas fique por aqui hoje. Não deixe a propriedade da escola.

Na hora em que coloquei os pés para fora da biblioteca já era dia claro, e havia caminhões de noticiários por toda a praça, estacionando nas calçadas, ocupando todo o espaço disponível. Policiais com jaquetas de um néon chamativo se moviam ao redor deles, dizendo aos motoristas para mudar de lugar, indicando que os câmeras se afastassem da escola. Uma repórter imediatamente caiu em cima de mim:

– Você estava lá conversando com a polícia?

– Eu só vi um cara – murmurei.

– Você viu alguém?

– Eu...

– O que você viu?

De repente havia duas câmeras na minha cara, me cegando com as luzes. Eu estava prestes a responder quando duas policiais vieram às pressas, uma delas enfiando as mãos na frente da lente da câmera.

– Vocês aí, parem de filmar *agora* – vociferou ela. – Eu quero ver toda a filmagem...

– Temos todo o direito de...

– Você – disse a policial para mim –, volte para seu prédio.

Eu me afastei correndo, mas as câmeras me seguiram. A repórter gritou:

– Qual é o seu nome? Seu nome?

Não respondi. Pode me Chamar de Claudia estava à porta de Hawthorne, e desta vez fiquei contente ao vê-la. Enquanto eu me afastava, tive certeza de que as câmeras focadas em minha silhueta em fuga pegaram uns takes excelentes da minha bunda correndo pela chuva em meus pijamas com estampa de jacaré.

14

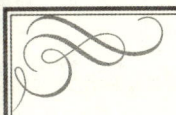

Jazza andava de um lado para outro no quarto quando voltei. Ela estava usando a caneca rosa de porquinho, que era a caneca de chá reservada a momentos de estresse supremo.

– Está tudo bem? – perguntou ela. – Você demorou séculos!

– Foi tudo bem – falei. – Só me fizeram um monte de perguntas.

Jazza não perguntou se eu tinha falado alguma coisa sobre ela, apenas fez um gesto para eu chegar até a janela.

– Não consigo acreditar que isso esteja acontecendo. Olhe só lá para fora.

Nos ajoelhamos na cama extra, que tínhamos encostado à parede e que vínhamos usando como sofá. Ficava bem embaixo da nossa janela do meio. Através do vidro salpicado de gotas de chuva, vimos figuras em trajes brancos entrando e saindo da tenda branca. Mais luzes haviam sido instaladas. Mais gente chegava. Mais câmeras, policiais e cordões de isolamento.

Permanecemos focadas nessa atividade durante algumas horas, com uma pausa ocasional para tomar chá. Como a vista do nosso quarto era muito boa, um monte de gente do fim do corredor veio dar uma olhada. As janelas acabavam sendo mais interessantes que os noticiários – na verdade, as janelas *eram* o noticiário. As câmeras dos telejornais filmaram nossos prédios e a tenda até que a polícia as afastou e colocou um cordão de isolamento em volta do campus, deixando-nos numa pequena ilha de atividades.

Depois de um tempo, todos nos vimos aglomerados no salão comunitário encarando a televisão. De vez em quando os noticiários nos atualizavam sobre algum aspecto do que estava acontecendo lá fora. A vítima tinha sido uma mulher novamente. O nome dela era Catherine Lord. Trabalhava num pub na cidade. Fora vista pela última vez saindo de lá quando fecharam, à meia-noite. Um colega de trabalho a acompanhara até o carro. O circuito de câmeras tinha filmado seu carro deixando a vaga. A filmagem de várias câmeras de trânsito a monitoraram a partir desse ponto. Ela não tinha ido para casa. Em vez disso, dirigira até o local do quarto assassinato. O carro vazio fora encontrado a três ruas de Wexford, e, apesar de haver uma gravação parcial do circuito de monitoramento que a mostrava afastando-se dali, ninguém conseguia explicar o que ela estava fazendo ou aonde estava indo. O noticiário mostrou uma foto dela, tirada mais cedo naquela noite. Catherine Lord era linda, com cabelo loiro avermelhado radiante, e parecia pouco mais velha que nós. Usava um vestido branco de estilo vitoriano com um corpete apertado e muitos cordões. O pub onde trabalhava tinha feito uma noite temática sobre o Estripador, e ela e o restante da equipe do bar estavam fantasiados. Os noticiários não se cansavam disso: uma garota bonita em um vestido vitoriano. A vítima perfeita.

Aquela garota tinha morrido bem na minha porta. Era possível que ainda estivesse dentro da tenda branca. O vestido dela já não seria mais branco.

– Julianne – chamou Claudia, aparecendo à porta –, venha cá, por favor.

Jazza olhou para mim, depois se levantou e saiu do salão. Ainda não tinha voltado quando todos fomos levados para o almoço em grupo pouco depois. Estava chovendo de verdade agora, mas mesmo assim as atividades lá fora não diminuíram. A polícia tinha afastado a mídia. Conseguíamos vê-los todos agrupados no fim da rua, mantidos a distância por alguns policiais, as câmeras direcionadas para nós, acenando para nos aproximarmos. Para evitar que alguém atendesse aos chamados, a escola fez um monte de professores ficar lá fora na chuva e puxar de volta qualquer um que quisesse aparecer na televisão. A polícia tinha praticamente tomado conta das ruas e da praça. Agora estava óbvio que só nos deixariam ir dos dormitórios ao refeitório ou à biblioteca. Qualquer tentativa de andar em outra direção era rechaçada com braços se agitando e nos enxotando.

A equipe do refeitório, é preciso reconhecer, se mostrou à altura da ocasião, cozinhando não apenas para nós mas também para os policiais. Havia garrafões extras de café quente e chá, bandejas de muffins e sanduíches, além dos itens de sempre. Hoje o prato era algum tipo de macarrão molenga com molho rosado, uma coisa que parecia um cozido de cordeiro com ervilhas e uma bandeja de hambúrgueres. Eu não estava com o menor apetite, mas peguei um só para colocar alguma coisa na minha bandeja. Andrew e Jerome já estavam no refeitório; os dois acenaram, me chamando para ir sentar com eles.

– Cadê Jazza? – quis saber Andrew.

– Falando com Claudia ou... com alguém. Não sei.

Jerome olhou para mim. Ele sem dúvida já tinha feito o cálculo do "atravessamos a praça bem na hora em que o assassinato aconteceu". Quando olhou para meu hambúrguer intocado, acho que ele soube; não exatamente o que tinha acontecido, mas com certeza deduziu que alguma coisa não ia bem.

Jazza chegou alguns minutos depois.

– Tudo bem? – quis saber Jerome.

– Tudo – disse ela, uma falsa jovialidade no tom de voz. – Está tudo certo.

Depois de meia hora, fomos todos arrebanhados de novo, as meninas na frente. Lá fora, o desfile de policiais prosseguia. Uma terceira van de unidade forense móvel se unira às outras duas, que passaram a maior parte da manhã ali, e policiais com capas de chuva percorriam o gramado em uma longa fila – cerca de trinta deles –, dando cada passo ao mesmo tempo, examinando o chão conforme avançavam.

Quando chegamos a Hawthorne, havia um policial de pé no meio da rua. Ele era alto e parecia muito jovem, com óculos pretos. Tinha um rosto comprido e fino, com as maçãs pronunciadas e as faces muito encovadas. Apesar de usar a jaqueta verde fluorescente e o capacete alto característico da polícia, ele não parecia um policial. Seu cabelo preto era ligeiramente comprido demais, o rosto ligeiramente jovem demais, sua atitude ligeiramente constrangida.

– Srta. Deveaux?

Ele pronunciou meu nome com elegância, como alguém que sabe francês e aplica a ênfase correta aos sons. Disse meu nome muito melhor do que eu mesma dizia, não tenho nem dúvida. E a voz dele era surpreendentemente grave.

– Uhm – falei.

Eu tinha ficado muito menos articulada desde que me levantara aquela manhã. Mas ele não pareceu se importar com a minha resposta; sabia exatamente quem eu era, e disparou logo em seguida:

– E você é Julianne Benton? Colega de quarto dela?

– Sim – respondeu Jazza, na mais encolhida das vozes.

– Vocês estavam juntas às duas horas da madrugada de ontem?

– Sim – dissemos ao mesmo tempo.

– Você viu um homem. – Dessa vez ele se dirigiu apenas a mim.

– Sim. Eu contei a...

– E você não – disse ele a Jazza. Não era uma pergunta. – Tem certeza?

– Não, eu... Não.

– Mesmo ele estando bem na sua frente?

– Eu... não. Eu... não...

Jazza estava se atrapalhando. O jeito como o cara falava... era como se ela tivesse sido reprovada num teste.

– Vocês duas: não falem com ninguém da imprensa. Se eles se aproximarem de vocês, saiam de perto. Não digam seus nomes. Não repitam nada do que contaram à detetive hoje pela manhã. Se precisarem de ajuda, liguem para este número.

Ele me entregou um papelzinho com um número anotado.

– Liguem em qualquer momento que precisarem de assistência, seja dia ou noite – disse ele. – E se voltar a ver esse homem, ainda que você apenas *ache* que o viu, ligue para este número.

Ele então se virou e saiu andando. Jazza e eu não perdemos tempo: corremos para o prédio, subimos as escadas e nos enfiamos no quarto. Bati a porta.

– O que aconteceu? – perguntei.

– Eles simplesmente me levaram e... e perguntaram sobre o que fizemos... E eu contei que saímos e subimos no telhado... e eles não se importaram com isso, na verdade... Queriam saber sobre o homem... Mas eu não cheguei a vê-lo... Não sei como foi que não vi, mas não vi, e eles só queriam saber disso, e eu não consegui contar nada, então... Ah, meu Deus.

Jazza despencou na cama. Sentei ao lado dela.

– Tudo bem – falei. – Você fez o certo. Eles prometeram que não teríamos problemas.

– Não me importo com isso! Eu não entendo como não o vi. E quem era esse cara, esse policial? Ele não parecia um policial. Parecia ter a nossa idade. Dá para ser policial tendo a nossa idade? Acho que dá, mas... ele não parece da polícia, parece? Se bem que eu imagino... imagino que policiais não pareçam nenhum tipo específico de gente, mas ainda assim... Ele não parecia policial, parecia?

Não. Ele não parecia um policial. Policiais deviam ser... diferentes. Aquele cara tinha mesmo uma aparência jovem. Mais que isso: parecia um tanto bem-cuidado demais, com óculos modernos e uma pele suave e pálida.

Jazza pegou o cartão da minha mão e o examinou.

– É um número de celular – observou ela. – Um cartão de policial não deveria vir com o número de uma central ou algo assim? Não é para o 999 que as pessoas devem ligar quando têm um problema? Aposto com você que esse cara é um repórter. Só pode ser. É crime se disfarçar de policial.

Nada daquilo estava ajudando a aliviar minha sensação de mal-estar. Comecei a andar de um lado para outro.

– Acho que você deveria voltar à biblioteca e relatar isso que acabou de acontecer – disse ela.

– Não estou com muita vontade de voltar lá agora.

Tivemos alguns momentos de aflição independente, e então Jazza se levantou com um olhar determinado.

– Se Claudia suspeita de alguma coisa, de que saímos, pode ser que ela conte a Charlotte. Charlotte é a comparsa dela.

– E daí? Charlotte não sabe que saímos.

– Mas sabe sobre as barras na janela do banheiro. Venha.

Jazza me fez descer novamente e fomos até o banheiro de um jeito que era para ser furtivo. Ela mais parecia um coelho, com movimentos rápidos e lançando olhares nervosos para o lado. Entrando às pressas no banheiro, conferiu se estava mesmo vazio, foi direto até a janela e a abriu. Deu uma sacudida nas barras: estavam firmemente aparafusadas novamente.

Jazza apertou as barras até os nós de seus dedos ficarem brancos. Então fechou a janela.

– Eu a odeio – disse Jazza.

Até eu tinha minhas dúvidas se era justo culpar Charlotte por alguém ter descoberto sobre as barras da janela. Mas Jazza precisava culpar Charlotte. Era importante para o equilíbrio mental dela. Alguém tinha que levar a culpa se nos déssemos mal pelo que havíamos feito, e eu estava feliz por não ser eu.

– Vamos tomar chá – disse ela, calmamente. – E não vamos nos deixar perturbar. Eu faço o chá.

Com isso, ela voltou a subir, caminhando resoluta. No quarto, puxou duas canecas da prateleira acima de sua mesa e dois saquinhos de chá do pote com chás especiais. Eu a deixei preparar tudo, enquanto vestia meu robe por cima das roupas e ia até a janela. Lá fora, os policiais ainda marchavam no gramado. Formavam uma fileira que ia de um lado a outro, mantendo não mais que quinhentos metros de distância entre si. A única área que evitavam era a parte da tenda branca, que tinha a própria equipe vasculhando o chão. Estavam, bem literalmente, investigando cada centímetro do gramado.

A última noite parecia ter acontecido anos antes.

Então reparei que, bem perto do nosso prédio, descendo um pouco a rua de paralelepípedos, estava o jovem policial. Ele encarava diretamente a minha janela, o olhar fixo em mim. Jazza tinha razão: ele não podia ser policial. Parecia muito jovem. Ainda assim, ali estava ele, no meio de metade da força policial de Londres. Seria de se imaginar que eles repararian se houvesse um falso policial entre eles.

Fiz contato visual com o impostor, para que ele soubesse que eu o tinha visto. Ele se afastou rapidamente.

15

A tenda branca permaneceu ali o domingo inteiro. Brilhava no crepúsculo, iluminada por dezenas de luzes de LED de alta potência. A imprensa também estava ali, rondando a propriedade da escola, de olho em tudo. A direção de Wexford fez um mailing explicando como era tudo muito, muito seguro, apesar de haver uma investigação de homicídio em ação no nosso gramado naquele exato momento e de terem chamado vários psicólogos para conversar com qualquer aluno que sentisse necessidade de apoio emocional.

As pessoas estavam apavoradas, mas demonstravam isso de maneiras estranhas. Na minha cidade, estariam todos chorando e dando vários abraços grupais em público sem o menor pudor. Em Wexford, porém, algumas pessoas simplesmente adotavam um jeito agressivo de fingir que nada estava acontecendo. Eloise, por exemplo, ficava no quarto fumando e lendo romances franceses. Charlotte patrulhava os corredores, enfiando aquela grande cabeça ruiva pelas nossas portas. Angela e Gaenor uniam esforços para acabar com um pequeno engradado de garrafas de vinho que tinham conseguido contrabandear para o dormitório, cambaleando para dentro do nosso quarto de vez em quando com canecas cheias de vinho tinto. Uma delas pendurou um sutiã cor-de-rosa na nossa luminária. Eu o deixei ali. Era um sutiã bonito.

À noite, ouviam-se conversinhas nervosas em tons agudos pelos corredores. Ninguém conseguia dormir, então todo mundo falava. Acho que as coisas eram bem semelhantes em Aldshot. A maior parte dos garotos aparecia para o café da manhã com os olhos vermelhos e olheiras profundas, o que indicava muita leitura ou muita bebida.

Meus pais tentaram me colocar num trem para Bristol, mas insisti em ficar, alegando que estávamos perfeitamente seguros. E estávamos mesmo: afundados em polícia até os joelhos, com todos os nossos movimentos sendo registrados. Depois eles acabaram aceitando isso, mas me ligavam mais ou menos de duas em duas horas. Minha família inteira me ligava. O tio Bick e a prima Diane ligaram várias vezes. A srta. Gina ligou. Sem falar nos e-mails. Todo mundo de Bénouville queria saber da história. Passei a maior parte do domingo segurando um telefone com uma das mãos e digitando com a outra.

Não comentei com ninguém que eu tinha chegado a *ver* o assassino, mas era difícil manter esse fato em segredo. Eu sabia a melhor fofoca do planeta, mas não podia contar nada. Também era a Única Testemunha do Caso, e a qualquer momento a Scotland Yard ia me sequestrar dali e me interrogar por horas. Então todos saberiam quem eu era. Eu estaria em todos os noticiários.

Fiquei esperando virem me fazer mais perguntas. Mas ninguém apareceu. Os noticiários não mencionaram uma testemunha. E nunca ouvimos uma palavra de Claudia sobre o que podíamos ou não ter aprontado na noite do assassinato. Wexford se manteve fiel a sua palavra: se a diretoria sabia que tínhamos subido no telhado, estava fazendo vista grossa.

As aulas da manhã de segunda-feira foram canceladas, e a essa altura já havia um pânico bem definido no ar de Hawthorne. Eu não quero dizer que o prédio fedia, mas estava perto disso. Os aquecedores estavam ligados no máximo, e o ar ficara denso de umidade e hormônios de estresse. À tarde, deixaram que fôssemos às aulas e à biblioteca, mas nossos movimentos eram estritamente controlados. Tínhamos que nos ater ao caminho de paralelepípedos por todo o tempo. Envolveram o gramado com redes de proteção para não podermos ver a tenda com tanta facilidade – mas ainda tínhamos uma visão bastante desimpedida de qualquer janela do segundo andar.

Aproveitei um tempo livre que tinha para ir à biblioteca, só para sair do prédio. Achei que tinha ido depressa, mas quando cheguei todas as estações individuais já estavam ocupadas, assim como todas as cadeiras e todos os lugares no chão perto das tomadas.

Decidi ir para o andar de cima da biblioteca, até a seção de literatura. Olhei corredor por corredor até encontrar Alistair. Ele estava lá – o mesmo cabelo magnífico, o mesmo sobretudo grande e as mesmas botas Doc Martens. Só tinha mudado de posição. Agora estava sentado no peitoril da janela, ainda quase completamente no escuro.

– Se importa se eu me sentar aqui? – perguntei. – Não tem lugar lá embaixo.

– Fique à vontade – disse ele, sem erguer o olhar.

Acionei o interruptor no fim do corredor e me sentei no chão. O piso estava frio, mas pelo menos era um lugar para sentar, e um lugar em que eu não estava completamente sozinha. Depois de dez minutos, as luzes se apagaram automaticamente.

Olhei para cima para ver se Alistair ia se levantar e acendê-las de novo, mas ele simplesmente continuou a ler. Desgrudei do chão e acionei o interruptor.

– Faz mal para os olhos – falei. – Ler no escuro.

Alistair deu um sorrisinho. Não entendi por quê. Não havia nada de engraçado em forçar os olhos. Eu estava lá não fazia muito tempo quando Jerome apareceu no fim do corredor, o laptop debaixo do braço.

– Jazza falou que você estaria por aqui – disse ele. – Posso conversar com você? Preciso te mostrar uma coisa.

Jerome estava tão preocupado que não reparou na presença de Alistair.

Ele me guiou até uma das pequenas salas de estudo do primeiro andar. Todas estavam ocupadas, mas ele encontrou uma com três alunos de um ano anterior, todos jogando videogame.

– Saindo! – ordenou ele, abrindo a porta. – Precisamos da sala.

Houve exclamações de protesto, mas Jerome abriu ainda mais a porta.

– Apenas para estudos – disse ele. – Saiam.

– Usando seus poderes de monitor para o mal? – perguntei enquanto eles passavam por nós completamente frustrados. Um deles, que era consideravelmente mais alto que Jerome, olhou para ele com um desdém palpável, mas Jerome não se importou. Já estava abrindo o laptop.

– Feche a porta – disse ele. – Sente-se.

Havia três cadeiras e uma mesinha na sala. O espaço não era amplo o suficiente para uma quarta cadeira. Na verdade, nem para a mesinha. Sentei-me ao lado de Jerome, que estava fazendo login e abrindo um site.

— Vou logo avisando que é perturbador. Mas você precisa ver. Daqui a pouco todo mundo vai acabar vendo.

Ele estava num site chamado ArquivoEstripador. No meio da página inicial havia uma tela de vídeo. Ele apertou o play.

A filmagem estava em visão noturna, portanto havia uma aura cinza-esverdeada nas imagens, com realces em um branco forte. Os primeiros quadros mostravam um jardim e um pátio com algumas mesas vazias. Percebi imediatamente que devia ser o Flowers and Archers.

Depois de uns trinta segundos disso, um portão se abriu. Alguém entrou no jardim, com as costas bem eretas e rígidas. Era uma mulher. Usava uma saia e um casaco. Ela atravessou da esquerda do enquadramento para a direita, até que estava posicionada quase que perfeitamente diante da câmera, e então se virou devagar.

Os olhos dela diziam tudo. Eram pontos enormes de luz branca. Ela ficou ali parada, completamente imóvel a não ser por um suave arquejo de gritos reprimidos. Sua atenção parecia focada em algo bem diante dela, por pouco fora do campo de visão. Então ela fez um movimento brusco para o lado, tombando contra a cerca e quicando no chão. Ela começou a lutar, os braços se debatendo. Foi só então que percebi que ela não estava olhando para alguém além do alcance da câmera. Simplesmente não havia *assassino* ali. A vítima estava bem no meio do jardim, então seu agressor deveria estar completamente visível. Mas não havia ninguém. Ela se debatia contra o ar. Então houve um lampejo, o reluzir de algo cortando a tela, e ela ficou imóvel. Suas pernas se ergueram bruscamente, de maneira que os joelhos ficaram dobrados e os calcanhares apoiados no chão. Então os joelhos foram abertos. Outro reluzir.

Jerome apertou o pause.

– Você não vai querer ver o resto – disse ele. – Eu me arrependi de ter visto.

– Não entendi – falei. – O que foi isso?

– Isso foi a filmagem capturada pela câmera do pub. Não foi destruída.

– Mas não pode ser.

– Pode. Um membro deste site a pegou diretamente no servidor de backup. Esta é a filmagem.

– Está na cara que é só alguém encenando o crime.

– Sério – disse ele. – É verdade. Este site... Essas pessoas são sérias. Evidentemente, alguma manipulação foi feita na filmagem para remover o agressor da cena, mas ninguém consegue descobrir como. Isto foi distribuído para todo tipo de especialista técnico e ninguém consegue descobrir o que foi feito. Este vídeo vai estar em tudo quanto é canto. Cada maluco por teoria da conspiração no mundo vai ficar doido com isto.

A imagem continuava congelada ali: a mulher de costas, o estranho brilho erguido no ar. Jerome abaixou um pouco a tampa do laptop.

– Naquela noite – falei –, quando voltamos e estávamos entrando no nosso prédio, eu vi uma pessoa.

– Você é uma testemunha? – perguntou ele.

– Fui. Fizeram uma coisa chamada E-fit.

– Você fez um *E-fit*?

Contei a Jerome sobre o homem: que ele tinha aparecido na quina do prédio, que tinha me visto entrando pela janela. Jerome ficou completamente atônito com isso. Seu queixo caiu um pouco. Ele já tinha o maxilar meio solto, aliás; isso aumentava seu poder de declarar Guerra Total contra a sua comida, e era a causa de seus sorrisos fáceis e de sua capacidade de falar por séculos e séculos sem parar. Provavelmente já tínhamos estado próximos assim antes, espremidos nos bancos do refeitório, mas de repente fiquei extremamente consciente de que estávamos sozinhos naquela minúscula saleta de estudos. Cubículo de estudos, para dizer a verdade. E estávamos mais próximos do que eu me lembrava. Ele devia ter chegado mais perto enquanto eu assistia ao vídeo.

– É estranho – falei. – Jazza não o viu. Ela já estava dentro do prédio. Eu ainda estava na calçada, então... eles só falaram comigo. Mas acho que pensam que sou maluca. Ou que estou mentindo. Não voltaram a me procurar.

– Tenho certeza de que vão procurar você quando o pegarem. Provavelmente vão pedir para você identificá-lo.

Isso fazia sentido. Não tinha por que me procurarem se não tinham nada para me perguntar.

Estávamos tão próximos agora que eu não conseguia olhar diretamente para ele; pelo menos não nos seus olhos. Foi então que me dei conta de que ele não tinha me levado até ali só com o propósito de me mostrar um vídeo de alguém sendo assassinado (se bem que provavelmente isso era *parte* do motivo).

Além do mais, estava muito quente ali no pequeno cubículo de estudos.

Para ser sincera, não sei qual dos dois se moveu primeiro, mas já estávamos em ação assim que consegui fazer meu olhar ir do queixo dele para os olhos.

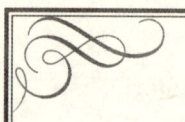

**CENTRAL BBC DE TELEVISÃO,
SHEPERD'S BUSH, OESTE DE LONDRES
2 DE OUTUBRO
13H45**

A BBC ESTÁ ACOSTUMADA A LIDAR COM MALUCOS, excêntricos e psicopatas. Ameaças de bomba não são incomuns. Nem ameaças a James Goode, o apresentador do *Goode Evening*, o programa de notícias e opinião da noite. Uma enquete de um dos jornais de maior circulação havia mostrado havia pouco tempo que James era a décima quinta pessoa mais famosa da Grã-Bretanha, a terceira mais irritante e o primeiro no ranking de "celebridade com quem você menos gostaria de ter um encontro romântico". Era estimado que quarenta e dois por cento de sua audiência assistia ao programa só para odiá-lo, um comportamento que ele encorajava ativamente.

Então, quando o assistente de produção do *Goode Evening* voltou do almoço e encontrou o pacote de papel pardo em sua mesa, ficou perplexo. Ninguém no escritório assumia ter aceitado a entrega. O setor de malote não tinha nenhum registro. Tinha gente no escritório o tempo todo, mas mesmo assim ninguém tinha visto uma pessoa entrar e deixar uma caixa. Aquilo simplesmente apareceu, com as palavras "sr. James Goode, Central BBC" escritas em um grosseiro garrancho preto. Não tinha selo, nenhum adesivo de transportadora, nenhum código de barra nem número de rastreamento. Era completamente anônimo.

O que representava uma séria falha de segurança. O produtor estava estendendo a mão para o telefone quando o próprio James entrou na sala, todo empertigado.

– Temos um problema – disse o produtor. – Falha na segurança. Acho que precisamos tirar todo mundo daqui.

– O quê? – James Goode falou isso da maneira como pessoas normais geralmente dizem coisas como "Você incendiou minha casa inteira?".

Mas o produtor estava acostumado.

– Esta caixa – disse ele. – Ninguém a viu chegar. Sem postagem, sem registro de entrega, não chegou pelo malote. Temos que...

– Não seja idiota – disse James, pegando a caixa.

– James...

– Fique quieto.

– James, sério...

Mas James já estava pegando uma tesoura e atacando a fita adesiva do pacote. O produtor repousou o telefone suavemente, fechou os olhos e rezou em silêncio para não explodir nos segundos seguintes.

– Não quero as pessoas acionando as Forças Armadas por qualquer coisinha – prosseguiu James. – É exatamente esse tipo de atitude que eu...

Ele ficou em silêncio, o que não era um comportamento normal para James Goode. O produtor abriu os olhos: James lia um papel amarelado.

– James?

James fez "shh" enquanto esticava cautelosamente a mão para a caixa, afastando um pouco do embrulho. Então deu um pulo e fechou de novo as abas da caixa, escondendo o conteúdo.

– Preste atenção – disse James, energicamente. – Ligue para o pessoal do jornalismo. Mande trazerem uma câmera agora mesmo e diga que preciso estar no ar em quinze minutos.

– O quê? O que você está fazendo?

– Estou com a próxima peça da história do Estripador. E diga a eles para manterem *segredo*. Tranque a porta. Ninguém mais entra nesta sala.

Quinze minutos depois, após uma discussão prolongada com o departamento de jornalismo, havia uma câmera no escritório do *Goode Evening* e um produtor com um headset falando rapidamente com a central de notícias. James estava sentado a sua mesa. Seus prêmios haviam sido jogados com pressa no parapeito da janela bem atrás dele, amontoados para caber no enquadramento. Diante dele estava a caixa.

– Não está pronto? – perguntou James, rudemente. – Qual é a dificuldade de fazê-los parar de tagarelar por dois minutos? Estou tentando *dar* uma história a eles. Mande pararem de fazer a porcaria da previsão do tempo e...

– Entramos ao vivo em dez – disse a pessoa da central. – E nove, oito, sete...

James recuperou a compostura durante a contagem regressiva e estava pronto no um.

– Senhoras e senhores – começou ele –, logo depois das duas da tarde recebi este pacote aqui no meu escritório na central da BBC.

Ele indicou a caixa e ergueu o pedaço de papel amarelado.

– Dentro do pacote encontrei este bilhete, que, como vocês vão ouvir, fui instruído a ler. Estou seguindo as instruções numa tentativa de salvar vidas...

Ele começou a leitura.

Do inferno.
Sr. Goode, envio metade do rin que tirei de um homem
prresevei para você orresto fritei e comi estava
delicioso. Posso enviarle a faca ensanguentada
que o tirou se apenas esperar mas algum tempo.

A câmera fez uma panorâmica para mostrar o conteúdo da caixa. Aninhado em um monte de plástico-bolha estava um objeto vermelho-amarronzado em um saco plástico com fecho vedável. O objeto tinha mais ou menos o tamanho de uma mão fechada, e não dava para negar que devia ser algum órgão do corpo humano.

A câmera fez um movimento brusco de volta para James, que continuou a ler:

Já escoli meu próximo encontro e estou ansioso
pelo nove de novembro pois tenho fome e
ganas. Por favor mostre meu adorável rin
em seu programma sr Goode e leya meu bilete
ou posso ter de vir rápido e tirar mais...

A tela voltou abruptamente para a central de notícias. Alguém, em algum lugar da BBC, o havia tirado do ar. O âncora pediu desculpas pela crueza das imagens.

Em sua sala, James Goode prosseguiu. A última frase da carta dizia respeito a dinheiro, a parte cuja leitura ele tinha praticado com mais cuidado, a que havia decorado e conseguia dizer olhando diretamente para a câmera. Esta era, ele sabia, a frase que ninguém jamais esqueceria. Este era o seu momento.

Ele a leu, sem perceber que só era ouvido por si mesmo e pelas duas outras pessoas no recinto.

A estrela assassina

Em nossa época, àqueles que matam o mundo das notícias confere estrelato, e esta foi a maneira como fui criado.
— *Morrissey*,
"The Last of the Famous
International Playboys"

16

Na quarta-feira de manhã, a polícia se preparou para deixar a escola, e a imprensa foi embora assim que a tenda branca foi desmontada. A previsão de Jerome a respeito do vídeo se concretizou. Até o fim da tarde, todos os noticiários do planeta o tinham exibido. Estava na página inicial de todos os sites. Apesar de trotes serem ocorrências corriqueiras, a filmagem se provou difícil de ignorar. Todos os especialistas em vídeo haviam dado uma olhada. Softwares de reconhecimento facial confirmaram que a mulher nas imagens era a vítima, Fiona Chapman. Ninguém conseguia explicar por que não se via o assassino. E era fisicamente impossível que ele estivesse simplesmente evitando a câmera. De alguma forma, ele tinha acessado a filmagem tanto no disco rígido quanto no servidor e apagara a própria imagem. Houve quem afirmasse que ele usava técnicas militares especiais de camuflagem.

Três estudantes haviam sido retirados da escola; os professores queriam poder ir embora antes que escurecesse, às cinco. No ar havia uma profunda sensação de inquietude, por todo lado.

Quanto à loucura dos beijos com Jerome, eu não sabia ao certo o que significava. Podia ter sido uma parte da insanidade generalizada. Talvez o estresse tivesse precipitado nossos hormônios daquele jeito. Mas o fato é que, quando você mora com alguém – quer dizer, no mesmo campus escolar – e vocês dão uns beijos loucos, você tem duas opções. Ou pode indicar que gostou dos beijos loucos e pretende ceder a eles em qualquer oportunidade (por exemplo, Gaenor e Paul, o namorado dela que era do ano anterior ao nosso: eles eram conhecidos por dar uns amassos enquanto comiam torta de carne, e não é só forma de falar), ou você não dá indícios de que algum dia os beijos existiram, ou aliás qualquer atração física. Não existe meio-termo, não num internato. Contei a Jazza, é claro. Mas a mais ninguém. Jerome parecia estar fazendo o mesmo. Aliás, eu tinha bastante certeza de que ele não havia contado a Andrew.

Na quarta-feira à noite, Jazza e eu estávamos sentadas em nossas respectivas camas, fazendo o dever de casa com o noticiário aberto no meu laptop. Depois que o vídeo fora a público, assistir ao noticiário tinha virado um hábito. O assunto, como sempre, era o Estripador; dessa vez, a carta que a BBC havia recebido no dia anterior.

"*Esta carta*", dizia o apresentador, "*evidentemente, é uma referência à carta intitulada 'Do Inferno', recebida pelo sr. George Lusk, do Comitê de Vigilância de Whitechapel, no dia 16 de outubro de 1888. É a única carta entre as centenas recebidas à época que a maior parte dos especialistas no Estripador pensa ter sido de fato enviada pelo assassino. Também sabemos que havia outra parte da correspondência, que não ouvimos. Para discutir o assunto, estamos aqui com o sr. James Goode.*"

– Ah, meu Deus – falei. – Por favor. De novo não. Esse cara de novo não.

Esse cara, James Goode, parecia estar em pelo menos metade de todos os programas de televisão que eu tinha visto na Inglaterra antes do episódio da carta. Agora o rosto presunçoso dele estava na TV o tempo todo, em todos os canais.

"James, tem muita gente dizendo que você deveria ter entregado o pacote à polícia imediatamente", disse o entrevistador, *"em vez de mostrar o conteúdo ao vivo."*

"O povo tem o direito de saber", retrucou James, se recostando na cadeira. *"E o fizemos de maneira que uma informação fundamental fosse deixada de fora. Apenas a Scotland Yard e eu sabemos o conteúdo integral da mensagem."*

"Está dizendo que foi intencional sua própria transmissão ter sido cortada de maneira tão abrupta?"

"É claro que foi minha intenção."

– Quem é esse babaca? – perguntei. – Por que ele está o tempo todo na TV?

– James Goode? Não sei. Ele é jornalista, e deram um programa pra ele. Todo mundo odeia o cara, mas ele é muito popular, o que não faz o menor sentido ao meu ver.

– Ele é um babaca – repeti.

Jazza assentiu com ar de sabedoria.

"Sempre houve discussões quanto à autenticidade da carta original 'Do Inferno', de 1888. Aquela, assim como a que você recebeu, continha metade de um rim humano, que pode ter sido da quarta vítima dos primeiros ataques, Catherine Eddowes. É claro que agora temos a habilidade de determinar essas coisas com certeza. Desta vez, foi confirmado que o rim enviado a você era o rim esquerdo da quarta vítima, Catherine Lord. Por que acha que você foi o escolhido, James? Por que você, e não a polícia?"

"Imagino que o assassino quisesse enviar uma mensagem. Ele queria ter certeza de que o rim seria visto pelo máximo de pessoas possível, e ele sabia que eu tinha a influência para fazer isso acontecer."

"*E esse último assassinato deixou claro que o assassino provavelmente tem um vasto conhecimento médico. Isso sempre foi uma questão de debate no caso do primeiro Estripador, mas desta vez há um consenso entre os profissionais da medicina envolvidos de que este assassino quase certamente tem alguma formação na área. O rim foi retirado com muita habilidade. Temos uma imagem do órgão obtida a partir daquela transmissão. Alertamos aos telespectadores que a imagem a seguir é um tanto explícita, e..."*

– Estou quase vomitando de tanto olhar para esse rim – falei.

– É um teatro – respondeu Jazza. – Eles agem como se estivessem chocados e horrorizados, mas o mostram vinte vezes por dia.

– Você já viu o vídeo do rim cantando? – perguntei.

– Eca. Não.

– É muito engraçado. Você deveria assistir.

– Pode desligar isso?

O laptop estava ao pé da minha cama. Fechei-o com o pé e continuei a ler meus excertos do *Diário de Samuel Pepys* (que se pronuncia "Pips", não "Pépis", uma coisa que descobri da pior maneira na sala de aula), mais precisamente, uma parte em que ele descreve o Grande Incêndio de Londres. Ouvimos uma batida à porta. Dissemos que podiam entrar, e vimos surgir Charlotte.

– Benton, Deveaux, estão chamando vocês lá embaixo.

Na linguagem de Hawthorne, *lá embaixo* significa os aposentos da Pode me Chamar de Claudia, e sobrenomes significam que o assunto é oficial.

– Para quê? – quis saber Jazza

– Lamento, não faço ideia.

Ela foi embora. Jazza empurrou a apostila de alemão para longe do colo e se virou para mim, dizendo:

– Ah, meu Deus...

– Está tudo bem – falei. – Tudo bem. Ela já teria nos matado a essa altura, se quisesse.

– Ela provavelmente estava esperando a polícia ir embora.

– Jazza.

– Por que mais ela ia querer falar com a gente?

– Jazza – falei mais uma vez.

– O que vamos fazer? – disse ela, se balançando na beirada da cama. – Rory?

– Vamos descer.

– E...?

– E... ela vai falar coisas – respondi. – Não sei. Vamos descer e pronto.

Então tentamos nos recompor, vestimos nossa melhor cara de inocência e descemos como uma linha de frente unida. Claudia nos mandou entrar no segundo em que batemos à porta.

– Ah, meninas...

Relaxei imediatamente. Era um "ah, meninas" alegre. Não um "ah, meninas" do tipo "vou assassinar vocês com um bastão de hóquei". Ela fez um gesto para nos sentarmos em uma de suas cadeiras florais. Jazza engoliu tão em seco que eu até ouvi o ruído.

– Vocês vão ganhar uma nova colega de quarto amanhã – começou Claudia. – O nome dela é Bhuvana Chodhari. Matrícula tardia.

– Por que ela vai para o nosso quarto? – perguntei. – Eloise tem um quarto só para ela.

– Eloise tem graves problemas de alergia. Ela precisa de um purificador de ar no quarto.

Era uma mentira tão descarada e ultrajante que quase ri alto. Eloise não tinha alergia coisa nenhuma. Fumava mais que uma chaminé.

– O quarto de vocês era originalmente para três pessoas – prosseguiu Claudia. – Tem espaço de sobra. Se tiverem alguma coisa no terceiro armário, tirem hoje à noite. Bem, é só isso.

Voltamos para o nosso quarto e fechamos a porta.

– Ela sabe – disse Jazza.

Fiz que sim.

– Mas que saco – acrescentei.

Depois de analisar brevemente as dimensões do quarto, concluímos que não era para três de jeito algum. Devia ter no máximo um metro e meio de largura a mais que os outros em volta, e tinha uma janela extra, mas só isso.

– Nunca se sabe – disse Jazza. Já recuperada do choque inicial, ela estava tentando agir da sua forma sempre-radiante-e-jovial. – Vai que essa menina nova é legal? Quer dizer, eu preferia que continuasse sendo só nós duas aqui, mas pode acabar não sendo ruim.

– Vamos perder nosso sofá.

Olhei com pesar para a cama extra que tínhamos virado contra a parede e ocupado com as duzentas almofadas de Jazza.

– Mal o usamos mesmo – argumentou Jazza. – E poderia ter sido pior. Poderia ter sido muito pior.

Mas acho que ela sentia o mesmo que eu. Aquele era o nosso quarto, nosso pequeno espacinho de paz no universo, e o tínhamos perdido porque saímos escondidas do prédio. Fiquei em silêncio e olhei para o céu através das vidraças da janela. Estava escurecendo tão mais cedo. Acontecia mais rápido ali. As árvores eram silhuetas negras contra o céu cor de alfazema na noite de Londres.

– Droga – falei.

17

Na manhã seguinte, demos uma última olhada em nosso quarto antes de irmos tomar o café da manhã. Depois do almoço, quando voltei para deixar uns livros e pegar outros, havia uma nova ocupante. Bhuvana estava esticada na cama, falando ao telefone. Ela acenou brevemente para mim, sorrindo, e continuou a conversa. Parecia satisfeita com a posição da cama, e a tinha redecorado com um enorme edredom rosa e cinza e uma pilha de almofadas metálicas em prata e cor-de-rosa. Havia bagagem por toda parte: maletas, bolsas de lona e de compras.

Bhuvana era, como o nome indicava, de ascendência indiana. Tinha o cabelo muito liso e muito preto, com uma chamativa mecha vermelho-cereja do lado direito. Era cortado bem reto e rente aos ombros, e as franjas eram perfeitamente retas. Tudo isso, somado ao fato de que ela carregava a maquiagem do olho com lápis preto e usava enormes brincos dourados, fazia com que ela me lembrasse a Cleópatra. No entanto, ela evidentemente não viera da Índia. Seu sotaque era o mais britânico possível: rápido, urbano, meio

Cockney, talvez. Às vezes eu mal conseguia entender o que ela dizia.

– Aurora, né? – disse Bhuvana quando desligou o telefone.

Ela deu um pulinho para fora da cama para me abraçar e me dar dois beijos aéreos.

– Rory – corrigi. – Você é a Bhuvana?

– Bu – corrigiu ela também. – Só minha vó me chama de Bhuvana.

– Só minha vó me chama de Aurora.

Então tínhamos isso em comum. Bu era vários centímetros mais alta que eu. Ela também tinha vestido o uniforme imediatamente, mas o usava com irreverência, a gravata levemente frouxa e puxada para o lado.

– Seus pais acabaram de... deixar você aqui? – perguntei, olhando para as coisas espalhadas pelo chão.

– Bem, eu moro em Londres – disse ela, tranquilamente. – Estava em Mumbai visitando minha família, né? E aí fiquei doente, e é por isso que estou começando atrasada as aulas. Então, né, tenho que colocar as matérias em dia.

As coisas de Bu pareciam ter sido empacotadas na pressa, tudo aleatoriamente enfiado nas bolsas. Roupas, cabos de eletrônicos, fotos, bibelôs. As roupas dela definitivamente eram mais interessantes que as nossas. Bu tendia ao brilho, ao stretch e ao estilo "boate".

– Nunca estudei num internato antes – disse ela, enfiando punhados de lingerie de renda vermelha e roxa dentro de uma gaveta. – Isso tudo é novidade para mim. Nunca morei longe dos meus pais.

– Nem eu.

– Vamos ver...

Ela pegou do bolso um papel amassado, com seu horário de aulas, e o passou para mim. Peguei o meu, também amassado, do bolso da frente da mochila. Eram horários perfeitamente idênticos.

– Acho que fazemos as mesmas aulas – disse Bu, sorrindo. – Parece que temos hóquei agora.

Ela tirou um bastão do meio daquela confusão de coisas, assim como um protetor bucal decente – bonito, todo ajustado, não do tipo que você tem que colocar na água fervendo, que nem o meu. Ela também tinha sapatos e proteções e uma bolsa para carregar tudo isso.

Quando chegamos ao campo, Claudia fez um breve teste com Bu para determinar o nível de experiência dela no esporte, e ficou claro, pela reação de Claudia, que Bu era a garota por quem ela vinha esperando a vida inteira. Bu era uma atleta. Era rápida, forte, tinha coordenação motora. Corria de um lado para outro do campo com aquele bastão como alguém que veio ao mundo para correr de um lado para outro com um bastão. Ela lançou uma bola que acertou direto meu protetor de rosto. Minha nova colega de quarto era uma campeã.

– Tem treino todo dia? – perguntou, animadíssima, enquanto voltávamos para Hawthorne.

– Todo dia – respondi, infeliz.

– Isso é incrível! Não praticávamos tanto esporte na minha outra escola. Desculpe pelo seu rosto. Está tudo bem?

– Tudo bem.

E estava, apesar de o choque do impacto ter me mandado voando de costas e de eu ter precisado de duas pessoas para me levantar.

Dali, voltamos para tomar um banho rápido, e depois tínhamos uma hora de Matemática Ulterior, que não agradou nem um pouco a Bu. Toda a confiança do campo de hóquei se esvaiu de seu rosto. Fui com ela para o refeitório e a apresentei a todos. Jazza, é claro, foi simpática e educada, mas dava para ver que ela estava absorvendo os detalhes – os brincos, a mecha no cabelo, o som da voz de Bu. Eu não sabia o que Jazza estava pensando, mas, a julgar por seus olhos arregalados, senti que ela estava com certo receio. Bu não era como nós. Bu não lia Jane Austen na banheira ou tocava violoncelo por diversão. Mesmo com meu conhecimento limitado de sotaques ingleses eu identificava a assimetria na voz de Bu. O sotaque dela era urbano. Ela acrescentava um "né" ao fim das frases.

Bu, por sua vez, cumprimentou todo mundo calorosamente, e compartilhava meu amor por carne. Montamos um prato quase igual: salsichas e purê de batatas com muito molho em cima. Ela não tinha frescura para comer. Gostei disso.

– Você vai ter que tirar esses brincos, Bhuvana – disse Charlotte, do outro lado da mesa. – Nossos brincos têm que ficar rentes à orelha, só pedrinhas ou argolinhas, lamento.

Ela não parecia, nem de longe, lamentar. Bu olhou para ela, então tirou os brincos e os colocou sobre a mesa, ao lado da colher.

– Você é monitora-chefe? – perguntou Bu, picando uma salsicha com a faca.

– Sim. Pode me procurar sempre que precisar de ajuda nessa fase de adaptação.

– Eu estou bem – disse Bu. – Tenho elas duas.

E apontou para Jazza e eu, como se fôssemos amigas de infância.

– E é Bu – acrescentou ela. – Não Bhuvana. Bu.

Bu não chegou a flexionar os músculos ou dar um soquinho na palma da outra mão, mas houve certo movimento com os ombros para trás que sugeria que ela estava acostumada a lidar com as coisas de um jeito bem diferente do de Charlotte. Não era difícil imaginá-la agarrando o penteado de Charlotte e enfiando a cara dela num prato de purê. Não era *nada* difícil imaginar isso.

– Bu – repetiu Charlotte calmamente. – É claro.

De volta ao nosso quarto, Bu continuou a desfazer as malas. Jazza observava em silêncio, encarando a pilha de sapatos de salto alto e tênis que Bu acabara de despejar de uma sacola plástica.

– Então, né, eu estava em Mumbai e fiquei *muito* doente... – dizia ela, pegando uma chaleira elétrica do meio de uma pilha de roupas.

– Na verdade não podemos ter essas chaleiras no quarto – disse Jazza, preocupada.

– É só uma chaleira – respondeu Bu com um sorriso. – Eu preciso do meu chá.

– Bem, eu também, mas...

– Vou esconder, então.

Bu enfiou a chaleira no peitoril da janela e a cobriu parcialmente com a bela cortina de Jazza.

– Mas acho que é a eletricidade – prosseguiu Jazza. – Acho que o...

Bateram à porta, o tipo de batida forte que se recebe durante uma revista policial amigável, quando aparecem na sua porta usando um aríete. Jazza deu um pulinho e formou as palavras "a chaleira, a chaleira!" sem emitir som, mas Bu já estava abrindo a porta. Pode me Chamar de Claudia estava de pé ali, resplandecente em um radiante vestido preguedo.

– Bhuvana! – exclamou ela, sorrindo. – Pode me chamar de Claudia. Está se ajustando bem?

– Perfeitamente, né – respondeu Bu.

– Entrar no meio do semestre pode ser muito difícil. Imagino que vocês duas farão de tudo para ajudá-la, certo?

Jazza e eu assentimos e murmuramos nossa concordância. Claudia se demorou por um momento, um sorriso cada vez maior no rosto. Estava encarando Bu como se ela fosse a fonte da verdadeira Iluminação.

– Você é excelente no hóquei – elogiou Claudia. – Excelente mesmo.

– Eu era capitã do time misto de hóquei na minha escola anterior, né.

– Excelente. Bem, termine de se instalar. Você sabe onde me encontrar se precisar de mim.

Claudia saiu e Bu fechou a porta.

– Viram? – disse ela. – A chaleira não tem problema! E aí, o que é que vocês fazem por aqui?

– Estudamos – disse Jazza. – E tem chá e cereal no fim do corredor.

– E para se divertir? – quis saber Bu.

Jazza travou.

– Não podemos sair muito – falei. – Temos que estudar. Essas coisas.

– Você frequentava qual escola antes daqui? – perguntou Jazza, educadamente.

– Só um colégio local. Mas não é muito bom, e eles acharam que eu era avançada e tal, e minha avó vai pagar, então me transferiram para cá.

Bu esvaziou uma sacola inteira de almofadas de lantejoulas. O olhar de Jazza percorreu todos os pertences de Bu, os eletrônicos, as roupas e os acessórios. Eu fiz o mesmo, tentando descobrir o que ela procurava; e logo vi. Faltava alguma coisa. Livros. Não havia nenhum livro.

– Quais matérias você vai fazer? – perguntou Jazza.

– Ah, as mesmas que Rory. Francês e... hã...

Bu se deixou cair no chão e, deitada, se esticou toda para alcançar o bolso da frente da mochila, de onde pegou seu horário já amassado. Ela deitou de costas para ler.

– ... Matemática Ulterior, Literatura, História e História da Arte.

– Você vai fazer os testes de qualificação para tudo isso? – quis saber Jazza.

– O quê? Ah, sim. É, talvez, né. É. Para algumas, né.

Jazza e eu nos sentamos em nossas camas, em lados opostos do quarto, julgando nossa nova colega, que agora fazia algum alongamento para as pernas, nos permitindo ver parte de sua calcinha de renda azul. Bu continuou falando sem parar, sem perceber ou se importar com qualquer constrangimento. No geral, ela falava sobre programas de televisão que eu não conhecia ou dos quais só tinha ouvido falar por alto.

Não havia nada de errado com Bu. Ela era simpática, sem dúvida, e eu não estava em posição de julgar ninguém por sua atitude com relação aos estudos. Wexford não era a escola mais difícil da Inglaterra, mas também não era a mais fácil. É que simplesmente havia algo de errado com o jeito como Bu encarava as aulas. Ninguém aparece com um mês de atraso e rola no chão, mal ciente de quais matérias está fazendo.

No entanto, pensei depois, eu não fazia ideia de como eram as coisas na Inglaterra. Talvez fosse completamente normal fazer isso. Eu é que era a estrangeira, não Bu. Eu tinha construído uma ilusão naquele quarto com Jazza – uma ilusão de que aquela era minha casa, de que eu compreendia as regras dali. Bu, por total acidente, me lembrou que eu entendia bem pouco e que a qualquer momento as regras podiam mudar.

18

No lugar de onde eu venho, você simplesmente tem que aceitar os jacarés. Geralmente eles não chegam nem perto das casas, apesar de haver crianças e cães deliciosos por lá, mas de vez em quando um jacaré tem uma ideia e decide dar um passeio, ver um pouco do mundo. Certa vez, quando eu tinha uns oito anos, abri a porta dos fundos e vi uma coisa lá na ponta do quintal. Eu me lembro de ter achado que era um tronco preto. Então, é claro, fui dar uma olhada, afinal, o que seria mais empolgante que um tronco enorme, não é mesmo? Pois é. Crianças são burras.

Eu já tinha chegado quase à metade do quintal quando percebi que o tronco estava vindo na minha direção. Algo na parte primitiva do meu cérebro disse imediatamente: "Jacaré. Jacaré. JACARÉ." Mas, por um segundo, eu não consegui me mexer. Tive que ficar ali parada, vendo a coisa se aproximando de mim. E a coisa parecia genuinamente feliz, como se não pudesse acreditar na própria sorte. Começou lentamente, bamboleando ao se aproximar para olhar melhor. E ali estava eu, meu cérebro ainda dizendo "JACARÉ. JACARÉ."

Finalmente, algo foi acionado e comecei a correr loucamente na direção da casa, dando um daqueles guinchos agudos que só crianças conseguem emitir.

Ok, talvez eu não tenha me aproximado *tanto* e a coisa não tenha avançado *tanto*, mas ele foi na minha direção, e, se você já foi perseguido por um jacaré a qualquer distância ou velocidade, vai saber que as pessoas não deveriam ficar perguntando "Mas a *que distância* estava? Ele estava mesmo indo rápido?".

Não estou dizendo que ter Bu Chodhari no meu quarto era *exatamente* como ter um jacaré no meu quintal, mas há certas semelhanças. A presença dela quebrou a ilusão de que o espaço era só nosso. Não era. A escola era apenas um ambiente – um pequeno ecossistema – sobre o qual não tínhamos controle.

Minha avaliação inicial estava correta: Bu e Jazza não eram exatamente a melhor combinação. As duas eram legais e as duas tentaram, mas elas eram simplesmente diferentes demais. Não houve brigas, mas elas não se falavam muito, o que era incomum no caso das duas. E Bu estava sempre por perto. Sempre. Se eu ia estudar, ela ia estudar. Se eu ia ao banheiro, ela precisava escovar os dentes ou ficar sentada no aquecedor, falando enquanto lixava as unhas. E as coisas dela... as coisas dela ficavam por toda parte. Sutiãs, camisetas, papéis, cadarços... Havia uma trilha de trecos que saía da cama de Bu, passava pelo armário e chegava até a porta. Tínhamos que forrar nossas camas e, no geral, manter as coisas meio que arrumadas. O dever de Charlotte era fazer cumprir essa regra. Antes de Bu chegar, Charlotte nunca tinha se dado ao trabalho de ir verificar nosso quarto, porque estava sempre organizado. Mas agora ela passava uma, às vezes duas vezes por dia, só para fazer Bu catar suas porcarias do chão. Isso não ajudou a enternecer a relação dela com Jazza.

Além disso, Bu andava com dois celulares o tempo todo. Dois. No começo ela tentou esconder, mas eu a via com ambos. Um era muito novo e muito brilhante. O outro era mais antigo, com botões de fato em vez daqueles que aparecem na tela. Quando finalmente perguntei por quê, ela disse que reservava um para garotos que tinha acabado de conhecer.

– Aí eles não ficam com o seu número certo, né? Eles têm que conquistar o número certo, me provar que não são perigosos.

Apesar de ela cumprir seu dever e se sentar conosco na sala e na biblioteca e no salão comunitário, e de carregar livros por aí e abri-los, Bu não fazia absolutamente nenhum dever de casa. Na verdade, ela tinha o poder de diminuir a concentração de qualquer um que estivesse sentado perto dela. De repente você a ouvia cantarolando bem baixinho, ou notaria o som de uma novela ou de um reality show escapando dos fones de ouvido dela, e sua atenção se dissiparia.

Jazza logo ficou obcecada em observar todos os hábitos de estudo de Bu e relatá-los a mim. Os dias ficaram mais curtos, o ar mais frio, e meu conhecimento sobre o padrão Bu Chodhari de estudar crescia exponencialmente.

– Ela ainda nem começou aquele ensaio que vocês têm que escrever para Literatura Inglesa? – perguntou Jazza durante o café da manhã, três semanas depois da chegada de Bu, que normalmente não conseguia se arrumar a tempo para o café da manhã. Era o único momento em que eu não a via.

– Não faço ideia – respondi, bebendo meu suco morno. – Eu também não comecei ainda.

– Eu não entendo – continuou Jazza. – Ela nem trouxe nenhum livro. Ela literalmente não faz trabalho algum. Literalmente. Ela perdeu um mês de aulas. E por que ela sempre anda com aqueles dois telefones? Quem anda com *dois telefones*?

Continuei comendo meu café da manhã composto inteiramente de salsichas e deixei Jazza desabafar.

– É de você que ela gosta – disse Jazza. – Ela sempre vai aonde você vai.

– Fazemos as mesmas matérias.

– A colega de quarto de novo? – intrometeu-se Jerome, sentando-se conosco.

Não era um assunto inédito no café da manhã.

– Já parei – disse Jazza.

Jerome começou a picar violentamente seus ovos fritos. Era fascinante vê-lo comer. Ele mastigava com a velocidade e a força de uma campanha militar bem-organizada. Jerome não tomava café da manhã: ele o derrotava.

– Uma notícia – disse ele. – Alguém doou um montão de dinheiro para uma festa da Noite da Fogueira. Ninguém vai poder sair, então vamos fazer alguma comemoração aqui dentro.

– O que é a Noite da Fogueira? – perguntei.

– *Lembrai, lembrai o cinco de novembro* – entoou Jerome.

– Não faço ideia do que você está falando.

– É a Noite de Guy Fawkes – explicou Jazza, suspirando com a mudança de assunto. – Cinco de novembro de 1605. Um grupo de pessoas lideradas por Guy Fawkes tinha o plano de incendiar o Parlamento inglês. Era a Conspiração da Pólvora. Mas o plano falhou, e Fawkes foi executado. Então, no dia cinco de novembro, a gente queima coisas.

– E explode coisas – acrescentou Jerome, jogando o garfo na mesa. – Fogos de artifício são muito importantes. Bem, vai ser um baile, e vamos ter que caprichar na roupa. Meio que um Halloween atrasado.

– Um baile de gala? – perguntei.

– Ele quis dizer à fantasia – explicou Jazza.

Era claro que era uma daquelas manhãs em que ficava bem destacado o fato de eu ser estrangeira. Acontecia de vez em quando.

– Quinta-feira, dia oito, é a última noite do Estripador. Então eles vão fazer uma Noite da Fogueira adiantada na sexta-feira anterior, e depois nos trancarão até que essa história do Estripador termine. Espero que vocês gostem de passar tempo dentro de casa, porque vai ser uma semana inteira.

– Eu não me importo – disse Jazza. – Desde que isso termine.

– Quem sabe? – disse Jerome. – Talvez este Estripador queira continuar. Ele não tem motivo para parar. Talvez queira ser um Estripador novo e melhorado.

Jazza balançou a cabeça e se levantou para pegar mais chá.

– E se ele fizer isso? – perguntei a Jerome. – O que vai acontecer?

– Bem, então a polícia não vai mais ter ideia de onde ele vai atacar ou quantas vezes, e todo mundo vai entrar em pânico todo santo dia. Eu não acho que é com o oito de novembro que devemos nos preocupar, mas com o que vem depois. Acho que é quando essa história vai começar de verdade.

– Você é um maluco da teoria da conspiração – destaquei.

– Correto.

Jerome e eu tínhamos chegado ao ponto em que eu podia dizer coisas daquele tipo. Era só um suave exagero. Tirei um pedacinho do meu donut e o joguei nele. Como ele havia comido tudo que tinha no prato e não restava mais comida nenhuma para lançar de volta em mim, amassou o guardanapo e tacou na minha cabeça. Charlotte, da ponta da mesa, nos lançou um olhar de repreensão.

– Não me faça usar meus poderes com você – disse ele, baixinho.

– Quero ver o que você consegue.

Mandei um pedaço de donut rasante centímetros acima da superfície da mesa, bem na gravata de monitor dele.

– Jerome... – disse Charlotte.

– Sim? – respondeu ele, sem olhar.

– Você sabe que não deveria fazer isso.

– Eu sei de muitas coisas, Charlotte.

Ele se virou e sorriu para ela, e senti um ligeiro calafrio. Era agradavelmente maligno. Eu me lembrava agora: Charlotte saía com Andrew. E Andrew e Jerome eram melhores amigos. Jerome provavelmente sabia *mesmo* de muitas coisas. Charlotte simplesmente se virou, como se tivesse esquecido o que estava acontecendo.

– Ok – falei, bem baixinho. – Seus poderes são bastante atraentes.

Era a declaração mais aberta que eu já tinha feito. Esperei para ver como ele reagiria. Ele olhou para o prato, ainda sorrindo.

– O que está acontecendo agora? – perguntou Jazza, apoiando o chá na mesa e jogando uma perna por cima do banco.

– Estamos irritando Charlotte – falei.

– Finalmente – disse Jazza, baixando a voz – um hobby do Jerome que tem meu apoio irrestrito. Prossigam.

Nem foi minha intenção, mas os comentários de Jazza começaram a me afetar. Comecei a observar Bu quando sentávamos juntas na biblioteca à tarde, durante nosso tempo livre. Ficávamos de frente uma para a outra a uma mesa no canto, as tampas dos laptops paralelas. Eu estava tentando fazer o ensaio previamente mencionado pegar no tranco. Era o primeiro grande trabalho que eu tinha que fazer para a aula de Literatura: sete a dez páginas sobre qualquer obra de minha escolha que já tivéssemos lido. O meu seria sobre o diário de Samuel Pepys, em grande parte porque essa tinha sido a leitura que eu entendera melhor. O computador de Bu estava aberto, mas ela estava vendo um site de fofocas. Dava para ver o reflexo da página na janela.

– Que trabalho você está fazendo? – perguntei, baixinho.

– O quê? – disse ela, tirando os fones de ouvido.

– Que trabalho você está fazendo?

– Ah. Só estou lendo.

– Vai fazer seu ensaio sobre o quê?

– Ainda não decidi – respondeu ela, bocejando.

Desisti e fui buscar um livro. Bu me seguiu, vagueando atrás de mim, encarando livros como se fossem objetos interessantes de outro universo. Conforme andava até a seção de crítica, vi Alistair jogado no meio de uma seção, lendo. Estava com o livro no chão e virava as páginas de um jeito indolente com uma das mãos.

– Oi – falei, acendendo a luz.

– Olá.

Bu olhou para Alistair com surpresa. Imediatamente foi até ele.

– Ah... olá. Eu sou a Bhuvana. Todo mundo me chama de Bu.

– Bu?

Bu soltou uma gargalhada. Alistair e eu simplesmente a encaramos.

– Desculpe – disse ela. – Eu me chamo Bu. Mas é sempre engraçado quando falam nesse tom.

Alistair assentiu com indiferença e voltou sua atenção para o livro.

– É um prazer conhecê-lo – disse Bu. – De verdade.

– É mesmo? – perguntou ele.

– Este é Alistair – expliquei para Bu. E então, para o Alistair, eu disse: – Preciso de um livro sobre Samuel Pepys.

– McCalistair. O de capa azul com as letras douradas.

Percorri a estante à procura de um livro que se encaixasse na descrição.

– Rory e eu somos colegas de quarto – disse Bu. – Eu sou nova.

– Muito bem – respondeu Alistair. – Então vocês são duas agora.

– Três – respondi. – O quarto é triplo.

Encontrei o livro e o ergui para confirmar. Ele assentiu. Era gigante (eu tinha que segurá-lo com as duas mãos) e estava coberto por uma camada de poeira. Achei que tínhamos terminado, mas Bu se sentou no chão ao lado de Alistair.

– Este é o seu lugar favorito? – perguntou ela.

– É isolado – respondeu ele.

– Pode ir – disse ela, me fazendo um sinal para ir embora. – Vou conversar com Alistair por um tempo.

Eu tinha sérias dúvidas sobre como iam funcionar as coisas com Alistair, mas ele não fez nenhuma objeção. No máximo, pareceu ligeiramente curioso quanto a Bu e sua abordagem incrivelmente direta para o diálogo. O que importava era que eu tinha cinco minutos longe dela, e eu pretendia aproveitar isso.

Desci as escadas de volta para a minha mesa e abri o livro. Tinha um cheiro bem marcado de livro velho, e páginas que o tempo permitira ficar ligeiramente douradas, mas não marrons. Alistair me recomendara um livro sério, que abordava todos os aspectos da vida de Samuel Pepys. Era hora de me tornar uma aluna séria, então encontrei a seção do livro dedicada à parte do diário que eu estava lendo no momento e tentei me interessar.

Mas eu estava prestando atenção mesmo era na luz do corredor lá em cima. Ela se apagou, e nem Bu nem Alistair apareceram, e Bu não voltou a acendê-la. Eles deviam estar conversando, ou...

Era difícil imaginar Bu e Alistair se beijando instantaneamente, mas na verdade fazia muito mais sentido a ideia de os dois estarem numa longa conversa. Alistair gostava de livros e música emo dos anos oitenta e de ser poético – e Bu gostava do inverso de todas essas coisas.

Os cadernos dela estavam ali, a apenas centímetros de mim. Hesitei por um momento, mas depois, usando minha caneta, puxei um em que estava escrito Matemática Ulterior, ainda de olho no andar de cima, para o caso de ela aparecer. Abri o caderno. Poucas páginas haviam sido usadas. As que tinham alguma coisa estavam cobertas de desenhos e letras de música e uma equação eventual que parecia ser só para constar. Não havia nada feito, nem o menor esforço para resolver um problema que fosse. Fechei o caderno e o empurrei de volta.

Eu já tinha violado a privacidade dela, então decidi que não havia motivo para parar por ali. Puxei o caderno de história. Mesma coisa. Algumas anotações rabiscadas, alguns desenhos, mas nada utilizável. Bu *realmente* não estava se esforçando, em um grau alarmante. Jazza tinha razão. Era bem provável que ela em breve fosse expulsa, e assim teríamos nosso quarto de volta. Não me orgulhei de pensar assim, mas é a verdade.

Bu surgiu do corredor lá em cima, e deixei cair o pesado livro da pesquisa em cima do caderno dela quando ela passou pelo corrimão no caminho para a escada. Uma vez nas escadas, a visão dela foi bloqueada, então enfiei o caderno de volta mais ou menos no lugar onde eu o havia encontrado. Bu não era exatamente meticulosa, por isso eu não achava que ela perceberia se estivesse um ou dois centímetros fora do lugar.

Ela se largou na cadeira e colocou os fones de ouvido de volta. Mantive os olhos no livro, como se eu tivesse passado aquele tempo todo lendo. Ela estava com o laptop aberto, fingindo estar fazendo o trabalho, mas eu via o reflexo da tela na janela. Ela estava assistindo a uma partida de futebol na internet. Estávamos fingindo uma para a outra.

Havia alguma coisa muito estranha com Bu Chodhari – além do fato de que ela não estava fazendo dever nenhum para a escola. Eu não sabia o que era, mas tinha uma forte sensação de que deveria observá-la com muito mais atenção.

19

No sábado de manhã, fui com Bu para a aula de História da Arte. Jazza tinha ido passar o final de semana em casa. Bu e eu ficaríamos sozinhas por alguns dias. Eu tinha assumido a tarefa de relatar cada coisinha que Bu fizesse na ausência de Jazza. Ainda não tinha contado a ela sobre o incidente da biblioteca, principalmente porque faria mal à minha imagem. Num internato, você tem que respeitar a privacidade das outras pessoas. Eu não podia dizer que tinha olhado os cadernos de Bu. Era uma violação do acordo tácito.

– Ainda não consigo acreditar nisso – lamentava Bu enquanto andávamos até os prédios onde aconteciam as aulas. – Aula no sábado de manhã. Não é contra a lei ou alguma coisa assim?

Ela pronunciava "assim" com um sotaque muito particular, meio arrastado. Parecia *assíammm*.

– Não sei – respondi. – Provavelmente não.

– Vou dar uma pesquisada, porque acho que é. Deve constar no estatuto da juventude e da criança ou algo assim. – Aquele sotaque de novo.

Na sala de aula, estava todo mundo de pé, perambulando de casaco e mochila no ombro. Hoje faríamos um dos passeios que Mark nos prometera no primeiro dia.

– Todo mundo trouxe o cartão do metrô? – perguntou ele.
– Ótimo. Então vamos andando até a estação. Se alguém se separar, vá até Charing Cross. O museu fica bem ali. Daqui a uma hora nos encontramos na sala de exposição número trinta.

Jerome estava parado com as mãos nos bolsos, esperando que eu fosse andando com ele. Eu ainda não tinha pegado o metrô desde que chegara, então estava estupidamente animada com a viagem. Nossa vida em Wexford era muito contida. Eu finalmente iria a *Londres*, apesar de já estar em Londres o tempo todo. Ali estava a famosa placa: o grande círculo vermelho com a linha azul no meio. As paredes com azulejos brancos e as dezenas de anúncios eletrônicos sincronizados com você enquanto descia as escadas rolantes, mudando de tela em tela para que você pudesse assistir a um comercial inteiro. Os cartazes que iam do chão ao teto anunciando CDs, livros, shows e museus. O ruído dos trens brancos com as portas automáticas azuis e vermelhas. Bu colocou os fones de ouvido imediatamente e entrou em transe assim que adentrou o vagão. Sentei ao lado de Jerome e fiquei vendo Londres passar, estação por estação.

Saltamos na Trafalgar Square, a enorme praça com a Coluna de Nelson e os quatro grandes leões de pedra. A National Gallery ficava bem atrás deles. A estrutura do prédio parecia a de um palácio, uma ilha de pedras.

– Hoje – começou Mark quando finalmente nos reunimos na sala trinta – vocês vão se ambientar nas galerias. Vão fazer isso de um jeito bem simples e, eu acho, divertido. Quero que formem duplas e escolham um objeto ou tema, depois observem cinco tratamentos desse tema em obras de cinco artistas diferentes.

– Dupla? – perguntou Jerome.

– Claro – respondi, tentando sorrir de um jeito relaxado.

Acho que Bu nem sabia que estávamos formando duplas, pois não havia tirado os fones de ouvido e agora olhava para a folha do exercício com uma expressão atordoada. Apressei Jerome para sairmos da sala antes que ela reparasse na nossa ausência. Ao nosso redor, dava para ouvir as outras pessoas escolhendo os temas: cavalos, frutas, a Crucificação, felicidade doméstica, moinhos de vento, o rio Tâmisa, transações comerciais. Nada disso parecia muito interessante.

– Então, qual tema vamos escolher? – perguntou Jerome.

Tínhamos parado perto da *Vênus ao espelho*, que é uma pintura gigantesca de Diego Velázquez de uma mulher deitada, admirando o próprio rosto em um espelho sustentado pelo Cupido. Mas a mulher é retratada de costas, de forma que o foco principal é a bunda dela.

– Sugiro que a gente analise "cinco perspectivas da bunda humana" – falei.

– Concordo – disse ele, sorrindo. – Vai ser sobre traseiros.

Passamos uma hora percorrendo a National Gallery concentrados em avaliar as bundas. Existem muitas bundas nuas nas obras clássicas. Bundas grandes, orgulhosas e clássicas por toda parte, às vezes envoltas num pedaço de tecido para dar um tempero. Demos preferência às maiores e mais detalhadas. Cada aspecto ganhava pontos: as melhores divisões entre as nádegas, as melhores covinhas, as curvinhas no encontro com a coxa, quase sorrisinhos. Só divergíamos em um fator: eu gostava das bundas reclinadas, Jerome gostava das bundas em ação. Bundas que lideravam exércitos em batalhas, bundas prestes a montar um cavalo, bundas que proferiam discursos, bundas que pareciam dramáticas. Todas essas eram o tipo de bunda dele. Eu gostava do jeito como bundas mais relaxadas ficavam esmagadas de um dos lados e do olhar atrevido que a maior parte de seus donos lançava por cima do ombro. "Contemplem", pareciam dizer. "Incrível, não é?"

Depois de uma hora, tínhamos três excelentes bundas em nossa lista. Fizemos anotações sobre os quadros, os períodos, as cores, o contexto, tudo isso. Tínhamos acabado de voltar a uma das galerias menores, repleta de quadros pequeninos, quando senti Jerome muito mais próximo de mim do que era realmente necessário.

– Ah, essa sim é uma boa bunda – disse ele.

Olhei em volta. Era essencialmente uma seção de naturezas-mortas com frutas, mais alguns poucos quadros de padres raivosos colocados ali só pela diversão da coisa. Eu só não conseguia ver um quadro, por causa de uma mulher plantada bem em frente. A mulher usava uma saia muito justa que ia até o joelho e um casaco vermelho estilo swing cujas mangas terminavam no meio do antebraço. O casaco parava bem na cintura dela, então a bunda estava bem à mostra. Ela até estava usando meias pretas sem costura e sapatos de salto baixo e grosso. O cabelo encaracolado com bobs estava arrumado em cachos pequenos e elaborados, bem perto da cabeça.

Pelo sorriso retardado na cara dele e o jeito como estava inclinando o pescoço de leve, finalmente percebi que ele estava falando da minha bunda, não da dela. Levei um segundo para perceber que Jerome era capaz de me sair com uma tirada tão ruim – e proposital. Eu nem sabia ao certo como ficava minha bunda na saia do uniforme de Wexford. Cinza, imaginei. Meio que de lã. Mas tinha uma sinceridade pateta no esforço dele para me fazer corar. Íamos nos beijar em público. Ali mesmo, naquele museu, na frente de gente de verdade e talvez de colegas de classe.

— Desculpa — disse ele. — Eu precisava falar.

— Tudo bem. — Cheguei mais perto dele. — Mas acho que ela ouviu você.

— O quê? — perguntou ele.

Estávamos com o rosto quase colado agora, sussurrando um para o outro.

— Acho que ela ouviu você.

— Quem me ouviu?

— A moça.

— Que *moça*?

Estávamos frente a frente, peito contra peito, barriga contra barriga. Eu segurava a cintura dele. Ele também levou as mãos à minha, mas não estava fazendo uma expressão de beijo. Era uma expressão do tipo "Do que você está falando?", em que o rosto fica bem mais contorcido.

A mulher se virou e olhou para nós. Devia ter ouvido tudo o que estávamos dizendo sobre ela. Para alguém tão bem-vestida, seu rosto era incrivelmente comum. Ela não usava maquiagem e tinha uma pele baça. Mais que isso: parecia extremamente infeliz. Então ela saiu da galeria, nos deixando sozinhos.

— Ela foi embora por nossa causa — falei.

— É... — Jerome tirou as mãos da minha cintura. — Ainda não estou sacando.

E então, de repente, o momento tinha passado. Não haveria beijo. Em vez disso, estávamos os dois confusos.

— Sabe de uma coisa? — falei. — Vou ao banheiro rapidinho.

Tentei não sair correndo pelo labirinto de salas, pelos quadros de frutas, cachorros, reis e poentes, pelos estudantes de arte fazendo croquis e pelos turistas entediados vagueando e tentando demonstrar interesse. Eu precisava ir ao banheiro. Precisava pensar. Estava ficando cada vez mais tonta. Primeiro, vi um homem na minha frente que a minha colega de quarto não viu. Agora, tinha acabado de ver uma mulher em frente a uma tela, e Jerome não a vira. Da primeira vez meio que tinha feito sentido. Era a noite do Estripador, estávamos com pressa de voltar, com medo de sermos pegas, estava escuro. Sim, era possível que Jazza não tivesse reparado nele. Mas não havia como Jerome não ter entendido do que eu estava falando hoje – o que significava que ou não nos compreendíamos nem um pouco, ou...

Ou...

Finalmente encontrei o banheiro, e estava vazio. Olhei para mim mesma no espelho.

Ou eu estava maluca. Maluca no nível Ministério Anjos da Cura. Eu certamente não seria a primeira da minha família a ver pessoas ou coisas que não estavam ali.

Não. A explicação tinha que ser mais simples. Só devíamos estar nos entendendo mal. Andei de um lado para outro no banheiro e tentei conceber alguma interpretação das palavras dele que fizesse tudo ter sentido, mas nada me ocorreu.

Bu entrou.

– Você está bem? – perguntou ela.

– Hã... sim. Tudo bem.

– Tem certeza?

– Eu só... Acho que não estou me sentindo muito bem. Só estou meio confusa.

– Confusa como?

– Não é nada – falei.

Entrei em uma das cabines e tranquei a porta. Bu continuou parada do lado de fora.

– Pode me contar – disse ela. – É sério, pode me contar qualquer coisa, por mais estranha que possa parecer.

– Me deixe em paz! – gritei.

Nada por um momento, e então vi os pés dela se afastando. Ela hesitou na porta, e depois a ouvi abri-la. Olhei para ver se ela tinha ido embora. Tinha. Saí e fui até a pia.

– Eu entendi errado – falei em voz alta para mim mesma. – Foi só isso. Ainda não entendo os britânicos.

Joguei um pouco de água no rosto, vesti uma máscara de sorriso e saí. Eu ia encontrar Jerome. Ia fazê-lo me explicar o que eu não estava entendendo. Então riríamos, daríamos um beijo de língua e ficaria tudo bem.

Ao voltar pelas galerias, vi Bu ao telefone, andando de um lado para outro. Ela nunca falava com ninguém daquele jeito intenso. Então ela desligou, desviou de um grupo de turistas e foi para o saguão de entrada. Pequenas conexões começaram a ser feitas na minha cabeça. Não sei no que tudo isso ia dar, mas alguma coisa estava começando a fazer sentido. Um impulso estranho e súbito me dominou.

Apesar de tecnicamente estarmos em aula, Mark não ficara nos vigiando – e quando a aula tivesse terminado, poderíamos ir embora sozinhos. De qualquer forma, eu não conseguia mais ficar ali.

Então a segui.

Ela estava de pé na Trafalgar Square, junto aos degraus de entrada do museu, e fez outra ligação. Eu observava tudo lá de cima, da entrada. Então ela correu para o metrô de Charing Cross. Desci as escadas atrás dela, encostei meu cartão na catraca e a segui escada rolante abaixo até a plataforma. Ela pegou a Northern Line, a preta, e saltou duas estações depois, em Tottenham Court Road, onde trocou de trem para a Central Line – era o caminho de volta para a escola. Nossa parada era Liverpool Street, mas em Bank ela fez baldeação de novo, para a District Line. Para ficar fora do campo de visão dela, tive que me manter na extremidade dos vagões e torcer para que ela não estivesse prestando muita atenção. Para minha sorte, Bu era Bu, de cabeça baixa, olhando para o telefone, escolhendo músicas.

Ela desceu em Whitechapel e saiu para a rua incrivelmente movimentada cheia de barraquinhas de feira e pequenos restaurantes de tudo quanto é tipo: turcos, etíopes, indianos, de frango frito americano. Do outro lado da rua ficava o Royal London Hospital, um nome que eu reconhecia vagamente de algum noticiário. Whitechapel era o distrito onde agira o Estripador. Eu a deixei andar um pouco à minha frente, mas não muito, senão ela seria engolida pela multidão. Tive que abrir caminho para não perdê-la de vista, ziguezagueando por entre os vendedores que ofereciam bolsas de compras, máscaras africanas e guarda-chuvas. Era uma tarde de sábado movimentada, a rua estava lotada. O ar estava denso, repleto do cheiro de lojinhas que vendiam carne *halal* grelhada e frango ou cabra caribenhos apimentados. Meu caminho foi bloqueado várias vezes por gente carregando grandes contêineres de isopor com comida e tive que usar todas as parcas habilidades que eu desenvolvera desviando de bolas de hóquei para conseguir passar. (Embora Claudia me dissesse todos os dias que desviar das bolas *não era o objetivo* de quem ficava no gol, essa era a única lição que eu tinha aprendido.)

Bu andava rápido, virando na Whitechapel e descendo uma rua secundária, virando vezes e mais vezes, tão depressa que em cinco minutos já era totalmente impossível eu encontrar sozinha o caminho de volta. Bu começou a acenar freneticamente para alguém no parquinho do outro lado da rua. Olhei naquela direção e vi uma mulher jovem vestida com um casaco marrom de lã. Parecia um uniforme antiquado – um uniforme feminino do exército, mas não do tipo moderno. O cabelo castanho-escuro dela estava bem ajustado num estilo retrô, de comprimento médio e enrolado em cachinhos pequenos nas beiradas. Ela estava catando lixo do parquinho e jogando nas lixeiras. Ninguém se vestia tão bem num modelito estilo 1940 para limpar as ruas.

Bu olhou para ambos os lados e atravessou a rua correndo, por pouco não colidindo com um carro. Fiquei atrás de uma grande caixa de correio vermelha e a observei falar com a mulher, guiando-a para uma área mais isolada. Depois de um ou dois minutos, um carro de polícia começou a descer a rua. Desacelerou e estacionou ao lado do parquinho. Dele saiu o jovem policial do dia do assassinato, o que Jazza pensou que fosse um repórter.

Senti meu corpo todo gelar.

– Como assim? – falei, em voz alta.

Agora eram três deles: a mulher de uniforme de lã marrom, o jovem policial e minha colega de quarto, todos numa conversa muito animada. Era como se o mundo inteiro estivesse de conluio para me fazer parecer maluca, e estava dando *muito certo*.

Tentei extrair algum sentido da cena. O policial devia ser um policial de verdade. Se fosse um repórter, como Jazza suspeitava, não poderia andar por aí disfarçado *o tempo todo*. Não teria uma viatura. Bu tinha entrado na escola logo depois dos assassinatos. Bu ia a todos os lugares aonde eu ia. Quanto à mulher de uniforme, eu não fazia ideia de quem era, nem me importava. O fato de que Bu estava conversando com o policial em segredo era o suficiente.

E então, uma das várias outras pessoas que andavam pela rua passou através da mulher de uniforme.

Através dela.

A reação da mulher foi simplesmente se virar e olhar para trás com uma expressão do tipo "mas que falta de educação". Eu não precisava ver mais nada. Tinha alguma coisa errada comigo, sem dúvida. Eu não podia ficar ali escondida atrás de uma caixa de correio. O homenzinho verde acendeu no sinal para pedestres, então atravessei a rua, com a cabeça rodando. Fui diretamente até eles. Eu precisava de ajuda. Sentia meus joelhos enfraquecendo a cada passo.

– Tem alguma coisa errada comigo – falei.

Os três se viraram e me encararam.

– Ah, não – disse o policial. – Não...

– Não fui eu! – disse Bu. – Ela deve ter me seguido!

– Você está bem? – perguntou a mulher, indo na minha direção. – Você precisa se sentar. Venha aqui, venha.

Deixei-me ser guiada pela mulher até o chão. Bu se aproximou e agachou ao meu lado.

– Está tudo bem, Rory – disse ela. – Você está bem.

O policial manteve distância.

– Ela precisa da nossa ajuda – disse Bu, dirigindo-se a ele. – Qual é, Stephen. Ia acabar acontecendo.

A mulher continuava de pé junto de mim.

– Concentre-se em manter a respiração constante.

Ela tinha uma dessas vozes com as quais não se discute, que nem se questiona.

– Não tem nada errado com você, Rory. De verdade. Está tudo bem. Vamos ajudar você. *Não vamos?* – Bu olhou para Stephen ao dizer isso.

– E fazer o quê, exatamente?

– Levá-la para casa – respondeu Bu. – Conversar com ela. Jo, me ajude a levantá-la.

Bu me ajudou a levantar, ela de um lado, a mulher soldado do outro. Mas foi Bu quem fez praticamente toda a força. O policial, Stephen, abriu a porta da viatura e fez um gesto, indicando que eu entrasse.

— Não deveria ter sido assim – disse ele. – Mas agora é melhor você vir com a gente. Vamos lá.

— Pegue um saco de papel para ela respirar dentro – disse a mulher de uniforme para Bu. – Opera maravilhas.

— Vou fazer isso – disse Bu. – Vejo você mais tarde, ok?

Enquanto um pequeno grupo de espectadores se juntava para assistir, permiti que Bu e o policial me colocassem no banco traseiro da viatura de polícia.

20

Então peguei carona numa viatura policial londrina.

– Meu nome é Stephen – disse o policial enquanto dirigia. – Stephen Dene.

– Rory – murmurei.

– Eu sei. Já nos conhecemos.

– Ah, é. Você é mesmo policial?

– Sou.

– E eu também – acrescentou Bu.

Stephen seguia para o centro da cidade. Contornamos a Trafalgar Square, por entre os ônibus de dois andares e os táxis. Passamos pela National Gallery, onde meu dia havia começado, e continuamos rua acima, estacionando não muito longe do museu. Stephen e Bu saltaram, e ele veio abrir a porta para mim. Estendeu a mão, mas recusei a ajuda. Precisava andar por conta própria. Precisava me concentrar numa tarefa, ou perderia minha noção de realidade, que parecia se dissipar velozmente. Estávamos em uma rua muito movimentada, cheia de cinemas e lojas e gente.

– É por aqui – disse Stephen.

Eles me conduziram até uma rua muito estreita e pequena. Tinha um pub escondido ali, e a porta dos fundos de um teatro. Quando passamos sob um arco de tijolos, a ruela se estreitou ainda mais, e de repente estávamos numa rua que parecia ter saído de um livro do Dickens, muito fora de contexto com relação à área ao redor. Não passavam carros ali: a via tinha uns dois metros de largura. Todas as casas eram de tijolinho marrom, com antigas lamparinas a gás na frente, enormes janelas com molduras escuras e portas negras brilhantes com grandes aldravas de bronze. Via-se que o lugar antigamente tinha sido uma pequena ruazinha com lojas, e que todas aquelas janelas haviam sido vitrines. A placa no muro dizia Goodwin's Court.

Stephen parou em frente a uma das portas e a abriu com um código num teclado numérico. O prédio era pequeno e silencioso, com uma entrada muito moderna mas simples e uma escadaria com um forte cheiro de carpete novo e tinta fresca. Uma série de luzes se acendeu automaticamente conforme subíamos os degraus até o terceiro piso, onde havia apenas uma porta. Dava para ouvir uma televisão do lado de dentro – algum tipo de cobertura esportiva. Torcida gritando.

– Callum está em casa – disse Bu.

Stephen fez um ruído afirmativo e abriu a porta. A sala em que entramos parecia grande em contraste com a pequenez da rua. Era esparsamente mobiliada: dois sofás velhos, algumas luminárias e uma mesa surrada coberta de papéis, pastas e xícaras. Todos os móveis pareciam itens herdados da casa da avó de alguém: um sofá floral, o outro marrom; xícaras com flores. O restante era da IKEA ou alguma loja mais barata. Notava-se que o lugar – o tamanho, o bom estado de conservação, a manutenção cuidadosa – estava bem acima da faixa orçamentária de seus ocupantes.

O ocupante estava sentado em um dos sofás, assistindo a um jogo de futebol na televisão. Vi uma nuca, com um cabelo preto cortado rente, e então um braço bem musculoso com uma tatuagem de alguma criatura empunhando um bastão. O dono do braço e do cabelo se ergueu de uma posição desleixada para olhar por cima do sofá. Era um garoto, que usava uma camisa polo apertada cujo tecido se esticava na altura do peito. Devia ter a minha idade. E pelo visto sabia exatamente quem eu era, porque perguntou:

– O que ela está fazendo aqui?

– Mudança de planos – respondeu Stephen, tirando o casaco e jogando-o em cima de uma cadeira.

– Uma mudança *e tanto*, não acha?

– Dá para desligar a televisão? Este é Callum. Callum, esta é Rory.

– O que ela está fazendo aqui? – perguntou ele novamente.

– Callum! – disse Bu. – Seja gentil! Ela acaba de descobrir *você sabe o quê*.

Callum estendeu seu saco de comida para mim.

– Quer uma batata? – perguntou ele.

Quando sacudi a cabeça em negativa, ele enfiou a mão no saco e encontrou um hambúrguer.

– Vai comer isso agora? – perguntou Stephen.

– Eu estava comendo quando vocês chegaram! Além do mais, de que vai ajudar deixar minha comida esfriar? O que vocês pretendem fazer agora?

– Vamos explicar – disse Stephen.

– Bom, isso vai ser interessante.

– Não foi decisão minha – disse Stephen.

– Ela precisa saber – interrompeu Bu.

A conversa deles girava ao meu redor. Eu nem tentava acompanhar. Callum desligou a televisão e fui depositada em um dos sofás. Bu se sentou com Callum. Stephen pegou uma cadeira da cozinha e sentou bem na minha frente.

– O que estou prestes a dizer a você vai ser um pouco difícil de aceitar de primeira – começou ele.

Dei uma risadinha. Saiu sem querer. Stephen olhou por cima do ombro para os outros. Bu fez um aceno encorajador com a cabeça. Stephen se virou de novo para mim e inspirou profundamente.

– Você teve algum quase encontro com a morte recentemente? – perguntou ele.

– Essa pergunta realmente deveria ser incluída nas entrevistas de emprego – comentou Callum.

Bu deu uma cotovelada forte nele, fazendo-o calar a boca.

– Pense – disse Stephen. – Teve? Aconteceu alguma coisa com você?

– Eu engasguei – falei, depois de hesitar. – Faz algumas semanas. No jantar.

– Desde aquele incidente, você tem visto pessoas... pessoas que os outros não veem. Estou certo?

Eu não precisava responder. Eles já sabiam.

– O que está acontecendo com você é uma condição rara, mas nem um pouco desconhecida – disse ele.

– Condição rara? Tipo uma doença?

– Não é uma doença... está mais para um dom. Não vai lhe fazer mal algum.

Callum estava prestes a fazer mais alguma colocação, mas Bu esticou o braço e deu um soco embaixo do saco de batatas fritas.

– Calado – disse ela.

– Eu nem...

– Estava prestes.

– Vocês dois – disse Stephen, com mais seriedade desta vez. – Parem. Isto não é fácil para ela. Lembrem-se de como foi.

Callum e Bu pararam com as risadinhas e tentaram assumir um ar de serenidade.

– As coisas que você está vendo...

– As *pessoas* – interrompeu Bu novamente. – As pessoas que ela está vendo.

– As pessoas que você está vendo... são reais. Mas estão mortas.

Gente morta que eu conseguia ver. Ou seja, fantasmas. Ele estava dizendo que eu conseguia ver fantasmas.

– Fantasmas? – falei.

– Fantasmas – repetiu ele. – Esse é o termo corrente.

– Conheço um monte de gente que diz que vê fantasmas – falei. – São todos loucos.

– A *maior* parte das pessoas que diz ver fantasmas na verdade não vê. A maior parte das pessoas que diz ter visto fantasmas simplesmente tem imaginação extremamente fértil ou é facilmente sugestionável. Mas *algumas* pessoas veem mesmo, e nós estamos entre elas.

– Eu não quero ver fantasmas – falei.

– Mas é incrível – disse Bu. – Sério. Aquela mulher que você viu na rua. Ela está morta. É um fantasma. Mas ela não é assustadora. É uma ótima pessoa. Uma grande amiga minha. Morreu na guerra. Ela é incrível. Chama-se Jo.

– O que estou tentando dizer – prosseguiu Stephen – é que o dom é raro, mas não é nada com que você precise se preocupar.

– Fantasmas? – falei de novo.

– Isto está indo bem – disse Callum, enfiando um punhado de batatas na boca. – Queria que você tivesse feito assim comigo.

– Vou explicar – disse Stephen, empurrando a cadeira alguns centímetros para trás. – O dom de fazer o que fazemos... esse dom não é muito bem compreendido, mas algumas coisas já sabemos. Dois elementos são necessários. Primeiro, você tem que ter a habilidade latente. Talvez seja genética, mas não parece passar de pai para filho. Segundo, você precisa ter um quase encontro com a morte durante a adolescência. Esta parte é essencial. Ninguém desenvolve a habilidade depois dos dezoito ou dezenove anos. Você tem que...

– ...quase morrer – disse Callum. – Nós quase morremos. Todos tínhamos a predisposição. Agora temos a visão.

Eles me deram alguns momentos para processar a informação. Eu me levantei e fui até a janela, mas não havia muito o que ver dali. Eu só via o tijolo marrom do prédio a alguns metros de distância e um ninho de pombos no telhado da casa em frente.

– Então eu vejo fantasmas porque engasguei? – perguntei, finalmente.

– Correto – respondeu Stephen. – Basicamente.

– Mas não devo me preocupar com isso?

– Correto.

– Então... se não devo me preocupar com isso, por que é que estou aqui com vocês? Vocês disseram que são da polícia. Que tipo de polícia? Por que é que a *polícia* veio me dizer que eu vejo *fantasmas*? Como é que vocês podem ser da polícia? Vocês têm, tipo, a minha idade.

– Não há restrições de idade na nossa linha de trabalho – respondeu Callum. – Para dizer a verdade, quanto mais jovem, melhor.

– É aqui que as coisas ficam um pouco mais complicadas – disse Stephen. – Não viemos dizer que você vê fantasmas. Por acaso estávamos trabalhando, e isso aconteceu com você hoje, e Bu achou que você precisava de uma explicação.

– Trabalhando em quê? O que estavam fazendo?

– Estávamos prestando auxílio em uma investigação. Você é testemunha. É procedimento padrão vigiar testemunhas.

Finalmente juntei as coisas. Eu era testemunha. Via fantasmas. Eu tinha visto uma pessoa na noite de um assassinato praticado pelo Estripador, alguém que Jazza não tinha visto, embora ele estivesse bem na frente dela. Alguém que câmera nenhuma conseguia filmar. Alguém que não tinha deixado traços de DNA. Alguém que passava sem deixar rastro...

Tive a sensação não completamente desagradável de que estava caindo. Caindo, caindo, caindo...

O Estripador era um fantasma. Eu o tinha visto. O Estripador fantasma.

– Acho que ela entendeu – comentou Callum.

– O que é que vocês vão fazer? – perguntei. – Se ele é um...

– Fantasma – completou Bu.

– Sim, e o que vocês vão fazer? Não podem impedi-lo. Não podem pegá-lo. Ele sabe que eu o vi. Ele sabe onde eu moro.

– Você precisa confiar na gente – disse Stephen, estendendo as mãos. – Na verdade você é a pessoa que está mais segura em Londres no momento. Você precisa prosseguir normalmente com a sua vida.

– Como?

– Você vai se adaptar – respondeu ele. – Prometo. O choque inicial passa rápido. Em alguns dias, uma semana, você vai ficar bem. Todos estamos bem. Olhe só para nós.

Olhei para eles: Stephen, tão jovem e tão sério. Bu, sorridente ao meu lado. Callum, em um silêncio suspeito enquanto enfiava comida na boca. Até que eles pareciam bem normais mesmo.

— Vou ficar com você — disse Bu. — Vou ficar até tudo isso terminar. Não vai acontecer nada com você.

— Então eu simplesmente volto para lá? — perguntei.

— Correto — respondeu Stephen.

— E assisto às aulas, e jogo hóquei, e converso com meus pais...?

— Isso.

— Mas o que vocês vão *fazer*?

— Não podemos contar isso a você — disse Stephen. — Sinto muito. O que fazemos é sigiloso. Você não pode comentar com ninguém sobre nós. Nunca pode relatar esta conversa. Precisa confiar na gente. Somos da polícia. Estamos protegendo você.

— Quantos são além de vocês?

— Toda a força policial nos dá respaldo — disse Stephen. — Os serviços de segurança. Temos gente trabalhando em todos os níveis do governo. Você precisa confiar na gente.

Eu nunca tinha experimentado aquela sensação antes. Meu coração vinha batendo acelerado ao longo de toda a conversa, mas agora se acalmara a ponto de ficar quase sonolento. Meu organismo não aguentava mais. Eu me sentei no sofá novamente, recostei a cabeça e encarei o teto.

— Preciso dormir agora — falei. — Só quero ir para casa.

— Certo — disse Stephen. — Vou levar vocês duas de volta.

Bu me levou em direção à porta e depois para o corredor enquanto Stephen pegava o casaco e as chaves.

— Não estou cem por cento certo de que foi uma boa ideia — ouvi Callum dizer.

21

Na universidade onde meus pais lecionam nos Estados Unidos, quando chega o fim do ano letivo dá para ver periquitos nas árvores. Isso porque alguns alunos pegam bichos de estimação ao longo do ano, mas acham que são temporários, porque tem gente que é assim. Quando saem do campus, abrem as gaiolas e deixam os pássaros saírem voando pela janela.

Meu tio Bick tem um fraco por pássaros deixados para trás. Durante as semanas de provas ele dirige pela universidade à procura deles. Sua intenção é muito boa, mas o tio Bick pode parecer meio assustador com sua barba cheia e passando lentamente pelos prédios dos dormitórios em seu caminhão surrado com o adesivo QUER VER MINHA CACATUA? no para-choque. Em algum momento alguém entra em pânico e os seguranças do campus são acionados, e o tio Bick é parado e tem que explicar que só estava tentando resgatar periquitos. Como nunca acreditam nessa história, ele tem que ligar para o trabalho da minha mãe, porque ela é irmã e advogada dele e Membro Ilustre do corpo docente. Então minha mãe senta com o tio Bick e explica a ele a posição do estado da Louisiana no que diz respeito a quem invade a privacidade dos outros (uma multa de quinhentos dólares e até seis meses de cadeia) e relembra que não é bom para a carreira dela que seu irmão seja repetidamente detido no campus sob suspeita de violar a tal lei da privacidade – e então o tio Bick desanda a falar sobre os pobres periquitinhos e sobre como alguém deveria fazer alguma coisa. Depois de mais ou menos uma hora disso, acabamos todos indo comer churrasco no Buraco de Amor do Big Jim, porque simplesmente não faz mais sentido insistir no assunto. Esse nosso ritual familiar assinala a chegada do verão.

Em uma dessas suas caças a periquitos, tio Bick pegou uma periquita verdinha que chamou de Pipsie. Pipsie claramente havia tido uma vida difícil. Quando o tio Bick a encontrou, ela estava sentada em uma placa de "pare", pipilando até quase explodir. Tinha uma asa quebrada e uma patinha a menos. Outro periquito nessa situação teria desistido de lutar, mas Pipsie era uma sobrevivente. Ela tinha conseguido subir naquela placa e ser resgatada. Não sei como. Ela não conseguia voar.

Pipsie estava subnutrida, desidratada e com as penas caindo. Tio Bick alimentou a pequena Pipsie até ela voltar a ficar saudável, e o fez com um cuidado e uma devoção que eu não podia deixar de admirar. Ficava horas sentado, pingando água no biquinho dela com um conta-gotas. Ele a alimentava com comida amassada em um moedor de café. E manteve um curativo na asa quebrada dela até sarar.

– Olha como ela se adapta bem – dizia ele sempre que eu entrava na loja. – Olha só para ela. Pipsie é uma lição para todos nós. Todos podemos nos adaptar.

O que é incrível, só que... Pipsie não se adaptou de verdade. A asinha dela cicatrizou torta, então ela só conseguia voar a uns quinze centímetros de altura, e em semicírculos. E ela caía do poleiro o tempo todo, então tio Bick simplesmente a deixava numa caixa sobre o balcão. Um dia, Pipsie enfiou em sua cabeça de passarinho a ideia de que tinha recuperado a capacidade de voar. Foi até a beirada da caixa, contemplou a paisagem, abriu a asinha torta e foi com tudo. Ela caiu do balcão e aterrissou no chão, bem na hora em que o entregador abriu a porta e entrou com um carrinho carregado de mais de cem quilos de alpiste.

Era só nisso que eu conseguia pensar depois que Stephen falou para eu me "adaptar".

Stephen levou a Bu e a mim de volta à escola, deixando-nos a algumas ruas de distância para ninguém nos ver chegar em um carro de polícia. Ainda eram cinco da tarde. As pessoas se dirigiam ao refeitório para jantar. Eu estava enjoada demais para comer, mas Bu estava faminta, então fomos caminhando até o café do bairro, onde ela poderia comprar um sanduíche. Bu devorou um de presunto com brie.

– Então o seu trabalho é ficar perto de mim? – perguntei.

– Basicamente.

– Como funciona?

– Bem, Stephen é um policial de verdade, com uniforme e tudo o mais. Callum trabalha disfarçado no metrô, porque tem um monte de fantasmas lá embaixo. E eu sou nova. Minha primeira tarefa era vir vigiar você.

– Então aconteceu alguma coisa com você? – perguntei. – É por isso que você é assim?

– Quando eu tinha dezoito anos, eu era meio clubber...

– Quando você tinha dezoito? Quantos anos você tem agora?

– Vinte.

– Vinte?

– Não sou aluna de verdade – disse ela. – Também menti minha idade. Enfim: minha amiga Violet e eu estávamos voltando de uma boate. Ela estava ao volante, e eu sabia que ela estava bêbada. Eu nunca deveria ter entrado no carro. Deveria tê-la impedido. Mas eu também estava meio bêbada, e nem sempre tomava as melhores decisões naquela época. Batemos de frente em um poste de barreira. Havia fumaça, estávamos ensanguentadas, Violet perdeu a consciência. Ouvi a voz me mandando ficar calma e sair do carro. Quando olhei para cima, vi Jo. Ela estava de pé ali. Eu estava chorando, completamente descontrolada, mas ela ficou conversando comigo até passar. Desde então somos melhores amigas. Na verdade, tentei comprar um celular para ela de Natal. Ela consegue pegar coisas. Não objetos grandes, mas consegue erguer coisas como telefones. Mas é meio difícil ter pertences quando você é um fantasma. Você não tem bolsos nem nada. E as pessoas simplesmente veriam um telefone flutuando por aí, o que seria estranho. Ela cata lixo porque gosta de se manter ocupada, e aparentemente as pessoas não reparam em lixo se mexendo. Acham que o vento soprou ou que alguém acabou de jogar. Você tem que pensar nesse tipo de coisa quando é um fantasma.

– Não sei se consigo fazer isso – falei.

– Isso o quê?

– Esse *negócio*. Esse negócio que eu sou.

– Claro que consegue. Mesmo porque não tem nada para *fazer*. É natural, né?

– Como vou conseguir fazer o trabalho? – falei, passando as mãos pelo cabelo. – Tenho que escrever uma análise sobre Samuel *Pepys* e seu maldito *diário*, e eu vejo *fantasmas*.

Eu andava pelo quarto, pegando minhas coisas, colocando-as de volta, tentando estabelecer algum parâmetro de realidade. Tudo parecia igual. O mesmo quarto. A mesma Bu. O mesmo cinzeiro. A mesma caneca não lavada com resquícios de vinho.

Bu comia o sanduíche e me olhava.

– Já sei – disse ela, espanando as migalhas do seu colo para o chão. – A biblioteca.

Como era uma noite de sábado e estava quase na hora do jantar, havia apenas alguns alunos na biblioteca, e os que estavam ali não eram do tipo que reparavam muito nos outros. Estavam todos mergulhados em seus mundos: fones de ouvido, computadores, livros. Bu cruzou a biblioteca rapidamente, entrando e saindo de todos os corredores do primeiro andar, depois subindo para o segundo e fazendo a mesma coisa. Alistair estava jogado em um dos amplos parapeitos no fim da seção de literatura, fila dos autores Ea-Gr. Tinha uma das pernas bem esticada, sua bota Doc Martens bem fixada na lateral da janela, a outra pendurada para baixo. Parecia ser Alistair o foco da busca de Bu, porque ela foi até ele.

– Ela já sabe – disse Bu.

Alistair ergueu preguiçosamente o olhar do livro.

– Parabéns – disse ele, secamente.

Eu ainda não tinha ideia do que estávamos fazendo ali. Minha mente funcionava bem vagarosamente. Ambos olharam para mim. Como não esbocei reação, Bu explicou:

– Aquilo sobre o que estávamos falando. Alistair é... assim.

– Assim...?

E então percebi por que Alistair estava me olhando como se eu fosse muito idiota. O visual anos oitenta dele... aquilo não era um visual. Era seu cabelo de verdade, dos anos oitenta de verdade.

– Ah, meu Deus – falei. – Você...

– É! Ele está morto!

Bu disse isso como se estivesse me contando que era o aniversário dele. Alistair parecia... uma pessoa. O cabelo espetado, a calça jeans com a barra enrolada e o sobretudo... Ergui a mão e toquei meu próprio cabelo (de comprimento médio, liso, muito escuro) e de repente fiquei muito feliz por não tê-lo pintado de rosa, como eu vinha considerando. Cabelo rosa por algumas semanas, tudo bem. Cabelo rosa pela eternidade... aí eu já não sabia.

O que não era algo muito legal ou bacana de se pensar. Eu deveria estar pensando sobre a essência da vida, a ideia de morrer aos dezoito anos na escola, a ideia de que para algumas pessoas a morte não era o fim. Mas tudo isso eram pensamentos grandes, grandes demais para mim no momento. Então me concentrei no cabelo dele. No cabelo eterno dele. Nas eternas Doc Martens.

Comecei a rir histericamente. Ri tanto que pensei estar prestes a vomitar bem no meio da seção de literatura. Alguém apareceu no fim do corredor e me encarou de um jeito irritado, mas eu não conseguia parar. Quando finalmente consegui me controlar um pouco, Alistair abandonou sua posição empoleirada.

– Vamos lá – disse ele. – Já que estamos aqui, posso mostrar a você.

Ele nos levou até o andar de baixo, para a seção de pesquisas, perto da mesa do bibliotecário. Havia uma parte repleta de exemplares do *Wexford Register*, o jornal da escola, encadernados em couro verde.

– Março de 1989 – disse ele.

Bu pegou o volume de 1989 e o colocou sobre uma das mesas próximas. Ela folheou até março. O papel parecia estranhamente barato e grosseiro, e a digitação era ruim. Encontramos uma grande foto de Alistair na capa do número de 17 de março. Ele sorria na foto, seu cabelo bem volumoso e claramente descolorido mesmo no preto e branco da foto. A manchete dizia "Wexford de luto pela morte de aluno".

– 'Alistair Gilliam faleceu na noite de quinta-feira, enquanto dormia' – leu Bu, com uma voz suave. – 'Ele era o editor da revista literária da escola e conhecido por seu amor pela poesia e por The Smiths'... Enquanto dormia?

– Crise de asma – esclareceu ele.

Comecei a dar risadinhas de novo. A histeria subia pela minha garganta. O bibliotecário olhou para cima com uma expressão irritada e levou o dedo aos lábios. Bu assentiu e recolocou o livro no lugar, e voltamos à privacidade das estantes de cima. Depois de verificar para ter certeza de que estávamos, no geral, sozinhos, ela continuou a conversa.

– Você não morreu aqui – disse Bu, em voz baixa. – Então por que vem para cá?

– Você ia querer ficar em Aldshot o tempo todo? Pelo menos aqui eu posso ler. Não tenho mais nada para fazer. Li todos os livros dessa biblioteca... duas vezes. Quer dizer, a maior parte. Tem muita porcaria.

– Incrível como você consegue pegar os livros e virar as páginas – disse Bu.

– Levei um tempo. Mas e quanto a vocês duas? Vocês geralmente não aparecem em duplas.

– Já conheceu outros como a gente? – perguntou Bu.

– Um ou dois ao longo dos anos. Mas estão sempre sozinhos, e parecem meio malucos.

Não era uma imagem muito boa. E, pelo jeito como Alistair me olhava, dava para perceber que ele ainda não tinha me colocado na categoria dos não malucos.

– Somos meio especiais – disse Bu. – Sou policial.

– Você? Um tira? – Alistair riu de verdade pela primeira vez.

– *Sim*, eu. Estamos trabalhando no caso do Estripador. O Estripador é... como você.

– O que quer dizer com *como eu*? Quer dizer morto?

Bu assentiu.

– Morto, mas muito diferente de mim. Não somos todos iguais, sabe.

– Claro! – disse Bu. – Desculpe!

– Não curto assassinos – disse Alistair. – Eu era vegetariano. Carne é assassinato, sabe.

– Me *desculpe*.

Bu estendeu a mão e tocou o braço dele. Parecia bastante sólido.

– Como você faz isso? – perguntei. – Vi uma pessoa atravessar aquela outra mulher.

– Ah – disse Bu. – Depende da pessoa. Tem gente que é bastante sólida. Alguns são mais como ar. Alistair é mais sólido. Você consegue atravessar coisas? Portas, ou paredes?

– Não gosto. Mas consigo. Leva tempo.

– Quanto mais sólido, mais tempo leva e é mais difícil. Os que são mais como ar conseguem com mais facilidade, mas não têm tanta força física. Para eles é mais difícil mover objetos. Mas todos os fantasmas são pessoas, e você simplesmente os respeita, não importa como eles sejam, né?

Alistair pareceu aplacado por esse discurso em prol dos direitos dos fantasmas.

– Rory é necessária para a investigação, entende? – disse Bu. – Ela acaba de descobrir sua habilidade, e leva tempo para se ajustar a isso. Ela tem um trabalho para fazer e, obviamente, não vai conseguir. Então eu estava pensando que talvez você pudesse ajudar...

Alistair, para minha surpresa, não saiu andando ou simplesmente evaporou de indignação (porque, até onde eu sabia, ele podia ter feito isso).

– É sobre o quê? – perguntou ele.

– Seis a oito páginas sobre as principais temáticas do *Diário de Samuel Pepys* – respondi, no automático.

– O *Diário de Samuel Pepys* é enorme – respondeu Alistair.

– Ah... quer dizer, só sobre a parte do incêndio.

– O tema principal na parte do incêndio é o incêndio.

– E também... técnicas retóricas, ou algo assim.

– Você pode nos ajudar com isso? – perguntou Bu. Ela estava com um sorriso preocupantemente largo. – Quer dizer, você é inteligente, e temos que deter um assassino. Você consegue digitar ou...

– Eu *não* digito.

– Ou escrever – completou ela, às pressas. – Consegue segurar uma caneta?

– Faz tempo que não pratico – respondeu ele. – Mas eu geralmente conseguia. Para quando é esse trabalho?

– Amanhã de manhã... – respondi.

Alistair colocou a mão fechada sobre a boca, pensando.

– Quero música – exigiu ele.

– Música! – Bu fazia que sim com a cabeça. – Podemos conseguir música! Que tipo de música você quer?

– Quero os discos *Strangeways, Here We Come* dos Smiths e *Kiss Me Kiss Me Kiss Me*, do The Cure...

– Espere aí...

Bu saiu correndo. Eu a ouvi descendo as escadas. Enquanto ela estava fora, apenas encarei Alistair, e ele me olhava de volta.

– Caneta – disse ela, voltando. E ergueu uma caneta como prova. – Diga tudo de novo.

Alistair repetiu suas escolhas musicais, e Bu as anotou na palma da mão.

– E *London Calling* – acrescentou ele, olhando a mão dela para ter certeza de que ela estava anotando os nomes corretamente. – Quero *London Calling*, do The Clash.

– Vou conseguir esses discos para você hoje à noite – disse ela, mostrando a mão para ele conferir o que estava escrito. – E algum aparelho para você poder ouvi-los. Fechado?

– Acho que sim – disse ele. – Espere... Quero também *The Queen is Dead*. Também dos Smiths.

– Quatro discos – disse ela, estendendo a palma da mão para mostrar. – Em troca de um trabalho. *Fechado?*

– Fechado.

– Viu? – perguntou Bu quando já tínhamos saído da biblioteca. – Ele não é assustador, é? E o seu trabalho foi resolvido.

Havia certa verdade no que ela dizia. Alistair não tinha me assustado. Realmente não tinha nada estranho na conversa, desde que você relevasse o fato de termos comentado sobre uma matéria anunciando a morte dele.

– Têm outros fantasmas por aqui? – perguntei.

– Não que eu tenha visto, mas às vezes eles são tímidos. Muitos adoram sótãos, porões, passagens subterrâneas. As pessoas os assustam. Engraçado, não é? As pessoas têm medo de fantasmas, e os fantasmas têm medo das pessoas, mesmo quando não há motivo para nenhum dos dois medos.

– Só que o Estripador é um fantasma – falei. – Não tem jeito humanamente possível de eu *não* me preocupar com isso. E Jerome acha que eu sou louca.

– Ah. – Bu fez um aceno como quem descarta o assunto. – Ele vai esquecer.

– Não sei não.

– Claro que vai. E é só o Jerome.

Meu silêncio a deixou intrigada.
– Você? – perguntou ela. – Você e Jerome?
Permaneci em silêncio.
– Sério? Você e Jerome?
– Não é... não é um...
– Ah! – exclamou ela, com um sorriso enorme. – Não se preocupe, vou dar um jeito.

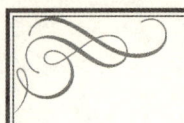

22

Jerome não esqueceu. Claro que não esqueceu. Eu vi uma mulher invisível e fugi da aula. Ninguém esquece isso. Depois ainda passei o resto do dia com paradeiro desconhecido, o que não ajudou.

Quando entrei no refeitório no dia seguinte para tomar o café da manhã, vi Jerome sentado com Andrew. Ele ergueu os olhos ao me ver chegar e acenou com a cabeça. Bu e eu entramos na fila da comida. Ela encheu um prato com um café tipicamente inglês: ovos, bacon, pão frito, cogumelos e tomates. Assim como eu, ela conseguia comer aquilo tudo. Mas naquela manhã eu não estava com apetite. Peguei só algumas torradas.

– E as salsichas? – perguntou a moça do balcão. – Está se sentindo mal?

– Estou bem – respondi.

– Não fique tão preocupada – disse Bu.

Sentamo-nos de frente para Jerome e Andrew. Eles tinham guardado lugar para nós, como sempre.

– Oi – falei.

Jerome olhou para mim por cima dos vestígios de seu café da manhã.

– E as salsichas? – perguntou ele.

Aparentemente meus hábitos de consumo de carne suína eram uma questão de notoriedade pública. Bu se largou na cadeira ao meu lado, a colher quicando na bandeja e indo parar tilintando no chão.

– A Rory aqui – disse ela – passou mal a noite inteira. Febre alta. Tagarelando sem parar sobre pôneis.

– Febre? – Isso captou a atenção de Jerome. – Você estava doente ontem?

– Hhhmmm – falei, olhando para Bu.

– Tagarelando sem parar, muito tagarela – continuou Bu. – Maluquice. Não calava a boca, né.

– Você foi à enfermaria? – perguntou Jerome.

– Hhhmmmm? – falei.

– Ela está bem, na verdade – disse Bu. – Deve ter sido alguma coisa de menstruação. Eu também fico doidinha. Febre menstrual. É terrível.

Isso conseguiu desviar o assunto por um tempo. Bu continuou falando sem parar, contando uma história muito comprida sobre uma tal de Angela, amiga dela, que estava sendo traída pelo namorado, Dave. Ninguém tentou interrompê-la. Só acabei com a minha torrada o mais rápido que consegui e pedi licença para ir embora dali. Bu foi atrás de mim.

– Resolvido – disse ela.

– Você falou para ele que eu tive *febre menstrual* – respondi. – Não existe isso.

– Fantasmas também não.

– Não, febre menstrual não existe *mesmo*. Tem uma diferença entre ser um garoto e ser um idiota.

– Vamos pegar seu trabalho – disse ela apenas, enganchando o braço no meu.

Bu me conduziu biblioteca adentro, e eu me permiti ser conduzida. Alistair estava enfiado em um canto da seção extremamente impopular de microfilmes, atrás de uma das máquinas. Bu tinha lhe fornecido um iPod minúsculo, e ele estava escutando alguma coisa, de olhos fechados. Suponho que os fones não ficassem apoiados nas orelhas dele, porque na verdade Alistair não tinha orelhas, mas ele conseguia mantê-los no lugar. A música fluía dos fones para o ar. Quando chegamos, ele abriu os olhos lentamente.

– Na prateleira – disse ele. – Entre as cópias encapadas da *Economist*, 1995 e 1996.

Fui até o ponto indicado. Ali, entre os livros, havia quinze páginas manuscritas, com notas de rodapé e comentários anotados nas margens. Eu tinha acabado de pegá-las quando Jerome se aproximou. Bu as arrancou de mim.

– Desculpe – disse ele –, mas... podemos conversar?

– Hhhmm? – respondi.

Nenhum cara nunca tinha me perguntado se eu queria conversar, não daquele jeito. Não uma conversa do tipo conversa-conversa, se é que aquele "podemos conversar?" era, de fato, uma conversa do tipo conversa-conversa. Sei lá.

– Vai lá – disse Bu, enfiando o trabalho na bolsa. – Vejo você mais tarde.

Fui lentamente até Jerome, com medo de olhar para ele. Eu não sabia mais como me comportar. Haviam me garantido que eu não era maluca, mas isso não ajudava muito. A três metros de nós tinha um fantasma que fez meu dever de casa, e Jerome não podia vê-lo.

– De nada – gritou Alistair atrás de mim.

Saímos para a manhã cinzenta como aço. Não me importei de sentir frio.

– Aonde você quer ir? – perguntou ele.

A postura dele transparecia um quê de nervosismo: os ombros descaídos, as mãos enfiadas bem fundo nos bolsos, os braços travados junto ao corpo.

Sem nenhuma ideia melhor, sugeri o mercado Spitalfields. Era grande, era movimentado, era alegre e ia me distrair um pouco. Antigamente o lugar era um mercado de frutas, legumes e verduras, mas agora era um círculo de butiques e salões. No centro havia um espaço ligeiramente delimitado, metade dedicada a restaurantes, e a outra, a estandes cheios de tudo, de porcaria turística a joias feitas à mão. Compradores zanzavam à nossa volta. As prateleiras estavam pesadas de tantos produtos relacionados a Jack, o Estripador: cartolas, facas de borracha, camisetas com os dizeres EU SOU JACK, O ESTRIPADOR e JACK ESTÁ DE VOLTA.

– O que está acontecendo com você? – perguntou ele, finalmente.

O que *estava* acontecendo comigo? Nada que eu pudesse contar a Jerome. Eu nunca conseguiria contar a ninguém o que estava acontecendo comigo, com a possível exceção da prima Diane.

Tínhamos atravessado todo o mercado e estávamos agora num pequeno pátio lateral. Nós nos sentamos em um banco. Jerome ficou muito perto de mim, a perna quase encostando na minha. Tive a sensação de que ele estava mantendo um pouco de distância para o caso de eu ser irremediavelmente maluca. Mas estava me dando essa chance para me explicar agora. E eu ia explicar, de alguma maneira. Eu ia dizer *alguma coisa*.

– Desde aquela noite com o... com o Estripador... eu meio que... surtei? Um pouco?

– Isso é compreensível – disse ele, assentindo.

Estava aberto a testar essa desculpa para o meu comportamento. Eu tinha que mantê-lo falando sobre o assunto, que era seu favorito.

– Quem é o Estripador? – falei.

– Como assim?

– Quer dizer, você já leu tudo sobre o Estripador; quem é ele? Acho que eu me sentiria melhor se... se compreendesse quem ele é. Do que se trata tudo isso.

Ele se aproximou um ou dois milímetros.

– Bem, acho que o mais importante é que Jack, o Estripador, é meio que um mito.

– Como ele pode ser um mito?

– O que se sabe com certeza é isto: no outono de 1888 houve uma série de assassinatos na área de Whitechapel, em Londres. Alguém estava matando prostitutas, e mais ou menos da mesma maneira. Houve cinco assassinatos que pareciam ter a mesma assinatura: talho no pescoço, mutilações no corpo e, em alguns casos, remoção e reorganização dos órgãos internos. Então eles ficaram conhecidos como os assassinatos de Jack, o Estripador, mas algumas pessoas acham que foram quatro assassinatos; outras, que foram seis; outras, mais do que isso. O melhor palpite é de que houve cinco vítimas, e é em torno disso que a lenda foi construída. Mas isso pode estar totalmente errado. Se você for ao pub Ten Bells, por exemplo, tem uma placa na parede em memória de seis vítimas. Os fatos todos são incertos, o que em parte explica por que o caso é quase impossível de solucionar.

– Então este assassino está seguindo uma das versões da história?

– Isso. E ele nem está seguindo uma versão muito específica da história. É meio que a versão da Wikipédia ou dos filmes. O nome: essa é outra questão. Jack, o Estripador, nunca se chamou de Jack, o Estripador. Assim como agora, havia dezenas de farsas. Um bando de gente mandava cartas à imprensa dizendo ser o assassino. Só três dessas cartas foram consideradas passíveis de serem reais, e agora a opinião geral é de que são todas falsas. Uma foi a carta "Do Inferno", que foi a que James Goode recebeu. Outra foi assinada como Jack, o Estripador, provavelmente escrita por alguém do jornal *Star*, que ficou famoso por causa do Estripador. Eles pegaram as histórias dos assassinatos e criaram uma das primeiras grandes celebridades midiáticas. E fizeram um trabalho muito bom, porque aqui estamos nós, mais de cem anos depois, ainda obcecados por ele.

– Mas houve outros assassinos desde então – falei. – Um monte.

– Mas o Estripador é meio que o original. Sabe, ele estava por aí quando a polícia era relativamente nova e o estudo da psicologia estava nascendo. As pessoas compreendiam por que alguém iria querer matar alguém ou roubar alguma coisa por raiva ou por inveja. Mas havia um homem matando aparentemente sem motivo algum, caçando e retalhando mulheres pobres e vulneráveis. Não havia explicação. O que o tornava tão aterrorizante era que ele não precisava de motivo. Ele só gostava de matar. E os jornais repetiram a história até as pessoas ficarem apavoradas de medo. Ele é o primeiro assassino moderno.

– Então quem era o Estripador? Eles têm que saber.

– Não – disse Jerome, se recostando no banco. – Não sabem. Nunca vão saber. As provas já eram. Os suspeitos e as testemunhas já morreram há muito tempo. A maioria dos arquivos do caso já se perdeu. Manter registros a longo prazo não era considerado tão importante na época. As coisas foram jogadas fora. As pessoas as pegaram como lembranças. Papéis foram deslocados, sumiram. Muitos dos registros foram perdidos na guerra.

É extremamente improvável que algum dia descubram algo que aponte de forma conclusiva para a identidade do Estripador. Mas isso não vai impedir as pessoas de tentar. Elas vêm tentando sem parar desde 1888. É um caso mágico que todo mundo quer resolver mas ninguém pode. Fingir ser Jack, o Estripador, deve ser a coisa mais assustadora que você pode fazer, porque ele é um total desconhecido. Ele é o cara que se safou. Alguma chance de isso fazer você se sentir melhor?

– Na verdade, não – falei. – Mas é...

Dessa vez, definitivamente fui eu. Eu me inclinei para mais perto de Jerome, que colocou os braços ao redor dos meus ombros. Então encostei a cabeça na dele, sentindo os cachos dele contra meu rosto. Daí, foi um lento girar da cabeça até que nossos rostos estivessem colados. Pressionei os lábios na bochecha dele – só um indício de beijo, só para ver o que acontecia. Senti os ombros dele relaxarem, e ele fez um barulhinho que era em parte um gemido, em parte um suspiro. Ele então beijou meu pescoço e foi subindo, subindo, subindo até minha orelha. O controle dos meus músculos começou a me escapar, assim como minha noção do que estava em volta. Meu corpo foi inundado por todas as deliciosas substâncias químicas que o organismo guarda para momentos de beijos e tudo que vem junto com isso. Essas substâncias fazem você ficar bobo. Fazem você ficar trêmulo. Fazem você parar de se importar com Jack, o Estripador, ou com fantasmas.

Percorri a nuca dele com a mão, afundei os dedos no cabelo de Jerome e então puxei o rosto dele para mais perto.

23

Estava claro que Jerome e eu estávamos envolvidos em uma coisa complicada. Ele me contava fatos assustadores sobre Jack, o Estripador, e eu tinha a necessidade súbita de beijá-lo até ficar sem fôlego. Eu teria continuado indefinidamente se Bu não tivesse saltitado até nós como um filhote de cachorro demente. Jerome e eu nos desgrudamos tão depressa que uma fina ponte de saliva nos manteve ligados por um momento cintilante. Eu a rompi.

– Oiiiii! – disse ela. – Me desculpem! Não tinha reparado que vocês também tinham vindo para cá! Vim pegar um café.

Ela ergueu um café como prova.

Jerome estava tão assustado que teve um violento acesso de tosse.

– Bem – disse ele, quando se recuperou –, eu... Bem. Olá.

– Oi – disse Bu, que continuava ali parada, quicando levemente nos calcanhares.

– Então – disse ele. – Melhor eu voltar. Tenho que fazer uma experiência de física.

Ele se levantou abruptamente e saiu.

– Desculpe – disse Bu. – É meu trabalho vir atrás de você. E eu não teria interrompido, mas tive uma ideia. Você precisa de mais experiência prática. Vou ajudar nisso. E já que você não tem que fazer aquele trabalho e é domingo, podemos sair.

Bu tinha uma grande habilidade de grudar em mim e me conduzir. Uma garra de ferro. Ela começou a me levar para fora do mercado e rua abaixo, rumo ao metrô. Cerca de quarenta e cinco minutos depois, pela segunda vez em menos de vinte e quatro horas, fui parar em Goodwin's Court. Bu meio que me arrastou beco abaixo e apertou a campainha prateada na porta.

– Como é que você pode saber que eles estão em casa? – perguntei.

– Um deles sempre está.

Nenhuma resposta. Bu apertou a campainha de novo. Houve um barulho de algo se quebrando, seguido por um grunhido eletrônico.

– Que é? – gritou uma voz masculina.

– Sou eu! – Bu gritou de volta. – Estou com Rory aqui!

– Você o quê?

Achei que fosse Callum, mas era difícil identificar.

– Ande, nos deixe subir! – gritou Bu.

Resmungaram algo do outro lado, e o interfone ficou mudo.

– Acho que eles não gostam quando eu venho – falei.

– Ah, eles não se importam.

– Acho que se importam sim.

Nada na porta. Bu tocou o interfone de novo, e dessa vez a porta se abriu com um zumbido. De novo as escadas, com as luzes automáticas. Dava para ver que a escadaria se encontrava em bom estado de conservação, com fotografias em preto e branco de bom gosto emolduradas por todo o percurso e um corrimão prateado bem-polido. O apartamento no primeiro andar tinha uma placa de vidro: DYNAMIC DESIGN. Lá em cima, Callum estava à porta, com a mesma camiseta larga e o mesmo short. Segurava uma caneca cheia de algum líquido tão quente que soltava vapor.

– O que você está fazendo? – perguntou ele a Bu, em uma voz matinal grogue.

– Só trazendo Rory para dar um pulinho aqui.

– Por quê?

Bu o ignorou e passou direto por ele, me arrastando.

– Cadê o Stephen? – perguntou ela, tirando o casaco e pendurando-o no cabideiro instável ao lado da porta.

Callum desmoronou no sofá marrom e nos lançou um olhar cansado.

– Saiu. Foi pegar a papelada.

– O que é que vocês estão fazendo? – perguntou ela.

– O que é que sempre estamos fazendo?

Ele indicou as pilhas de papel e pastas espalhadas por toda a mesa e pelo chão ao redor. Bu assentiu, fez um rápido circuito pela sala e se instalou ao lado dele. Stephen apareceu um momento depois. Usava uma calça jeans gasta, ligeiramente larga. Não sei se era parte do estilo da calça ser larga; acho que ele só era magro mesmo. Com seu pulôver de listras pretas, seu cachecol vermelho e seus óculos, ele parecia muito um estudante, provavelmente da faculdade de Letras. Alguém que citava Shakespeare por diversão e usava termos em latim para as coisas. Não parecia, em circunstância alguma, um policial. Assim que nos viu, assumiu aquela expressão – concentração instantânea.

– O que aconteceu? – perguntou ele.

– Nada – disse Bu. – Só trouxe Rory para dar um pulinho aqui.

– Por quê?

Fato: eles não me queriam ali. Bu ainda não tinha entendido isso.

– Eu estava pensando – disse ela – que podíamos sair para praticar identificação de fantasmas. Rory nunca fez isso.

Stephen ficou ali parado por um minuto, apertando o jornal que tinha em mãos.

– Posso falar com você por um momento? – disse ele.

Bu se levantou, e os dois desapareceram em um quarto. Callum continuou a sorver o chá e me observar. Da outra sala, dava para ouvir uma conversa bem intensa, uma voz baixa (Stephen) e outra relativamente mais alta (Bu). Ouvi nitidamente quando Stephen disse "não somos assistentes sociais". A voz mais alta parecia estar ganhando.

– Eu não pedi para vir aqui – falei. – Quer dizer, para este apartamento. Hoje.

– Ah, eu sei.

Callum se alongou preguiçosamente e se virou para observar a porta do cômodo onde se desenrolava a conversa. Da última vez, eu tinha absorvido o básico a respeito de Callum: era negro, mais baixo que Stephen, tinha um porte incrível e não estava empolgado com a minha presença. Tudo isso ainda era verdade. À luz do dia e levemente menos chocada, pude absorver mais algumas coisas. Assim como Bu, Callum tinha um físico de atleta: não era gigante, só bem-desenvolvido de uma maneira bastante deliberada. Seu rosto era redondo, com olhos grandes que pareciam avaliadores e uma boca sempre erguida em um meio sorriso cínico. Tinha sobrancelhas bem grossas e retas, uma das quais era atravessada por uma cicatriz.

– O que é isso no seu braço? – perguntei, apontando para a tatuagem. – É algum tipo de monstro?

– É o leão do Chelsea – respondeu ele, pacientemente. – Do time de futebol.

– Ah.

Não foi estupidez minha. Não parecia um leão. Parecia um dragão magrelo sem asas.

– E então, o que está achando da Inglaterra até agora? – perguntou ele.

– Meio estranha. Sabe como é. Fantasmas. Jack, o Estripador.

Ele assentiu.

– De onde você é? – perguntou ele. – Esse sotaque?

– Louisiana.

– Onde é que fica isso mesmo?

– No Sul.

A conversa no outro cômodo tinha diminuído de volume.

– Nem sei por que ele se deu ao trabalho – disse ele, se espreguiçando de novo. – Bu sempre vai ganhar. Melhor eu ir me vestir.

Ele se levantou e saiu da sala, me deixando sozinha. O apartamento, reparei, parecia muito o lado do quarto que era da Bu: coisas por toda parte. Talvez essa coisa de ver fantasmas fizesse a pessoa desistir da faxina. Dava para ver que certas partes da sala eram reservadas a determinadas atividades. A mesinha de café era para comer: estava coberta de embalagens de papel-alumínio para viagem e canecas. A mesa ao lado da janela tinha um computador e várias pastas, com caixas cheias de outras pastas pelo chão. As paredes ao redor da mesa estavam cobertas de anotações. Dei uma olhada nelas. Todas pareciam relacionadas ao Estripador: datas, locais. Reconheci alguns dos nomes e fotos de suspeitos de 1888 mostrados pela cobertura constante da mídia. O que era incomum, no entanto, era que havia comentários sobre essas pessoas: lugar onde estavam enterradas, local da morte, endereço residencial. Parecia que Stephen, Callum e Bu tinham ido àqueles lugares para verificar, acrescentando anotações como "inabitado" ou "sem evidência de presença".

Eu me afastei da parede de anotações quando ouvi alguém voltando. Stephen e Bu apareceram, seguidos por Callum, agora de calça jeans.

– Talvez devêssemos fazer uma ou duas horas de identificação de fantasmas – disse Stephen, sem muito entusiasmo.

Bu exibia um sorriso largo e fazia alguns exercícios para alongar as coxas.

– O metrô – sugeriu Callum. – É mais fácil lá. Vai levar no máximo cinco minutos.

– Talvez nos túneis dos trens – disse Bu. – Mas não nas plataformas.

– Eu *trabalho* lá. Sei bem. Vi uns cinquenta uma vez.

– Mentira!

– Sério. Não todos no mesmo lugar, mas todos nos arredores de uma estação.

– Nos arredores de uma estação? Então foi nos túneis.

– *Alguns* estavam nos túneis. Mas estou dizendo. Cinquenta.

– Você é tão mentiroso – disse Bu, com uma risada.

– Tem uma que vive ali por Charing Cross – disse Callum. – Eu já a vi várias vezes. Vamos só levá-la até lá e acabar logo com isso.

– Ótimo – disse Stephen. – Charing Cross.

Minha aprovação não era necessária.

Era um dia frio. O sol estava à vista, e as folhas tinham começado a mudar. Os três que me acompanhavam, por serem ingleses e estarem acostumados ao clima mais frio, não usavam casaco. Eu sim, e o apertei bem ao redor do corpo enquanto andávamos pelas ruas movimentadas, passando por alguns teatros e pubs do West End, dando a volta em uma igreja e atravessando a Trafalgar Square. Havia pencas de turistas na praça, tirando fotos uns dos outros montados nos leões gigantescos na base da Coluna de Nelson, gritando quando legiões de pombos davam rasantes sobre suas cabeças. Eu já não me sentia mais uma turista. Não sabia bem o que eu era. Definitivamente me sentia cada vez mais constrangida de estar com aqueles três, já que estava claro que eu era uma perturbação na rotina deles e provavelmente uma irritação, mas ficar constrangida era melhor que me sentir maluca. De qualquer maneira, eles estavam me ignorando, discutindo algo sobre a papelada.

– Então vamos preencher um G1... – dizia Stephen.

– O que eu não entendo – comentou Callum – é por que chamamos de G1 se só temos um formulário. Por que não chamamos de *formulário*?

– Só temos um formulário por enquanto – disse Stephen, sem erguer o olhar. – Podemos vir a ter outros formulários no futuro. Além disso, G1 na verdade é mais curto que 'formulário'.

– Aqui vai uma pergunta melhor: por que ter um formulário, para começo de conversa? Quem vai verificar essas coisas? Quem vai se importar? Ninguém sabe da nossa existência. Ninguém quer saber da nossa existência. Não vamos levar pessoas ao tribunal.

– Porque precisamos manter registros – respondeu Bu. – Precisamos saber o que fizemos. Precisamos treinar outras pessoas para fazer este trabalho. E fantasmas ainda são pessoas. São gente. Só porque não estão vivos...

– Sabe de uma coisa? Acho que *estar vivo* deveria ser o mínimo para identificar quem é e quem não é gente. Acho que essa deveria ser a pergunta número um. Você está vivo? Se está, prossiga para a pergunta dois. Se não, *você não deveria estar lendo isto*...

– Ah, mas que *grande* besteira. Uma das minhas melhores amigas por acaso é uma pessoa morta.

– Só estou dizendo – insistiu Callum, calmamente – que, já que podemos fazer isto da maneira que quisermos, e não é sempre que se tem uma oportunidade assim na vida, por que escolhemos fazer isso de um jeito que envolve papelada?

– Posso criar um G2, se você quiser – disse um magnânimo Stephen. – Só para você. Formulário especial de acidentes interdepartamentais envolvendo a polícia e o sistema de transporte público ao mesmo tempo. Podemos chamá-lo de Formulário Callum. O Callum 2A seria para o metrô. Você teria o Callum 2B para qualquer incidente em ônibus. Talvez um Callum 2B-2 para incidentes ocorridos em pontos de ônibus.

– Vou matar você, sabia?

– Se matar e eu voltar, vou assombrar você loucamente – disse Stephen, com a sombra de um sorriso.

Tínhamos chegado aos degraus da estação de metrô de Charing Cross. Stephen se virou para mim e voltou a me incluir na conversa.

– O que você precisa entender é o seguinte – disse ele, num tom levemente professoral. – Londres é uma das mais antigas cidades habitadas ininterruptamente. Tivemos diversas guerras, pragas, incêndios... e continuamos construindo em cima de túmulos. Vários prédios foram erguidos em cima de antigos fossos da praga. Só o sistema do metrô foi responsável por perturbar *milhares* de sepulturas. Até onde sabemos, a maior parte dos fantasmas tende a ficar perto dos lugares onde morreram, lugares que tinham algum significado relevante para suas vidas, ou, de vez em quando, o lugar onde o corpo foi enterrado. O raio varia. Mas o metrô tem muitos fantasmas.

– Muitos mesmo – enfatizou Callum quando chegamos às catracas.

Callum usou um passe com o qual entrava de graça, enquanto nós usamos nossos cartões comuns. Os portões se abriram para nos deixar entrar. Eu os acompanhei até as escadas rolantes.

– Você precisa lembrar – disse Bu – que fantasmas são só pessoas. Só isso. Eles não são assustadores. Não estão aí para pegar você – Callum fez um barulho esquisito –, não são sinistros nem estranhos e não saem voando por aí com um lençol na cabeça. São apenas pessoas que morreram e ficaram presas aqui por um tempo. Geralmente são bem legais, mesmo que um pouco tímidos. Normalmente são solitários, portanto gostam de conversar, se puderem.

– Se puderem?

– Há muito o que aprender – disse Stephen. – Eles tomam muitas formas, algumas mais corpóreas que outras.

– Então quem vira fantasma? Todo mundo?

– Não. É bem raro. Pelo que concluímos, fantasmas são pessoas que simplesmente não... morreram por completo. O processo de morte delas ainda não se completou, e elas não partem.

Isso eu meio que entendia. Meus pais trabalhavam numa universidade, e eu tinha passado algum tempo por lá. Algumas vezes as pessoas se formam, mas não vão embora. Ficam por ali durante anos, sem motivo. Eu ia pensar nos fantasmas dessa forma, resolvi.

– Os fantasmas parecem pessoas, então muitas vezes não dá para notar a diferença – disse Bu. – Você tem a habilidade de vê-los, mas isso não significa que você sabe para o que está olhando.

– É como caçar – complementou Callum.

– Não tem nada a ver com caçar. – Bu deu uma cotovelada forte nele. – São *pessoas*. Parecem pessoas vivas, porque você está acostumada a ver pessoas vivas, então supõe que todo mundo que vê está vivo. Você precisa conscientemente passar a separar os vivos dos mortos. É complicado no início, mas depois você pega o jeito.

– Ela está lá embaixo – disse Callum. – Na plataforma da linha Bakerloo.

Nós o seguimos escada abaixo até a plataforma. O metrô de Londres tem uma aparência muito reconfortante, quase clínica: paredes de azulejos brancos com bordas pretas, sinalização organizada e característica, o mapa alegremente colorido... placas indicando a SAÍDA e barreiras para manter as pessoas andando na direção certa... funcionários de terno azul-arroxeado e monitores mostrando o status dos trens... grandes pôsteres com anúncios e quadros eletrônicos exibindo minicomerciais. Não parecia algo que tinham escavado em um fosso da praga. Parecia um sistema que sempre estivera ali, bombeando pessoas para o coração da cidade.

Um trem acabara de chegar, e a plataforma se esvaziou. Restaram apenas nós e um punhado de pessoas que tinham sido lentas demais. Então reparei nos arcos escuros em cada ponta da plataforma, por onde os trens entravam nos túneis – o vento que soprava a cada composição que chegava vinha de lá. Quando o trem foi embora, reparei em uma mulher bem na extremidade da plataforma, as pontas dos seus sapatos avançando um pouco da beirada. Ela usava um pulôver preto com uma maxigola grossa, uma saia cinzenta lisa e sapatos plataforma cinza. Tinha um cabelo comprido que formava largos cachos ao redor de seu rosto. Acho que o que me fez prestar atenção na mulher – tirando o fato de ela não ter entrado no trem e a roupa vagamente retrô – foi sua expressão. Era a expressão de alguém que tinha desistido completamente de tudo. Sua pele não era apenas pálida, era fina e acinzentada. Ela era o tipo de pessoa que você não enxerga, fosse viva ou morta.

– É ela – falei.

– É – confirmou Callum. – Ela me parece uma suicida. Suicidas fazem muito isso, ficam na beirada olhando para a frente. Nunca se mate em uma estação do metrô. Dica número um. Você pode acabar aqui para sempre, encarando a parede.

Stephen deu uma leve tossida.

– Foi só um conselho – defendeu-se Callum.

– Vai lá falar com ela – disse Bu.

– Sobre o quê?

– Qualquer coisa.

– Quer que eu vá até ela e pergunte: 'Você é um fantasma?'

– É o que eu faço – respondeu Bu.

– Adoro quando você erra – disse Callum.

– Uma vez. Só aconteceu *uma vez*.

– Aconteceu duas vezes – corrigiu Stephen, olhando em volta.

Bu sacudiu a cabeça e fez um sinal para eu ir com ela até a extremidade da plataforma. Hesitei por um momento, mas depois obedeci, indo a alguns passos de distância até chegarmos perto da mulher.

– Olá? – começou Bu.

A mulher se virou, muito lentamente, os olhos arregalados e tristes. Era jovem, devia ter uns vinte e tantos anos. Agora eu conseguia ver as mechas loiras no seu cabelo prateado e um pesado pingente de prata em um cordão. Parecia fazer a cabeça dela pesar.

– Não vamos lhe fazer mal – garantiu Bu. – Meu nome é Bu. Esta é Rory. Sou da polícia. Estou aqui para ajudar gente como você. Você morreu aqui?

– Eu...

A voz da mulher era tão tênue que mal poderia entrar na categoria de som. Eu a senti mais do que ouvi. Era tão suave que me fez estremecer.

– O que foi? Pode nos contar.

– Eu pulei...

– Essas coisas acontecem – disse Bu. – Você tem algum amigo aqui na estação?

A mulher balançou a cabeça em negativa.

– Tem um cemitério muito agradável a apenas algumas ruas daqui – prosseguiu Bu. – Tenho certeza de que você pode conhecer alguém por lá, fazer alguns amigos legais.

– Eu pulei...

– É, eu sei. Não tem problema.

– Eu pulei...

Bu lançou um olhar de soslaio para mim.

– É – disse ela. – Você já disse isso. Mas será que podemos...

– Eu pulei...

– Ok. Bem, vamos voltar outro dia e visitar você. Tudo bem? Você tem amigos. Não é invisível para todo mundo.

Callum exibia uma expressão presunçosa quando voltamos.

– Suicida? – perguntou ele.

– É – confirmou Bu.

– Você me deve cinco libras.

– Não fizemos uma aposta, Callum.

– Mas eu mereço cinco libras. Consigo distinguir um suicida a cem metros de distância.

– Chega – disse Stephen. – Rory, como foi?

— Tudo bem, eu acho. Estranho. Ela não parava de dizer que tinha pulado. E a voz dela era... fria. Como um sopro gelado no meu ouvido.

— Ela era do tipo quieto — disse Bu. — Não muito forte. Assustada.

— Por que eles usam roupas?

Callum e Bu riram, mas Stephen assentiu.

— Essa é uma pergunta muito boa — disse ele. — Eles *deveriam* estar nus, ou é o que se imaginaria, certo? Mas sempre voltam de roupas. Ao menos todas as vezes que os vi. Isso se presta à teoria de que o que vemos é um tipo de manifestação de uma memória residual, talvez até de uma autopercepção. Então o que vemos não é bem quem eles eram, mas como se percebiam, ao menos perto do momento da morte...

— Pule essa parte — disse Callum a ele. E então, dirigindo-se a mim: — Stephen às vezes fala desse jeito.

Voltamos pelo caminho por onde tínhamos vindo, subindo as escadas rolantes de encontro à luz do dia.

— Agora que você viu um e que viu que não tem... — começou Stephen.

Mas minha mente estava em outro lugar.

— As roupas — falei. — O cara que vi, se é que ele era o Estripador... ele não estava usando roupas antigas. Nada, tipo, vitoriano.

Acho que Stephen não estava prestando muita atenção em mim até eu dizer isso. Quase consegui ver as pupilas dele ganharem foco.

— Isso mesmo — disse ele.

— Não falei? — disse Bu. — Ela é rápida.

— Então esse fantasma do Estripador ou sei lá o quê... ele não é *o* Estripador. Não o Estripador de 1888.

– Foi o que concluímos pela sua descrição – disse Stephen, soando um pouco impressionado. – Então paramos de investigar por esse ângulo.

– Então como vocês vão descobrir quem ele é?

Isso fez Callum rir e se virar para o outro lado, colocando as mãos atrás da cabeça.

– Bem – disse Stephen –, estamos usando as escolhas de locação, combinadas com a imagem do E-fit.

– Mas como se encontra um morto aleatório de uma época qualquer?

Até Bu se virou para o outro lado nesse momento.

– Temos meios – respondeu Stephen.

A expressão viva nos olhos dele havia se apagado, e ele encarou as pessoas sentadas nos leões. Eu tinha feito uma pergunta que eles não queriam ouvir. Fiquei com a impressão de que quanto mais forçasse o assunto, mais infeliz e descompassada eu ficaria. Eu precisava me ater à luz do dia, à sanidade de que eu dispunha no momento.

– Certo – falei, abraçando meu próprio corpo.

– Só queríamos lhe dar um pouco de experiência com sua nova habilidade – disse Stephen. – Mas precisamos voltar ao trabalho. Bu vai levar você de volta.

– Esperem – falei quando Stephen e Callum se viraram para ir embora. – Mais uma pergunta: se fantasmas existem, isso quer dizer que existem... vampiros? E lobisomens?

Qualquer tristeza que eu tivesse causado por minha pergunta anterior foi anulada por esta. Todos riram. Até Stephen, que eu não sabia que era capaz de rir.

– Não seja boba – disse Callum.

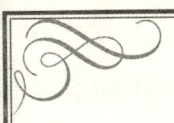

24

Fantasmas, de acordo com a internet:

Almas, assombrações, espectros, poltergeists, aparições. Geralmente definidos como pessoas que voltaram da morte, apesar de também haver animais ou navios-fantasmas, ou mesmo trens, móveis ou plantas-fantasmas. Sabe-se que com frequência se mantêm perto dos lugares onde viveram ou morreram, com expressão triste. Alguns podem ser fotografados, ainda que, quando apareçam em fotografias, seja como um borrão ou um orbe de luz. A ciência rejeita e confirma sua existência. Podem ser contatados através de médiuns, que são todos fraudes.

Em outras palavras, a internet era inútil para me ensinar qualquer coisa, a não ser que um monte de pessoas tinha opinião fortíssima a respeito de fantasmas e que todas as culturas do mundo tinham algo a dizer a respeito deles, ao longo de toda a história. Além disso, um monte de gente que se dizia especialista em fantasmas on-line era claramente muito mais maluca que qualquer um da minha cidade natal, e isso não era pouca coisa.

O que era reconfortante, eu acho, era o simples *número* de pessoas que dizia acreditar em fantasmas e que dizia ter visto algum. Eu nunca estaria sozinha, com certeza. E eles não podiam ser *todos* malucos.

Havia cerca de meia dúzia de programas de televisão dedicados ao tema de caça aos fantasmas. Assisti a alguns. O que vi foram equipes de pessoas se esgueirando por casas com câmeras de visão noturna, dando um pulo a cada ruído e dizendo "Ouviu isso?", dando replay no tal ruído várias e várias vezes – e o barulho era sempre uma pancadinha ou uma porta se fechando. Ou então eles tinham algum mecanismo que seguravam em algum lugar da casa e diziam: "É, um fantasma esteve aqui."

Nada muito impressionante. Nenhum deles via uma pessoa de verdade, falando. Os programas, concluí, eram todos um monte de besteira, feitos para entreter pessoas que gostavam muito de ver coisas sobre fantasmas e não ligavam para o quão patéticos esses programas fossem.

Esse meu pequeno projeto de pesquisa, apesar de improdutivo, foi bom para manter minha mente estável. Eu estava fazendo alguma coisa, e fazer alguma coisa era melhor que não fazer nada. Eis um fato curioso sobre a mente humana: ela consegue lidar com bastante coisa. Quando algo novo entra em sua realidade e você acha que não consegue lidar com isso, sua mente consegue. Ela faz todo o possível para acomodar a nova informação. Quando a informação é grande e difícil demais de processar, às vezes seu cérebro pula por cima do estresse e da confusão e vai direto para uma ilha feliz, um lugarzinho agradável.

Minha nova habilidade não interferiu em minha vida. Eu me acostumei a ver Alistair – afinal de contas, tirando o corte de cabelo não havia nada de estranho com ele. Era só um cara mal–humorado na biblioteca. Apesar de levemente menos mal-humorado agora que tinha um monte de álbuns em um iPod, que ele escondeu em algum lugar da biblioteca, deixando claro que estava disposto a trocar trabalhos por mais música. Tínhamos descoberto uma moeda que ele aceitava.

Além do mais, eu via Bu todos os dias – alguém com a mesma habilidade que eu e que não estava nem um pouco incomodada com isso.

Não cheguei a realmente esquecer, mas esse novo conhecimento deslizou para o fundo da minha mente... e eu me adaptei. Consegui seguir em frente para lidar com questões mais prementes, como a festa de gala que estava por vir. Depois de muitas noites de discussão em nosso quarto, decidimos ir à festa como as Spice Girls versão zumbi. Bu nascera para ser a esportista, já que poderia jogar cada uma de nós por cima de um muro sem quebrar uma unha. Jazza seria a Ginger, porque tinha a peruca vermelha e um forte desejo de costurar um vestido a partir da Union Jack. (Apesar de terem me explicado diversas vezes, já que o tio de Jazzy era da Marinha, que só se chamava a bandeira do Reino Unido de Union Jack quando era hasteada no mar. Caso contrário, era apenas a bandeira da União. Eu estava aprendendo todo tipo de coisa em Londres, principalmente a respeito de fantasmas e bandeiras e grupos de música pop que já haviam se separado, mas ainda assim... aprender é bom.) Eu, aparentemente, era naturalmente boa para a Scary. Quando perguntei se era porque meu cabelo era escuro, elas apenas riram, então eu não tinha ideia do que isso queria dizer. No geral, nossas fantasias se tratavam simplesmente de colocar um pouco de maquiagem zumbi, roupas apertadas e sapatos plataforma que Bu comprou em uma loja de segunda mão. Tínhamos um osso de plástico para dizer que era a Posh, e se alguém perguntasse sobre a Baby, diríamos apenas que a havíamos comido.

Bu estava no fim do corredor fazendo umas tatuagens falsas com Gaenor. Jazza estava tentando entrar no vestido da Union Jack, que ela tinha feito a partir de uma fronha. Eu estava tentando desfiar meu cabelo para fazê-lo ficar o mais volumoso possível.

– Você nunca me mostrou seu artigo – disse ela, do nada. – Sobre Pepys. Você tinha dito que queria que eu lesse.

– Ah... – Esfreguei a maquiagem cinzenta com força no meu rosto. – Não foi tão difícil quanto imaginei.

– Você acabou escrevendo sobre o quê?

Eu não tinha ideia do que acabara escrevendo. Tinha digitado, mas mal tinha lido. Tinha algo a ver com o conceito de um diário mantido ao mesmo tempo para leitura pública e privada e sobre como isso afetava o tom da narrativa. Então menti:

– Comparei com registros modernos de grandes eventos. Como o furacão Katrina. Ele escreveu sobre o Grande Incêndio de Londres, que foi o que viveu. Escrevi sobre o hábito de se falar sobre coisas que afetam você de forma pessoal.

Na verdade era uma ideia genial. Eu só tinha ideias geniais depois que a coisa acontecia. Eu deveria ter simplesmente escrito o maldito trabalho.

– Você e Bu estão se dando muito melhor esta semana – disse ela, enquanto conferia o busto.

O vestido era muito apertado. Irrompia dele uma nova Jazza, quase literalmente. Em circunstâncias normais eu teria começado uma piada sobre isso, mas estava farejando um problema. Aquelas palavras significavam: "Você não me disse nada sobre Bu esta semana, e agora estou convencida de que você gosta mais dela do que de mim."

– Eu a aceitei – falei, o mais tranquilamente que consegui. – Ela é nosso bichinho de estimação.

Jazza me lançou um olhar de esguelha enquanto puxava o vestido mais para cima para cobrir seus trunfos femininos. Era errado me referir a Bu como um bichinho. Era o tipo de coisa que Jazza normalmente repreenderia, mas ela não disse nada.

– Poderia ser pior – falei.

– É claro – disse Jazza, indo até a escrivaninha. – Não estou dizendo que, você sabe, que eu... mas... eu tenho...

Bu voltou, vestida em um casaco esportivo brilhante, o cabelo preso em um rabo de cavalo lateral. Eu tinha certeza de que eram algumas das roupas normais dela, e não algo que tivesse comprado para compor a fantasia.

– Olha só isso – disse ela, imediatamente plantando uma bananeira e andando um pouco. Então ela virou e bateu na mesa de Jazza, quase derrubando os porta-retratos. – Não faço isso desde os catorze anos, né.

Jazza me olhou pelo espelho enquanto colocava os cílios postiços.

A expressão em seu rosto indicava que seu nível de paciência minguava rapidamente.

Tínhamos decidido ficar juntas por pelo menos meia hora, para que todos pudessem absorver nossa fantasia de grupo. A custódia de Posh, o osso, seria compartilhada. Os monitores tinham feito um ótimo trabalho transformando o refeitório em locação para uma festa estilo Halloween. Comendo ali todo dia, eu me esquecera de que era uma antiga igreja. A decoração realmente destacava essa característica: as velas nas janelas com vitrais, as falsas teias de aranha penduradas por toda parte, a meia-luz. Charlotte, em uma fantasia de policial de saia bem curta, liderava a brigada da dança, pulando para um lado e para outro na parte frontal do salão, o longo cabelo ruivo batendo para um lado e para outro como uma capa de toureiro. Ela era a monitora-chefe, e pretendia nos mostrar como aproveitar uma festa se necessário.

Sabe-se lá por que Charlotte tinha resolvido ir à festa de stripper. Eu me vi sem palavras quando ela elogiou nossas fantasias.

– Você é uma... – tentei encontrar a coisa certa a dizer – uma policial gostosona?

– Sou *Amy Pond* – corrigiu ela. – Do *Doctor Who*. Essa é a roupa que ela usa no começo.

Foi um bom momento para encontrar Jerome. Ele vestia roupas normais, só que com um monte de pedaços de papel rabiscado grudado, e usava o cabelo para cima. Trazia uma caneca de café na mão.

– *Tell me what you want, what you really, really want* – cantou ele.

Tínhamos planejado o que falar quando alguém nos dissesse isso.

– Céééérebro – respondemos, em uníssono.

– É ao mesmo tempo triste e incrivelmente impressionante que vocês tivessem uma resposta pronta.

– Você está de quê? – perguntei.

– Sou o Fantasma da Véspera das Provas.

– E de quanto tempo você precisou para inventar sua fantasia? – perguntou Jazza.

– Sou um cara ocupado.

Formamos um grupo junto à pista de dança: eu, Jazza, Jerome e, de vez em quando, Andrew, Paul e Gaenor. Bu, descobrimos rapidamente, levava a coisa da dança muito a sério. Estava bem na frente, perto da bancada do DJ, fazendo passos complicados e de vez em quando a bananeira-surpresa.

O salão estava quente – em pouco tempo pingávamos de suor. Os vitrais tinham uma camada de vapor. E, ao contrário das festas americanas, eles não estragavam tudo com a inoportuna música lenta a cada cinco ou seis músicas. Ali era dança o tempo todo, com um monte de remixes, como uma boate de verdade. Minha fantasia de Scary Spice, que consistia em um top esportivo e calça larga, na verdade era uma bênção. Eu ficaria toda suada com uma blusa.

Jerome e eu não dançamos exatamente juntos, mas ficamos lado a lado. De vez em quando ele tocava minha cintura ou meu braço (aparentemente sem querer). Qualquer coisa além disso seria significativa demais, mas eu sentia que estava captando a mensagem. Ele também tinha que exercer sua função de monitor, então volta e meia saía para repor o conteúdo de travessas de comida ou cuidar do bar. Essa era outra coisa estranha: o bar. Um bar de verdade, com cerveja de verdade. Tínhamos tíquetes que permitiam que tomássemos duas canecas cada um. Não faço a menor ideia de como isso era administrado. Jerome tinha tentado me explicar como, apesar de a lei dizer que era preciso ter dezoito anos para beber em um pub, as circunstâncias variavam, e em um evento fechado com professores isso de alguma forma era legal. Peguei uma das minhas cervejas, mas eu estava pulando de um lado para outro e suando demais para bebê-la. Teria vomitado instantaneamente. Mas parecia que duas cervejas não eram nada para o aluno inglês comum. Todos os outros engoliram as deles, e eu tinha razoável certeza de que a regra dos dois tíquetes não estava sendo muito estritamente aplicada.

Conforme a noite se estendia, surgiu um odor não desagradável no ar, o de cerveja e dança. Comecei a esquecer qualquer momento em que eu não tivesse estado naquele lugar, com as luzes estroboscópicas contra os vitrais e as paredes de pedra, os professores nas sombras, olhando seus celulares por puro tédio.

Na verdade, a princípio pensei que ele fosse um professor. Ele apareceu atrás de Jazza. O terno, a careca.

– O que houve? – gritou Jazza, contente.

É claro que ela não podia vê-lo, apesar de ele estar bem às costas dela, de pé. Ele acariciou os ombros de Jazza gentilmente, com a ponta dos dedos. Eu a vi crispar-se um pouco e sacudir a peruca. Ele deu a volta e se colocou entre nós duas.

– Vamos lá para fora – disse ele. – Agora.

Comecei a recuar, muito lentamente.

– Aonde você vai? – gritou Jazza.

– Banheiro – falei, depressa.

– Está se sentindo mal? Você parece...

– Não – gritei de volta, sacudindo a cabeça.

Sair daquele salão foi a coisa mais difícil que já precisei fazer. Eu sentia o calor de todo mundo às minhas coisas. Lá fora estava frio... um frio luminoso, um frio que enlevava. Cada poste de rua estava aceso. Cada luz de cada janela. Tudo para lutar contra a escuridão do céu, a escuridão que se erguia e se erguia, para sempre. Este fino e tênue halo tão próximo do chão. O vento coiceava em fúria, fazendo folhas girarem e se agitarem ao nosso redor, e eu me lembro de pensar: *É isso. Estou andando na direção da eternidade.* Era quase engraçado. A vida parecia totalmente acidental em sua brevidade, e a morte, o arremate de uma piada ruim.

O som de nossos passos era muito alto contra a calçada. Quer dizer, os meus eram. Não acho que os do homem fizessem algum ruído. E a voz dele não ecoava por entre os prédios. Ele me guiou até a rua, onde nos pusemos a andar ao lado de todas as lojas fechadas.

– Só estava com vontade de conversar – disse ele. – Não tem muita gente com quem eu consiga falar. Não sei se você se lembra de quando nos encontramos pela primeira vez. Eu estava no Flowers and Archers. Na noite do segundo assassinato.

Eu não tinha a menor recordação disso.

– É uma habilidade bem incomum, a que você tem – disse ele. – Em parte genética, em parte pura sorte, e você nunca pode falar sobre isso com nenhuma pessoa racional. Eu me lembro da sensação.

– Você era...

– Ah, sim. Eu era como você. É difícil, eu sei. Transtorna. Os mortos não deveriam ficar entre os vivos. É uma violação da ordem natural das coisas. Tudo o que eu sempre quis fazer na vida era entender o sentido disso. E agora, aqui estou eu... parte do quebra-cabeça.

Ele sorriu para mim.

Estava frio de dentro para fora. Meu *cabelo* estava frio. Meus *pensamentos* estavam frios. Era como se cada célula do meu corpo tivesse parado de desempenhar sua função celular e enrijecido no lugar. Meu sangue havia parado, não tinha mais o poder de conferir vida, e minha respiração se cristalizava e perfurava meus pulmões como estilhaços de vidro.

– Já conheceu outros como nós? – perguntou ele. – Ou você está completamente sozinha no mundo?

Algum impulso me mandou mentir. Tive a impressão de que só arranjaria mais confusão se contasse que tinha conhecido algumas pessoas, por acaso a *polícia dos fantasmas*...

– Só gente esquisita – falei. – Lá onde eu morava.

– Ah. Gente esquisita lá onde você morava.

Uma folha foi soprada de uma árvore e começou a passar lentamente através do ombro dele no caminho para o chão. Ele se contraiu um pouco e a afastou com a mão.

– Seu nome... Aurora. É muito incomum. Nome de família?

– Minha tataravó.

– É um nome cheio de significado. É o nome da deusa romana do crepúsculo e das luzes polares.

Eu tinha pesquisado meu nome no Google. Sabia disso. Mas decidi não interrompê-lo para dizer que eu já tinha essa informação.

– E também – acrescentou ele – de uma coleção de diamantes que fica bem aqui em Londres, a Pirâmide Aurora da Esperança. Belo nome. É a maior coleção de diamantes coloridos do mundo. Você deveria vê-los sob uma luz ultravioleta. Maravilhosos. Nutre algum interesse por diamantes?

Foi quando vi Bu. Ela estava andando muito casualmente na nossa direção, como se nem o estivesse vendo, falando bem alto ao telefone no que parecia uma conversa de mentira. Devia ter me visto sair ou tê-lo visto. Qualquer que fosse o caso, ela estava ali.

– Aquela garota – disse ele. – Eu vi você com ela. Tenho a impressão de que ela a irrita.

– Ela é minha colega de quarto.

Bu estava se saindo muito bem em fingir que não conseguia vê-lo. Estava acenando para mim e falando bem alto.

– É, é – dizia Bu ao telefone. – Ela está aqui mesmo. Fale você com ela...

– Ela é muito barulhenta – disse o homem. – É algo que eu acho um tanto irritante, como todos falam tão alto o tempo todo ao celular. Essas coisas não existiam quando eu estava vivo. Eles fazem com que as pessoas sejam tão rudes!

Bu esticou o telefone para mim com ambas as mãos. Ela o segurava de um jeito estranho, com os dedos no teclado.

Ele se lançou para a frente e a agarrou pelos pulsos. Com um movimento fluido, ele a atirou para a rua, bem em frente a um carro que estava passando. Foi muito rápido – dois segundos, três segundos. Eu a vi atingir o carro. Eu a vi quebrar o farol dianteiro e escorregar pelo capô e se chocar contra o para-brisa. Então eu a vi rolar para baixo quando o motorista derrapou até frear.

– Da próxima vez – disse ele –, conte a verdade quando eu fizer uma pergunta.

Ele estava bem diante de mim. Eu não sentia sua respiração porque, é claro, ele não respirava. Era apenas frio. Eu me mantive completamente imóvel, até que ele recuou e saiu andando. Os gritos do motorista me colocaram em ação. Ele tinha saído do carro e estava de pé diante de Bu, dizendo "Não, não, não...".

Fui para a rua, até Bu. Minhas pernas não pareciam ligadas ao meu corpo, mas continuei andando para a frente e me ajoelhei no chão ao lado dela. Havia algum sangue em seu rosto, de algum corte, mas no geral ela parecia apenas adormecida. Sua perna estava em um ângulo terrível, antinatural.

– O que ela estava fazendo? – gritou o motorista, agarrando a cabeça. – O que ela estava fazendo? Ela pulou...

– Chame a emergência – falei.

O homem do carro ainda estava agarrando a cabeça e surtando, então tive que gritar com ele, que finalmente pegou o telefone, com as mãos tremendo.

– Bu – falei, erguendo a mão flácida dela –, você vai ficar bem. Vai ficar tudo bem. Prometo. Vai ficar tudo bem com você.

Ouvi o motorista passando as informações sobre onde estávamos, a voz dele fraquejando. As pessoas correram até nós. Outros pegaram seus celulares. Mantive meus olhos em Bu, minha mão na dela.

– O que aconteceu? – perguntou o motorista. – Ela estava bêbada? Ela pulou? Eu não entendo... não entendo...

Ele estava quase chorando agora. É claro que não entendia. Estava apenas dirigindo o carro pela rua quando, de repente, uma garota da calçada se lançou na sua frente. Não foi culpa dele, e não era culpa dela.

– Está ouvindo isso? – falei para ela quando ouvi as sirenes se aproximando. – O socorro está quase chegando.

Ouvi alguém correr na nossa direção e, ao erguer os olhos, vi Stephen. Ele se ajoelhou e a examinou rapidamente. Depois, pegou o celular que ainda estava nas mãos dela.

– Venha – disse ele, me colocando de pé.

– Não vou deixá-la sozinha.

– Tem uma ambulância e diversas viaturas de polícia bem atrás de nós. Você tem que sair daqui. Agora. *Agora*, Rory. Se quer ajudá-la, venha comigo.

Dei uma última olhada em minha colega de quarto caída na rua, então deixei que ele me levasse até a viatura que nos aguardava e aceleramos para longe dali, as luzes piscando.

PUB TEN BELLS, WHITECHAPEL
2 DE NOVEMBRO
20H20

Caramba, como era bom ser um estripadologista.

Era a primeira vez que Richard Eakles conseguia dizer isso, até pensar isso. Ser um estripadologista nunca tinha sido legal. Desde os quinze anos, Richard era obcecado por Jack, o Estripador. Tinha lido cada livro a respeito. Acompanhava cada site. Frequentava os fóruns. Aos dezessete anos, já ia a conferências. E agora, aos vinte e um, era um dos administradores do arquivosdoestripador.com – um site que era também uma base de dados sobre o Estripador, considerado o melhor do mundo. Ah, algumas pessoas (não era preciso citar nomes) já tinham rido de seu hobby. Ninguém ria agora. Agora ele era necessário. Estripadologistas eram os únicos que podiam ajudar. Estripadologistas vinham conduzindo a investigação sobre o Estripador havia mais de cem anos.

Na verdade, aquela noite tinha sido ideia dele. Ele postara no fórum. Talvez devessem fazer uma conferência, discutir teorias... A ideia se espalhara na comunidade de estripadologistas como um incêndio florestal. E aí todo mundo queria participar. BBC. CNN. Fox. Sky News. A rede de noticiários do Japão. A agência France-Press. A Reuters. A lista continuava indefinidamente. E não era apenas a imprensa. A Scotland Yard e, diziam alguns, o serviço secreto britânico também iam comparecer. A conferência era o evento mais quente de Londres aquela noite, e ele era uma das estrelas.

Eles tinham a locação perfeita: o Ten Bells, o famoso pub localizado bem no centro da área do Estripador, frequentado por várias das vítimas em 1888. Nos tempos modernos, o Ten Bells era lotado de estudantes e grupos de turistas que tinham acabado de sair dos tours temáticos de Jack, o Estripador. Os estudantes iam ao pub pela bebida barata e pelos sofás e cadeiras surrados. Os turistas iam para absorver o ladrilho original e beber cerveja inglesa de verdade em um pub inglês onde Jack, o Estripador, provavelmente *estivera*.

Naquela noite, no entanto... estava bem mais difícil conseguir entrar. Havia filas de veículos da imprensa com satélites pela rua. Havia polícia e multidões de observadores e pessoas com câmeras. Ao menos uma dezena de repórteres de noticiários estava do lado de fora, fazendo a cobertura. A calçada flamejava com as luzes das câmeras. Richard teve que erguer o crachá que usava no pescoço e se espremer para entrar.

Lá dentro estava tudo ainda mais intenso. O Ten Bells era apenas um pub de tamanho normal, não o tipo de lugar onde realmente se podia realizar uma conferência internacional de grande porte. O espaço atrás do bar fora convertido no lugar das câmeras dos noticiários, todas apontando para uma pequena mesa na parte dianteira da sala, junto à pequena tela e ao quadro branco que ele solicitara para a apresentação. Todas as janelas haviam sido cobertas com um material pesado para que ninguém lá fora pudesse ver o que acontecia no interior.

Richard fizera uma pequena pesquisa na internet e descobrira que, quando você é filmado, deve evitar roupas com estampas de padronagem. Deixava a câmera maluca ou algo parecido. Então tinha se contentado com uma camisa social preta lisa por cima de sua camiseta com os dizeres Lembre-se de 1888. Ele parou um momento para cumprimentar alguns dos outros blogueiros famosos que escrevem sobre o Estripador, a quem haviam permitido dar as últimas entradas restantes, e então tomou seu lugar à mesa. Eles realmente tinham conseguido organizar um painel incrível para aquela noite, os estripadologistas do mundo inteiro. Três deles da Inglaterra, dois dos Estados Unidos, um do Japão, um da Itália e um da França – todos eram especialistas no caso.

Já que tinha sido Richard quem ajudara a fazer o evento acontecer, ele seria o primeiro a falar. A apresentação dele era a mais geral, mas os não especialistas precisavam saber o básico.

Depois de se certificar de que todos estavam em seus lugares, Richard se levantou e encarou a multidão. Nossa, como estava quente ali. Ele já estava suando. Agarrou o marcador de feltro com firmeza nas mãos.

– Boa noite – começou, tentando manter a voz firme. – O foco de discussão desta noite vai ser o quinto assassinato canônico de 1888. Vamos começar com uma visão geral daquela noite e então passar para alguns detalhes específicos, algumas teorias e recriações em 3D da cena. Então, permitam-me começar...

Tantas câmeras. Tantas câmeras apontando para ele. Toda a vida dele havia conduzido àquele momento.

– Assassinato número cinco – prosseguiu Richard. – Mary Jane Kelly. Vista com vida pela última vez pouco após as duas da manhã no dia nove de novembro de 1888. O corpo foi descoberto em seus aposentos por volta das dez e quarenta e cinco da mesma manhã, pelo proprietário, que tinha ido cobrar o aluguel. Kelly foi a única vítima assassinada dentro de casa. Seu corpo foi consideravelmente mutilado, muito provavelmente porque o Estripador teve o tempo e a privacidade para fazer as coisas da maneira que... que realmente queria. As roupas de Mary Jane estavam cuidadosamente dobradas sobre uma cadeira, as botas diante do fogo. Essa cena do crime também foi a única fotografada. Vamos mostrar essas fotos agora. Gostaria de advertir que, apesar de as imagens serem de baixíssima qualidade para os padrões modernos, ainda assim são extremamente explícitas.

Richard deu o sinal para que as luzes fossem apagadas. Embora ele já tivesse visto aquela fotografia centenas (talvez milhares) de vezes, nunca deixava de se arrepiar. Era a fotografia que mostrava bem o quão terrível e brutal o Estripador tinha sido, por que ele precisava ser identificado, apesar de já ter morrido fazia muito tempo. A pele das coxas da jovem fora removida e colocada sobre uma mesa ao lado da cama. Os órgãos internos haviam sido retirados, alguns colocados em torno do corpo de forma ordenada. Mary Kelly precisava de justiça. Talvez, com tudo aquilo que estava acontecendo, agora ela finalmente a alcançasse.

A multidão dentro do Ten Bells encarou a fotografia. Tinha sido muito exibida ao longo das últimas semanas. Ninguém tivera a reação horrorizada apropriada conforme ele passava as fotos dos diversos ferimentos sofridos pela jovem. Alguns repórteres e blogueiros proeminentes faziam anotações. Os policiais, sentados, ouviam de braços cruzados.

– Certo – disse Richard. – Podemos acender as luzes novamente.

As luzes não se acenderam.

– Certo – repetiu ele, dessa vez mais alto. – As luzes, por favor.

Ainda nada das luzes. Na verdade, tudo na sala desligou. Todas as luzes das câmeras se apagaram, assim como o computador de Richard. Houve grunhidos e gritos quando dezenas de câmeras ao vivo pararam de funcionar ao mesmo tempo, e as pessoas começaram a se chocar na escuridão intensa.

Richard ficou onde estava, perto do quadro, se perguntando o que fazer. Deveria simplesmente continuar falando? Ou deveria esperar até as câmeras poderem filmá-lo de novo? Era muito difícil, aquilo de estar no meio de uma cobertura internacional.

Richard sentiu a caneta ser retirada de sua mão e o súbito chiado que fez no quadro. Alguém estava escrevendo algo ali, mas ele não conseguia ver quem. Ele deu um passo na direção do quadro, no lugar para onde a pessoa deveria estar, e tateou na escuridão. Não tinha ninguém ali.

A caneta foi cuidadosamente recolocada em sua mão.

– Quem é você? – sussurrou ele. – Não consigo ver.

Em resposta, a pessoa invisível o empurrou com força contra o quadro, esmagando o rosto dele ali. Então as luzes voltaram.

Richard ouviu um grunhido confuso perpassar o ambiente enquanto absorviam a visão dele esparramado contra o quadro, os braços abertos. Quando ele recuou alguns centímetros e tentou recuperar a compostura, viu algo escrito no quadro em grandes letras garrafais:

O NOME DA ESTRELA É O QUE VOCÊ TEME

Crueldade interior

Desejamos que os mortos de fato
Ainda estejam perto e ao nosso lado?
Não há improbidade que prefiramos esconder?
Nenhuma crueldade interior que devamos temer?
– *Alfred Lord Tennyson,*
"In Memoriam A.H.H.", Parte 51

25

Stephen dirigia com uma intensidade austera, inabalável. Passamos em alta velocidade pela escola, por um gigantesco aglomerado de veículos de jornais e revistas e por viaturas em torno de Spitalfields Market. Tive que sentar no banco traseiro, porque não se pode sentar no da frente a não ser que você seja um policial – então eu devia parecer uma criminosa para algum passante. Uma jovem criminosa em prantos e com maquiagem de zumbi.

– Como soube onde estávamos? – perguntei, enxugando os olhos com as costas da mão.

– Ela me telefonou dizendo que você tinha sumido da festa e ligou de novo da rua quando encontrou você.

– Quero ir para o hospital.

– É o último lugar para onde você vai – disse Stephen, dando uma olhada para mim pelo retrovisor. – Você já está no HOLMES.

– No quê?

– HOLMES. É a sigla para a base de dados da polícia inglesa, quer dizer que você está no sistema. Você é uma testemunha nos assassinatos do Estripador, e está sob nossa proteção. E a instituição policial não sabe de fato que existimos. Isso tudo acaba de ficar muito, muito complicado.

– Complicado? – revidei. – Bu está lá atrás no meio da rua, provavelmente morta, e tudo o que você me diz é que isto é *complicado*?

– Estou tentando proteger você; vocês, aliás. Não havia nada que você pudesse fazer para ajudá-la. A ambulância estava bem atrás de nós. A melhor coisa que podemos fazer é tirar você daqui.

Ele tirou seu chapéu de policial e enxugou a testa.

– Rory, me diga uma coisa. O que aconteceu com o Estripador?

– O quê?

– O que aconteceu com ele depois do acidente?

– Ele saiu andando – falei.

– Houve luzes? – perguntou ele, agora com mais urgência. – Sons? Qualquer coisa? Tem *certeza* de que ele saiu andando?

– Ele saiu andando – repeti.

Stephen deixou escapar um som alto de exasperação e ligou as luzes e sirenes do carro. Então enfiou o pé no pedal. Fui jogada para trás no banco devido ao aumento brusco da velocidade. Eu conseguia determinar basicamente que estávamos indo na direção do centro de Londres. Dentro de alguns minutos, percebi que estávamos indo para Goodwin's Court. Quando chegamos lá, Stephen parou o carro abruptamente. Tive que esperar que ele me deixasse sair, então ele me apressou pelo beco e para dentro do prédio. As luzes automáticas se acenderam quando ele me fez subir correndo as escadas.

– Tenho que ligar para uma pessoa – explicou ele, acendendo a luz do teto. – Sente-se.

Stephen seguiu o pequeno corredor e entrou no cômodo contíguo à sala, me deixando sozinha por um momento. O apartamento estava frio e tinha um cheiro rançoso. Perto da porta havia uma sacola com embalagens para viagem usadas, cheias de restos de comida chinesa e *fish and chips*. Havia roupas espalhadas pelos sofás e cadeiras. Tinha havido uma espécie de explosão de papelada por cima das janelas: pilhas de pastas de manilha estavam reviradas, páginas empilhadas, separadas em montes e espalhadas. Todas as anotações nas paredes pareciam ter sido substituídas por novas.

Dava para ouvir Stephen através da parede fina, falando com alguém num tom de urgência.

– Como está Bu? – perguntei quando ele voltou.

– Ainda não sei. Tenho um contato no hospital que vai me mandar informações. Sua escola foi avisada de que você está com a polícia prestando depoimento. Você precisa se sentar. Temos que conversar.

– Não quero sentar. Quero ver minha colega de quarto.

– Ela não é sua colega de quarto. É uma policial. E a única coisa que você pode fazer para ajudá-la é me contar o que sabe.

– Ela *ainda* é minha colega de quarto – insisti.

O que era estranho, porque até bem pouco tempo eu teria vendido Bu pelo lance mais baixo num leilão. Agora o bem-estar dela era a única coisa que importava.

– Você quer ajudá-la? – perguntou Stephen. – Então vai me contar tudo.

Ele indicou o sofá. Eu me sentei. Ele puxou uma das cadeiras e se sentou bem na minha frente, se inclinando para me olhar nos olhos, como se pudesse determinar se eu deixaria de mencionar alguma coisa examinando minhas pupilas bem de perto. Eu já tinha sido interrogada pela polícia. Ao menos aquela experiência havia me deixado preparada.

– Estava tendo um baile na escola... – comecei.

— Eu sei — interrompeu ele.

— Você me mandou contar tudo — retruquei. — Então vai ouvir ou vai me dizer o que é que já sabe?

Stephen ergueu as mãos, me dando razão.

— Vá em frente.

— Era dia de baile na escola — repeti. — E estávamos... dançando. Corria tudo bem. Até que ele apareceu. Ele simplesmente estava ali...

— Ele?

— O homem, o cara. O Estripador. — Falar o 'Estripador' me deu enjoo. Enxuguei o nariz com as costas da mão. — Ele estava de pé bem na minha frente. Quer dizer... eu conseguia *sentir* o cara. Conseguia sentir alguma coisa. Ele me disse para ir lá fora com ele... Eu não queria, mas...

Só então me ocorreu o que poderia ter acontecido se eu não tivesse ido com ele. Era possível que ele simplesmente tivesse ido embora, que Bu estivesse bem agora. Era igualmente possível que ele tivesse enfiado uma faca bem no pescoço de Jazza. E agora, com a oportunidade de pensar nas possibilidades, comecei a estremecer.

— Ele me perguntou se eu lembrava onde tínhamos nos conhecido. Achei que havia sido na escola, mas ele disse que foi no Flowers and Archers, na noite do segundo assassinato...

— Você estava no Flowers and Archers na noite do segundo assassinato?

— Meu... amigo. Jerome. Ele queria ir. Fomos só até a rua, não até o pub. Não dava para chegar perto do pub.

— Eu estava lá — disse Stephen. — Está me dizendo que ele também?

— Foi o que ele disse. Falou que nos conhecemos lá, mas eu não me lembro dele.

– Mas ele se lembrava de você. Então você deve ter reagido a ele de alguma maneira. Mesmo que tenha sido apenas olhando para ele, dando a volta. Ele soube que você podia vê-lo.

– Bom, sim. Ele sabe que eu posso vê-lo. Ele sabe que eu tenho... esse negócio. Isso que fazemos. Porque ele também tinha.

– Ele tinha a *visão*?

Algo em Stephen apitou. Ele bateu nos bolsos até encontrar o celular e então leu a mensagem. Agarrou o controle remoto e ligou a televisão. O familiar logo vermelho da BBC iluminou a sala.

O repórter estava de pé do lado de fora, banhado pelo brilho das dezenas de câmeras e seus equipamentos de iluminação.

"*... uma noite muito estranha aqui no Ten Bells, que recebeu hoje a conferência internacional sobre o Estripador. O organizador, Richard Eakles, tinha acabado de começar sua apresentação quando, segundo as testemunhas, houve um corte na energia. Eakles alega que, enquanto o ambiente estava mergulhado em escuridão, alguém o imprensou contra o quadro e escreveu uma mensagem...*"

A imagem cortou para uma fotografia do quadro branco, as palavras escritas em caixa alta, em uma caligrafia firme. O NOME DA ESTRELA É O QUE VOCÊ TEME.

"*O significado desta mensagem ainda não está claro*", prosseguiu a repórter, "*mas algumas pessoas assinalaram que a citação é similar a uma passagem da Bíblia...*"

– É do Apocalipse – falei. – O restaurante de frutos do mar lá da minha cidade cita trechos do Apocalipse toda semana. É por isso que chamamos de Sustos do Mar. É uma passagem sobre o terceiro anjo que aparece no fim do mundo. Algo sobre uma estrela que se chama Amargura.

Havia pilhas de livros nas paredes. Stephen os percorreu com os olhos até finalmente encontrar o que ele queria em uma pilha alta. Conseguiu retirá-lo, mas cinco ou seis que estavam no topo foram quicando até o chão. Ele os ignorou e começou a folhear as páginas finíssimas.

– Onde, onde, onde... Aqui. 'O terceiro anjo tocou a sua trombeta, e caiu do céu uma grande estrela, ardendo como uma tocha, e caiu sobre a terça parte dos rios, e sobre as fontes das águas. Amargura era o nome da estrela; e a terça parte das águas tornou-se em amargor, e muitos homens morreram das águas, porque se tornaram amargas.'

No noticiário, estavam de volta ao estúdio, e o repórter falava com um convidado:

"... a maior parte das pessoas aqui tem a sensação de que este incidente foi algum tipo de peça, mas alguns levantaram a preocupação de que de alguma forma o verdadeiro Estripador tenha conseguido deixar esta mensagem. Se tiver sido o caso, poderia ter sérias implicações. Sir Guy, o que acha disso?"

"Bem", respondeu o convidado, *"não acho que possamos descartar que tenha sido uma ameaça terrorista. A citação bíblica indica claramente envenenamento das águas. Acho que seríamos descuidados se não considerássemos a possibilidade de todo este incidente ter sido uma espécie de ataque terrorista, planejado para fazer com que Londres..."*

Stephen desligou a televisão. A sala ficou em silêncio.

– Certo – disse ele após um momento. Então saiu da sala em direção ao corredor. Quando voltou, trazia algumas roupas e uma toalha vermelha grosseira. – É melhor você trocar de roupa. Vai se sentir mais confortável.

O banheiro era totalmente sem frescura, apenas duas escovas de dente, duas toalhas, dois barbeadores. Esfreguei a pele com uma barra de sabonete para as mãos, transformando a maquiagem em uma confusão cinzenta que escorria, fazia meus olhos arderem e que levei dez minutos para enxaguar. Deixei grandes rastros cinza por toda a toalha. Quando me olhei no espelho, minha pele estava pálida e desguarnecida, meus olhos estavam vermelhos e meu cabelo ficara molhado e com vestígios de maquiagem e sabão. Por algum motivo, a visão do meu reflexo quase me levou às lagrimas. Tive que me sentar na beirada da banheira e inspirar profundamente algumas vezes. Então tirei a fantasia e peguei as roupas que Stephen tinha me dado. Descobri que uma delas era uma calça de moletom com os dizeres ETON em uma das pernas. A inscrição estava quebradiça devido às diversas lavagens e aos muitos usos; as letras, rachadas. Eton era um nome que eu conhecia. Também havia uma camisa polo grande demais e muito lavada, de algum evento chamado Regata Wallingford. Stephen tinha bem mais de um metro e oitenta, e eu tinha pouco mais de um e sessenta, então tive que enrolar a barra da calça para conseguir andar.

Quando peguei minhas roupas, senti o volume de meu celular no bolso. Eu o segurei e vi que havia várias mensagens de Jazza e Jerome, querendo saber se eu estava bem. Eu responderia mais tarde. Quando saí, Stephen estava na cozinha, encarando a chaleira elétrica que fervia. Ele fazia isso tão intensamente, na verdade, que eu me perguntei se ele não estava controlando a fervura com a mente.

– Estou fazendo chá – disse ele, mantendo o olhar na chaleira.

A cozinha era tão simples quanto tudo o mais no apartamento, mas os eletrodomésticos embutidos eram todos de alta qualidade – reluzentes e de aço inoxidável. As bancadas eram de um granito brilhante, e os armários, de vidro fumê. Os arredores não condiziam com a pequena mesinha de carteado que servia como mesa de jantar, nem com as cadeiras dobráveis de plástico, nem com as xícaras todas diferentes umas das outras.

— Falei com uma pessoa no hospital — disse Stephen. — Ela está acordada. Estão tirando radiografias agora. Parece que fraturou vários ossos. Eles ainda não sabem a gravidade, mas ela está acordada. É alguma coisa.

Sentei à mesa e coloquei os pés em cima da cadeira. A chaleira rugiu e desligou com um clique. Ele pôs dois saquinhos de chá dentro de duas canecas.

— Apartamento legal — falei, só para diminuir o silêncio.

— Conseguimos com um ótimo desconto. — Ele levou as canecas até a mesa. A minha estava trincada na borda. — Nunca poderíamos pagar um apartamento por aqui, mas... havia um habitante que estava causando problemas aos inquilinos. Ninguém queria morar aqui. Resolvemos o problema.

— Um fantasma?

Ele assentiu.

Envolvi minhas pernas com os braços e apoiei a testa nos joelhos.

— Vocês são os únicos da polícia que estão à procura do Estripador verdadeiro, não são? — perguntei. — Porque a polícia comum não consegue vê-lo. E se vocês não conseguirem impedi-lo?

— Vamos conseguir.

Ele colocou uma caixa de leite pasteurizado na minha frente, como um ponto final para a declaração. Tinha dito tudo o que pretendia a respeito. Ficamos sentados em silêncio por alguns momentos, olhando para o nosso chá, mas nenhum dos dois bebia. Simplesmente o deixamos infundir, cada vez mais escuro, tal como nossos pensamentos. A cozinha não era muito bem-iluminada, então havia um peso, uma melancolia ao nosso redor.

— O que aconteceu com você? — perguntei. — Para você ser assim?

Ele bateu na caneca com a colher, considerando a resposta.

– Acidente de barco. Na escola.

– Eton – falei, apontando para a perna da calça. – Foi onde você estudou?

– Sim.

– E há quanto tempo você é... isso? Um policial, ou seja lá o que você for?

– Dois anos.

Stephen tirou o saquinho de chá da caneca e o colocou na tampa de uma embalagem de comida para viagem. Parecia estar avaliando algo mentalmente. Inspirou profundamente e exalou com ruído.

– Todo mundo sempre soube que Londres é cheia de fantasmas – disse ele. – É uma cidade mais mal-assombrada que o normal. E no espírito de organizar as coisas e controlar o império, foi decidido, sem alarde algum, que algo deveria ser feito, que era preciso manter algum tipo de vigilância. Mas a crença em fantasmas e na ciência, na lei e na ordem não combinava lá muito bem. Em 1882, um grupo de cientistas proeminentes fundou a Sociedade de Pesquisa Sobrenatural, provavelmente a mais séria e respeitável tentativa de estudar o tema da pós-morte. Foi bem no meio do desenvolvimento da força policial e dos serviços de segurança. O sistema policial em si não é lá muito antigo. A Polícia Metropolitana de Londres foi fundada em 1829, e os Serviços de Segurança, com o serviço secreto e coisas assim, em 1909. Então, em 1919, com a ajuda da Sociedade de Pesquisa Sobrenatural, nasceram as Sombras.

– As Sombras?

– É outro termo para fantasmas. Os agentes do serviço secreto são chamados espectros, e nós somos muito mais estranhos e em menor número. Um ramo pequeno e sombrio. Acho que nos chamavam de Scotland Graveyard também. De qualquer maneira, existimos por anos. Muito secretos. Nunca muito grandes. Mas nos anos Thatcher... alguém ficou sabendo do grupo e não gostou. Eu não sei o que aconteceu... alguma questão política. Mas eles descontinuaram o setor no início da década de noventa. Há dois anos, resolveram retomá-lo. Eles me encontraram. Eu fui o primeiro.

– Como encontraram você?

– É complicado – respondeu ele. – E confidencial.

– Então você é um policial? De verdade?

– Sou – disse ele. – Recebi treinamento. O uniforme é de verdade. A viatura me foi designada.

Houve um tilintar de chaves na porta. Callum entrou, usando o uniforme do metrô de Londres.

– O que está acontecendo? – perguntou ele. – Recebi sua mensagem.

– Houve um acidente – respondeu Stephen.

– Que tipo de acidente?

– Bu...

– Bu foi atropelada – falei. – O Estripador foi atrás de mim. Bu tentou ajudar, e ele a jogou na frente de um carro.

Por um momento, Callum não conseguiu falar. Apoiou-se contra o balcão da cozinha e colocou a mão na testa.

– Ela está...

– Está ferida – disse Stephen –, mas viva. Tive que tirar Rory da cena.

– Viva? Viva e consciente? Viva como?

– Não estava consciente na cena – disse Stephen.

Callum simplesmente me encarou.

– Não é culpa dela – disse Stephen.

– Eu sei disso – retrucou Callum, mas agia como se não soubesse. – Por favor, me diga que ela conseguiu pegá-lo. Por favor, diga que sim. Que pelo menos esse seja o desfecho disso tudo...

– Parece que ela tentou – disse Stephen. – Mas não.

– Foi um erro tê-la mandado sozinha – exasperou-se Callum. – Eu disse que era um erro. Eu falei que deveríamos ter ficado na escola.

– Precisávamos investigar...

– Investigar o quê? O que exatamente descobrimos até agora?

– Ele falou com Rory – disse Stephen, aumentando o tom de voz. – Descobrimos algumas coisas. Descobrimos que ele tinha a visão quando estava vivo. Provavelmente é por isso que anda no rastro de Rory. Provavelmente foi por isso que matou em Wexford. Ele encontrou alguém que podia vê-lo; ouvi-lo.

– Ah, ótimo – disse Callum. – Agora sim. Parece que resolvemos o caso.

– Callum! – a voz de Stephen soou grave quando ele gritou. Senti a frequência sonora no meu estômago. – Você não está ajudando. Então pode parar agora ou ir lá fora andar até isso passar.

Por um momento, achei que eles iam brigar – uma luta de verdade, física. Mas Callum se levantou, endireitou a postura e saiu da sala com passadas fortes. Ouvi uma porta bater em algum outro lugar do apartamento.

– Desculpe – disse Stephen, baixinho. – Ele já vai se acalmar.

Dava para ouvir objetos sendo arremessados em outro aposento. Então a porta se abriu novamente e Callum voltou à cozinha, fazendo a mesa chacoalhar e derramando nosso chá ao se sentar pesadamente.

– Então o que sabemos? – perguntou ele.

– Temos alguém resolvendo as questões burocráticas. Ele vai me dizer quando estiver tudo certo para levar Rory de volta a Wexford. Até lá, devemos ficar aqui com ela.

– Deveríamos estar lá fora, enfrentando o Estripador.

– Eu também gostaria de fazer isso – disse Stephen –, mas não temos ideia de onde ele está. Nesse meio-tempo, o que podemos fazer é trabalhar com o que ele disse esta noite. Ele se comunicou.

Stephen rapidamente colocou Callum a par de todas as mensagens enquanto eu tomava chá, de cabeça baixa. Eu estava com um pouco de medo deles no momento. Bu fora ferida por minha causa.

– Tinha algo escrito em uma das paredes depois de uma das mortes de 1888 – disse Stephen. – Após o quarto assassinato, uma pichação antissemita. A maior parte das pessoas acha que era uma pista falsa, que simplesmente não foi escrita pelo Estripador ou que, caso tenha sido, provavelmente a intenção era fazer a polícia seguir a trilha errada. Esta mensagem parece errada...

– Talvez ele só quisesse aparecer na conferência – disse Callum. – Deixar um sinal para os fãs.

– É possível – disse Stephen. – Tudo o que ele fez até agora foi para atrair espectadores. O próprio ato de imitar o Estripador é uma tentativa de conseguir atenção e provocar medo. Ele comete os assassinatos bem na frente do circuito de vigilância. Mandou uma mensagem para a BBC para ser lida em voz alta na televisão. Hoje, ele chamou Rory. E então escreveu uma mensagem bem na frente de metade da imprensa mundial, nos encaminhando para uma frase bíblica. Tudo tem sido muito, muito específico e teatral.

– Mas todo mundo vai pensar que foi esse tal de Richard Eakles que escreveu aquilo – disse Callum. – Tirando a gente, ninguém vai acreditar nessa história de que um homem invisível o derrubou para escrever alguma mensagem esquisita possivelmente ligada à Bíblia. Pelo menos a que dizia respeito a Rory foi clara.

– Qual *dizia respeito a Rory?* – perguntei.

Callum se afastou um pouco da mesa e brincou com a ponta da toalha plástica que a cobria. Stephen soltou o ar longa e lentamente.

– Tem uma parte disto que não mencionamos – disse Stephen, encarando Callum. – Não queríamos que você ficasse assustada sem motivo. Está tudo sob controle.

– Qual é a mensagem que dizia respeito a Rory? – perguntei novamente.

– A carta de James Goode – disse ele. – Tinha uma frase final que confirmou para nós que o que você tinha visto era real. Não foi lida no ar. Dizia... *mal posso esperar para fazer uma visita à que tem a visão para me conhecer e arrancar fora seus olhos.*

Ambos ficaram em silêncio enquanto eu absorvia aquilo. Encarei as profundezas da minha xícara de chá. Eu era de Louisiana. Bénouville, Louisiana. Não era dali. Era da terra de clima quente e tempestades e megalojas, de gente louca e lagostins e McMansões instáveis. Minha casa. Eu precisava voltar para casa.

– Você é a única pista – disse Stephen. – Tentamos todas as outras rotas. O papel e a embalagem enviados à BBC... Analisados várias e várias vezes. O papel, a caixa e a embalagem eram das papelarias Ryman, alguns dos milhares que vendem o ano todo. Não é muito útil, já que ele obviamente não os comprou: um homem invisível não pode entrar numa loja e comprar uma caixa... então não pudemos rastreá-los até o ponto de venda. O circuito de vigilância não deu em nada, como agora já sabemos bem. Nenhuma evidência física em nenhuma cena do crime para levar ao assassino; novamente, isso é óbvio para a gente, mas impressionante para o laboratório. Só tínhamos você. Por você, ao menos sabemos que ele não é o Estripador original, por causa da aparência...

Acho que ele viu que nada daquilo estava ajudando, então calou a boca.

– O plano é simples – continuou Stephen. – Você fica em Wexford, e nós ficamos perto de você. Muito perto. Se ele se aproximar, ainda que um pouco...

– Ele se aproximou hoje – falei.

– Então redobramos a proteção – disse Stephen. – Não vai acontecer de novo. Mas agora você sabe, e tem que nos ouvir, e tem que confiar na gente.

– O que vocês podem fazer? – perguntei, a voz trêmula. – Se ele se aproximar de mim, o que vocês podem fazer?

Callum abriu a boca para falar, mas Stephen balançou a cabeça.

– Podemos cuidar disso – disse ele. – Os detalhes fazem parte do Ato de Sigilo Oficial. Você pode ficar com raiva. Pode ficar chateada. Pode ficar o que quiser. Mas a verdade é que somos as únicas pessoas capazes de protegê-la. E vamos fazer isso. Não é nosso único dever, mas agora ele feriu nossa amiga, e isso por acaso nos incomodou bastante.

– Eu poderia ir para casa – falei.

– Fugir não vai ajudar. Ir embora provavelmente nem o deteria, se ele estiver decidido a seguir em frente. Os fantasmas que encontramos operam basicamente da mesma maneira que os humanos em termos de locomoção geral. Enquanto a maior parte tende a assombrar um lugar, há muitos com territórios bem maiores. O Estripador parece bem confortável em se movimentar pelo East End. Não consigo pensar em motivo algum para ele não ser capaz de viajar.

Ele não tentou dourar a coisa. A sinceridade brutal era estranhamente tranquilizadora.

– Então você fica onde possamos fazer algo a respeito – prosseguiu ele. – E tenta viver sua vida o mais normalmente possível.

– Como vocês dois? – perguntei.

Foi meio que um golpe baixo, mas Callum riu.

– Acho que ela está pegando o espírito da coisa – disse ele.

26

Eram quase três da manhã quando Stephen me deixou em Wexford, mas havia várias janelas com a luz acesa. Vi pessoas nos observando quando desci da viatura.

– Nos próximos dias, Callum e eu vamos ficar de olho em você – disse ele. – Vai ter sempre um de nós dois por perto. E lembre-se: você precisa dizer que ela foi atravessar a rua e não viu o carro.

Claudia abriu a porta abruptamente antes de Stephen tocar a campainha. Nunca achei que fosse ficar feliz de vê-la, mas havia algo de reconfortante em sua presença indômita. Ela me inspecionou com o que parecia preocupação genuína e depois me mandou subir enquanto conversava com Stephen. Da escada, fiz um aceno final de boa-noite com a cabeça.

Jazza estava acordada. Cada luz do nosso quarto estava acesa, inclusive a da minha cabeceira. No momento em que entrei pela porta, ela se levantou de um salto e jogou os braços ao redor do meu pescoço.

– Ela está bem?

– Acho que sim – falei. – Bem, está acordada. Quebrou alguns ossos.

– O que aconteceu? Você foi ao banheiro e não voltou mais.

– Eu só estava meio enjoada – falei. – Fui pegar um ar. Dei a volta no quarteirão. E... Bu me seguiu. Ela estava falando ao telefone. Acho que ela... simplesmente não viu o carro.

– Meu Deus, estou me sentindo tão horrível. Todas aquelas coisas que falei sobre ela. Mas ela na verdade é um amor. Ah, meu Deus, mas ela não presta mesmo atenção, não é? Você está bem?

– Estou – menti.

Quer dizer, fisicamente eu estava intacta, mas por dentro eu mal me aguentava.

– Esquentei o queijo para você – disse ela, apontando para o aquecedor do quarto.

– Adoro esse papo obsceno.

Eu não estava em condições de comer molho de queijo, então fui direto para meu armário, pegar meu pijama.

– Onde você conseguiu essas roupas? – perguntou Jazza.

– Ah... eles me emprestaram.

Tirei rapidamente o moletom do Eton College e o enfiei em meu saco de roupas sujas.

– A polícia emprestou a você roupas do Eton?

– Acho que eles têm umas roupas por lá, não sei.

– Rory... você sai da festa e a Bu vai atrás, e depois ela é atropelada... Sei lá. Não quero ser intrometida, mas... o que está acontecendo?

Por apenas um segundo, pensei em contar a ela. Eu queria que ela soubesse. Imaginei todas as palavras saindo da minha boca, toda aquela história ridícula.

Mas eu não podia fazer isso.

– É só... muito azar mesmo.

Jazza deixou os ombros caírem um pouco. Eu não sabia se era por alívio ou decepção. Felizmente, não precisamos mais continuar a conversa, porque houve uma batida à porta e praticamente todo mundo do corredor entrou no quarto para saber o que tinha acontecido.

Quando fechei os olhos naquela noite, duas coisas passavam pela minha cabeça: a imagem de Bu na rua e o próprio Estripador.

Ninguém entendia. Nem meus colegas da escola. Nem meus professores. Nem a polícia.

Jazza dormiu. Eu não.

Eles provavelmente me deixariam faltar à aula no dia seguinte, mas não fazia sentido. Eu tinha ficado horas na cama, sem fazer nada a não ser encarar o teto, ouvir a respiração de Jazza e tentar me distrair dos intermináveis pensamentos apavorantes. Às seis, me levantei e tomei banho. Estava grudenta de suor, um suor que não tinha nada a ver com calor e tudo a ver com ficar acordada por tanto tempo. Arranquei meu uniforme do pé da cama, tirei uma camisa de um cabide. Não me dei ao trabalho de prender o cabelo nem de penteá-lo. Só o ajeitei com as mãos.

Não tomei café, fui direto para a aula de História da Arte. Ninguém escondeu o interesse quando entrei na sala. Não sei se pelas notícias sobre Bu ou por meu estado geral. Em Bénouville, as pessoas teriam perguntado. Estariam se amontoando ao meu redor para conseguir informações. Em Wexford, pareciam extrair o que queriam saber me encarando discretamente.

Mark, que não passava muito tempo em Wexford, estava alheio ao drama da noite anterior.

– Hoje – começou ele alegremente –, pensei em estudarmos um tópico atual. Vamos conversar sobre representações de violência na arte. E eu gostaria de começar dando uma olhada em um artista chamado Walter Sickert. Sickert foi um impressionista inglês que pintava cenas urbanas do final do século XIX e início do XX. Ele é frequentemente citado em discussões sobre Jack, o Estripador. Há uma variedade de motivos para isso...

Esfreguei a cabeça. Não dava para escapar do Estripador. Ele estava por toda parte.

– Sickert era obcecado pelos crimes do Estripador. Ele alugou um quarto que acreditava ter sido anteriormente ocupado por Jack, e o representou num quadro que intitulou *O quarto de Jack, o Estripador*. Algumas pessoas acreditam até que Sickert era o próprio assassino, mas não estou convencido de que essas afirmações tenham muito fundo de verdade.

Um quadro apareceu na tela. Um cômodo escuro, com uma cama no meio. Simples, taciturno, sombrio.

– Outro motivo – continuou Mark – é o fato de que, em 1908, Sickert pintou uma série de quadros baseados em um assassinato real, o de Camden Town. O assassinato tinha ocorrido no ano anterior, e a cena era semelhante à da última vítima dos assassinatos de Jack, o Estripador: Mary Kelly, que sem dúvida é retratada na obra.

Um clique. Outro quadro. Uma mulher deitada em uma cama, nua, a cabeça virada. Um homem sentado na beirada da cama, lamentando o que tinha feito.

– A arte da cena do crime – disse Mark. – A morte é um tema comum na pintura. A crucificação foi pintada milhares de vezes. A execução de reis. O assassinato de santos. Mas este quadro é mais sobre o assassino que sobre a vítima. Até nos encoraja a sentir piedade dele. Este quadro da série é chamado: *Como faremos para pagar o aluguel?*

Mark prosseguiu nos contando sobre os impressionistas ingleses, as pinceladas e a luz. Mantive o olhar fixo adiante, na figura imóvel sobre a cama – a figura oculta pelas sombras, quase esquecida, da mulher.

Eu não sentia piedade do assassino.

Depois de uma hora e meia de aula, tivemos um intervalo. Fui a primeira a sair da sala.

– Não vou voltar para lá – falei para Jerome. – Não sei se você pode... me dar voz de prisão de monitor ou sei lá o quê. Mas não vou voltar.

– Não vou te dar voz de prisão de monitor. Mas é melhor eu acompanhar você de volta ao seu prédio. Vou dizer a Mark que você está se sentindo mal.

Então Jerome me acompanhou por cerca de dez metros de volta a Hawthorne. Estávamos quase na porta quando ele parou.

– Só mais alguns dias – disse ele. – Está quase acabando.

Jerome hesitou, então colocou a mão ao lado da minha cabeça, se inclinou para a frente e me beijou.

Quando olhei para a frente, consegui vislumbrar Stephen. Ele estava sentado em um banco da praça, fingindo ler. Vestia um suéter, calça jeans e uma echarpe; sem uniforme. Ele imediatamente tirou os óculos e remexeu neles, olhando para o outro lado quando nos beijamos. Mas ele tinha visto, o que me deu uma sensação esquisita. Eu me afastei de Jerome.

– Obrigada – falei.

Eu estava agradecendo por ele ter me acompanhado de volta ao prédio, mas soou como se eu estivesse me referindo ao beijo.

– Você viu no noticiário o que aconteceu? – perguntou Jerome. – Sobre a mensagem? Viu como todo mundo acha que é da Bíblia e que pode ter a ver com terrorismo? Eu não acho que seja... assim como nenhuma das pessoas do conselho sobre o

Estripador. O nome da estrela... não é da Bíblia. Ele está falando de *Jack, o Estripador*. Esse é o nome da estrela, da Star.

– O quê?

– Jack, o Estripador, nunca se chamou por esse apelido. O nome veio de uma carta enviada à Agência Central de Notícias. Era uma farsa, quase com certeza escrita por um repórter do jornal *Star*. Foi o jornal que fez o Estripador ficar famoso. Quando ele diz "o nome da estrela é o que você teme", ele quer dizer justamente isto: todo mundo tem medo da ideia do Estripador, essa coisa que fica cada vez maior por causa dos noticiários. E ele é a estrela do show, certo? É uma piada. Perversa, mas uma piada. Uma piada de mau gosto, mas... não é terrorismo nem nada. Pelo menos eu acho que não. Se é que isso ajuda.

Ele ergueu a mão e voltou para a aula. Eu não precisava ir a lugar algum. Tinha acabado de me livrar da minha única obrigação do sábado, e todo mundo estava em aula. Tudo estava silencioso no cantinho de Londres onde ficava Wexford. Vários instrumentos soavam nas salas de música. O violoncelo de Jazza certamente estaria entre eles, mas eu não o distinguia no ruído generalizado.

Afastei-me da escola e fui para a rua comercial principal, que estava amontoada de gente resolvendo os assuntos de sábado. Fui para nosso café local, por falta de destino melhor, fiquei na fila estupidamente longa e pedi a primeira bebida que me veio à mente. Não havia mesas livres, então me apoiei no balcão ao lado da janela. Stephen entrou e se colocou ao meu lado.

– Eu ouvi o que o seu amigo disse.

– Oi – respondi.

– Faz bastante sentido, na verdade. Eu deveria ter pensado nisso. O jornal *Star*. Ele tem razão. O nome da estrela é o que você teme... As pessoas têm medo do nome Jack, o Estripador.

Ele realmente não está falando da Bíblia. Está rindo de todos pela atenção que estão dando a ele. Está rindo dos estripadologistas, da polícia, da mídia...

Olhei para a rua... que eu passara a reconhecer como uma típica rua londrina. A maior parte dos prédios era muito baixa, lojas com fachadas coloridas, várias propagandas de telefones baratos e promoções de drinques. O eventual ônibus de dois andares passando. Com menor frequência, um turista com um mapa, uma câmera e uma daquelas cartolas de Jack, o Estripador, que agora eram vendidas nas barraquinhas de souvenires.

– Mas Callum falou uma coisa certa ontem – acrescentou Stephen. – Somos os únicos que sabem que não foi Richard Eakles quem escreveu aquela mensagem no quadro. Sinto que... sinto que estão brincando comigo. Pessoalmente.

– E quanto a Jo? – perguntei. – Alguém precisa contar a ela o que aconteceu.

A mudança de assunto o deixou perdido.

– O quê?

– Jo. É a melhor amiga de Bu.

– Ah. É claro. – Ele coçou a cabeça. – Sim. É claro.

– Então quero ir falar com ela.

– Acho que tudo bem – disse ele. – Se bem que não estou de carro. Não dirijo quando não estou de uniforme.

Pegamos o metrô juntos. Stephen não falou muito, e a viagem foi rápida. Encontramos Jo ao fim da rua do parquinho onde eu a vira pela primeira vez. Ela vagava sozinha, catando lixo.

– Vou deixar vocês... – disse Stephen. – Talvez você deva...

Foi a primeira vez que o vi sem saber direito o que fazer.

– Pode deixar.

– Vou ficar esperando aqui.

Eu me aproximei de Jo por trás. Ela não se virou. Acho que estava acostumada a ter pessoas muito perto, ou passando através dela.

– Olá – falei. – Sou eu. Rory. Você se lembra de mim...? Do outro dia?

Ela se virou, surpresa.

– É claro! Está se sentindo melhor? Deve ter sido um choque e tanto.

– Estou bem – falei. – Mas Bu...

Parei de falar por um momento quando uma mulher passou, empurrando um carrinho. Ela foi tão insuportavelmente lenta. Eu queria me colocar atrás dela e empurrá-la para a frente para poder continuar a falar. Jo parou e esperou que a mulher se distanciasse um pouco.

– Ela foi atropelada – completei.

– Ela está bem?

– Está viva. Ferida. No hospital. Foi o Estripador. Ele foi atrás de mim, e Bu me protegeu. Foi assim que ela foi atropelada. Ele a jogou na frente do carro. Eu só achei... que alguém deveria contar para você.

Um monte de gente, quando ouve más notícias, inspira fundo, ou começa a respirar rápido demais. Jo não fez nada disso, porque Jo não respirava. Ela se abaixou e pegou um copinho de café usado. Aquilo pareceu exigir toda a força dela, então eu o peguei da sua mão e o levei para uma lixeira a um metro dali.

– Você não precisava ter feito isso – disse ela. – Eu consigo carregar esses. Embalagens de sanduíche, copinhos de café, latinhas de alumínio. Consigo levantá-los. Um dia vi uma garota sentada em um café mais à frente nesta rua mesmo. Ela colocou a bolsa ao seu lado. Um homem apareceu e pegou a bolsa. Ela não fazia ideia. Por acaso eu estava passando por ali e estendi a mão, peguei a bolsa da mão dele e recoloquei ao lado dela. Foi difícil, mas eu fiz. Ela não aprendeu nada, mas eu dei um bom susto nele. Esta é a minha rua. Eu a mantenho limpa e segura.

Ela não demonstrou muita emoção, mas tive a sensação de que ela lidava com o choque se mantendo ocupada ou falando. Ela precisava falar com alguém.

– Você morava aqui? – perguntei.

– Não. Eu morri ali. Está vendo aquele prédio? – Ela apontou para um moderno edifício residencial. – É bem novo. Na minha época, era uma fileira de casas. Foi onde aconteceu. Minha vida não foi aqui, mas depois disso esta rua virou meu lar. Impulso estranho, ficar onde você morreu. Não sei muito bem por que faço isso...

– O que aconteceu? – perguntei. – Se você não se importa...

– Ah, não – disse ela, quase alegremente. – Bombardeamento da Luftwaffe, 10 de maio de 1941. Foi a última grande noite da Blitz. A noite em que os alemães atingiram o Palácio St. James e as casas do Parlamento. Eu trabalhava nas telecomunicações, mandando mensagens codificadas e boletins sobre o que ocorria em Londres. Tínhamos um pequeno escritório telegráfico localizado bem perto daqui. Uma bomba atingiu o fim da rua e destruiu tudo, inclusive quase todas as casas. Eu saí depois que as bombas tinham caído. Dava para ouvir os sobreviventes sob os escombros. Eu estava ajudando uma garotinha a sair de debaixo das ruínas quando a casa caiu em cima de nós duas. E foi isso, no fim. Mil e trezentas pessoas morreram naquela noite. Eu fui só uma delas.

Ela contou de uma forma tão direta.

– Quando você percebeu que era um fantasma?

– Ah, na mesma hora – respondeu Jo. – Em um momento eu estava ajudando uma garotinha a sair das ruínas; no momento seguinte, estava olhando para as ruínas e vendo alguém me tirar delas, e ficou bem claro que eu estava morta. Foi um choque, é claro. Os bombardeios tinham parado por um tempo, mas havia tanta destruição por todo lado... havia tanto o que fazer. Eu às vezes encontrava alguém que tinha sofrido um ferimento grave, e eles podiam me ver, e eu sentava e conversava com eles. Eu pegava coisas pequenas dos destroços... fotografias, objetos assim. Ainda era muito útil. Simplesmente me recusei a me dissipar. No começo foi difícil. Por um bom tempo, semanas, eu estava fraca demais para fazer qualquer coisa a não ser pairar pelo lugar onde eu tinha morrido. Eu não tinha forma que eu pudesse ver. Mas consegui me afastar dos destroços. Acho que me obriguei, na verdade. Você não pode deixar esse tipo de coisa ficar no seu caminho. É como o primeiro-ministro Churchill disse: "Nunca desista, nunca desista, nunca, nunca, nunca, nunca... em nada, grande ou pequeno, importante ou irrelevante." Um discurso maravilhoso. Ele o proferiu depois da minha morte, mas foi citado por toda parte. Sempre vivi por essas palavras. Elas me ajudaram a atravessar muitos anos.

A atitude de Jo, do literalmente "nunca diga que acabou", era de certa forma impressionante, mas uma coisa estava clara: ela sabia o que era o medo. Sabia como era a sensação, e como enfrentá-la.

– Estou com medo – falei. – Com muito medo. O Estripador... ele quer chegar até mim.

Agora que eu tinha falado, parecia verdadeiro e real. Jo me encarou e me olhou nos olhos.

– Jack, o Estripador, era apenas um homem. Ele não era mágico. Até Hitler era apenas um homem. Esse estripador não é nada além disso.

– Ele é um fantasma – corrigi. – Um fantasma incrivelmente poderoso.

– Mas fantasmas são apenas pessoas. Só parecemos mais assustadores, imagino, porque representamos algo desconhecido. Normalmente não podemos ser vistos. Não deveríamos estar aqui. E há boas pessoas que podem pegar esse Estripador.

– Eu sei, mas... são todos... muito jovens. Como eu.

– Quem você acha que entra para o Exército? Gente jovem. Esta nação inteira foi defendida por jovens. Jovens no campo de batalha. Jovens em aviões. Jovens nos quartéis-generais, decifrando códigos. A quantidade de gente que conheço que mentiu para poder se alistar aos quinze ou dezesseis anos...

Ela não terminou a frase; estava observando um cara rondando uma bicicleta que claramente não era dele. Ela alisou o casaco do uniforme, apesar de não estar amassado. Provavelmente nem amassava.

– Obrigada por me avisar – disse Jo. – Nem todo mundo considera que eu... mereço ser informada. Você é como Bu, muito atenciosa. Ela é uma boa menina. Meio que um projeto ainda em andamento, mas uma boa menina. Agora tenho que ir cuidar daquela bicicleta.

Jo seguiu determinada para o outro lado da rua, mal olhando se havia carros vindo na direção dela. Na metade da rua, no caminho de um carro esportivo, ela se virou.

– O medo não pode machucar você – disse ela. – Quando ele a dominar, não lhe dê poder. É uma cobra sem veneno. Lembre-se disso. Saber disso pode salvar você.

Com apenas um ou dois centímetros de dianteira, ela saiu do caminho do carro e seguiu em frente.

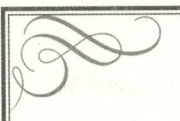

27

Mal me lembro do que fiz nos dias que se seguiram. As aulas de toda a semana foram canceladas. Callum e Stephen se revezavam na vigilância. E os dias iam passando: 4 de novembro, 5 de novembro, 6 de novembro... Ainda que eu não estivesse contando, os noticiários estavam.

Na quarta-feira, dia 7 de novembro, acordei por volta das cinco da manhã. Meu cérebro religou de repente, e meu coração estava acelerado. Sentei e olhei ao redor, para o quarto escuro, examinando cada formação. Havia minha mesa de cabeceira ao lado da cama. Havia a minha escrivaninha. Havia a porta do guarda-roupa, um pouco entreaberta, mas não o suficiente para alguém se esconder atrás dela. Havia Jazza, adormecida na cama. Agarrei meu bastão de hóquei e golpeei o ar embaixo da minha cama, mas não senti nada. Aí percebi que não era um teste muito bom para achar um fantasma, então me levantei na cama e pulei para fora o mais silenciosamente que consegui, me abaixei e olhei lá embaixo. Não tinha ninguém ali. Jazza se mexeu, mas não acordou.

Peguei meu roupão e minha cesta de banho e fui em silêncio até o banheiro, onde examinei cada cabine e cada cubículo antes de entrar na água, e mesmo então mantive a cortina meio aberta. Eu não me importava se alguém entrasse e me visse.

Fui tomar café logo que o refeitório abriu, bem antes de Jazza sair da cama. Vi Callum de pé em uma esquina, perto do salão. Estava usando um terno azul-escuro do metrô de Londres com um colete laranja fluorescente por cima do paletó, e carregava uma prancheta. Se o plano era se camuflar, não estava funcionando muito bem.

– O que está fazendo? – perguntei.

– Fingindo observar padrões de trânsito para uma nova rota de ônibus. Tenho uma prancheta e tudo.

– Vocês acabaram de inventar isso?

– Claro que inventamos – disse ele. – Foi a única coisa em que consegui pensar para justificar o fato de eu ficar parado em frente a uma escola o dia inteiro, e a prancheta era o único apetrecho que tínhamos. E não deviam ver você falando comigo, então vai lá.

Callum voltou à prancheta, encerrando a conversa. Eu me afastei dele com pressa, me sentindo idiota.

Eu era a única pessoa tomando café àquela hora. Tentei comer meu prato de salsichas de sempre, mas só consegui tomar um pouco de suco e o café amargo, quente como lava. Para me entreter, li as placas de bronze das paredes – nomes de antigos alunos e suas várias façanhas. Olhei para a imagem do cordeiro em vitrais na janela acima de mim, mas isso só me lembrou que cordeiros são conhecidos por serem levados para o matadouro, ou às vezes se juntar a leões em relacionamentos insensatos.

Eu tinha que saber o que eles podiam fazer para deter o Estripador. Tinha que descobrir, ou ia ficar maluca. Então me levantei, devolvi minha bandeja a uma das prateleiras e voltei lá para fora, indo direto até Callum.

– Acabei de dizer...

– Eu quero ver o que você faz – falei.

– Está vendo agora mesmo.

– Não... quero ver como você *lida* com eles.

Ele deu um chute nas pedrinhas.

– Não posso fazer isso.

– Então como posso continuar lúcida? Não acha que eu mereço saber o que pode ser feito? Estou indefesa. Vamos, me mostre.

– Você tem alguma ideia de quantos formulários eu precisei assinar dizendo que nunca falaria a respeito disso?

– Então você prefere ficar por aqui com uma prancheta o dia inteiro? Se não me mostrar, vou ficar aqui em pé encarando você. Vou seguir você. Vou fazer tudo o que você não quer que eu faça. Não estou lhe dando escolha.

O canto da boca de Callum tremeu um pouco.

– Não tenho escolha? – disse ele.

– Você não faz ideia de como eu posso ser imprudente.

Ele olhou ao redor, para um lado da rua e para o outro, na direção da praça. Então se distanciou um pouco e deu um telefonema.

– O acordo é o seguinte – disse ele, quando voltou. – Você não conta a ninguém. Nem a Stephen. Definitivamente não a Bu. Ninguém.

– Isso nunca aconteceu. Eu nem estava aqui.

– E vai continuar assim. Recebi uma ligação da estação Bethnal Green mais cedo. Estão com um problema lá. Vamos, então.

Fomos andando até a estação Liverpool Street. Pelo caminho, contei as câmeras: trinta e seis que eu consegui ver e provavelmente mais um monte que não consegui. Câmeras anexadas a esquinas de prédios, a sinais de trânsito, em profundos recessos para janelas abaixo do nível da rua e empoleiradas em muros de pedra, compartilhando postes com lâmpadas... Tantas câmeras, e nenhuma delas ajudaria o mínimo que fosse no que dizia respeito ao Estripador.

Na estação, ele mostrou um crachá para entrar, e encostei meu cartão do metrô no leitor. Quando passei pelo portão, Callum já estava descendo pela escada rolante, e tive que me apressar para acompanhar o ritmo dele.

– O que exatamente eles acham que você faz? – perguntei quando entramos no trem.

– Oficialmente sou funcionário do metrô de Londres. Eles acham que sou engenheiro. É o que diz na minha ficha, pelo menos. Também diz que tenho vinte e cinco anos.

– E você não tem?

– Não. Tenho vinte.

– Então o que eles fazem quando descobrem que você não sabe... engenhar?

– As pessoas pegam meu nome e telefone com outros gerentes de estação, e só me ligam quando as coisas não estão muito... *certas*. Eu apareço, e o problema vai embora. Um monte de gente, pela minha experiência, não quer muito saber dos detalhes. Se eles soubessem quantos dos problemas que têm são resolvidos por mim, quantos trens meu trabalho impede que atrasem... provavelmente sou o funcionário mais importante deles.

– E o mais humilde – acrescentei.

– A humildade é subestimada. – Ele sorriu. – É uma área grande para cobrir. Tem um mundo inteiro aqui embaixo. O próprio metrô tem cerca de quatrocentos quilômetros de trilhos, mas a maior parte do que eu faço tem a ver com as seções que estão sob o solo mesmo, cerca de cento e oitenta quilômetros de trilhos em funcionamento, além de todos os túneis não utilizados e de serviço.

O trem passava zunindo. Tudo o que eu conseguia ver pelas janelas era a escuridão e, de vez em quando, indícios de paredes de tijolos no túnel ao nosso redor.

– Esta estação para onde estamos indo é uma em que trabalho bastante. Eles me conhecem. É o local onde houve a maior perda de vidas em qualquer estação de metrô, considerando todo o sistema. Era usado como um abrigo contra bombardeios aéreos durante a guerra. Uma noite, estavam testando armamentos antiaéreos aqui perto, um teste secreto, e quando as pessoas ouviram o que parecia um ataque aéreo, correram para cá. Alguém tropeçou e caiu nas escadas, e logo centenas de pessoas foram esmagadas no vão. Cento e setenta e três pessoas morreram, e várias parecem ter ficado por aqui.

A gravação anunciou que estávamos chegando a Bethnal Green. Quando descemos, a estação estava extremamente silenciosa. Um homem de barriga grande e com um rosto cheio de pequenas varizes esperava na plataforma.

– Certo, Mitchell – disse ele, com um aceno. – Quem é ela?

– Em treinamento. Vai ficar na plataforma. Qual o problema?

– Nos trilhos ao leste. Chegam até o mecanismo de paragem e param de se mover, não importa em que velocidade estejam.

Callum assentiu, como se soubesse exatamente o que aquilo significava.

– Está bem. Vamos nos ater às regras de sempre.

– Certo.

O homem se afastou, nos deixando a sós.

– As regras de sempre? – perguntei.

– Ele vai embora, vai tomar um chá e não faz perguntas.

Callum colocou a bolsa no chão da plataforma do metrô e tirou o paletó, então deu um salto, jogando-a sobre a câmera do circuito de vigilância que apontava para o fim dos trilhos.

– Faça o mesmo com seu casaco naquela outra ali – disse ele, apontando para uma câmera mais para o meio da plataforma.

Tirei meu casaco e me posicionei embaixo da câmera. Estava num lugar bem alto, mas consegui jogar o casaco por cima depois de apenas algumas tentativas. Callum foi para a extremidade da plataforma, onde havia um portão de segurança mais ou menos na altura do peito. Estava repleto de avisos. Tudo naquele portão dizia "Não. Vá embora. Dê meia-volta. Errado. Para além deste ponto, a morte é certa." Callum o abriu, alcançando alguns degraus que levavam ao nível dos trilhos.

– Então – disse ele –, os mecanismos de paragem estão com defeito. Esses mecanismos são os controles no começo e no meio dos trilhos em todas as estações de metrô. Se um trem se aproxima em qualquer velocidade acima de quinze quilômetros por hora, a chave é ativada, e o trem para automaticamente. Agora, uma coisa muito importante. Olhe para baixo. Quantos trilhos você vê?

Olhei para baixo. Vi três trilhos: dois nas extremidades, que formavam a via, e um terceiro, mais pesado, que passava pelo meio. Todos estavam apoiados em uma espécie de bloco, a mais de meio metro do chão.

– Três – falei.

– Certo. O melhor é não pisar em *nenhum* deles. Mas o que você realmente tem que evitar é aquele terceiro, porque ele frita você. O truque é andar no espaço entre os trilhos. O espaço é maior deste lado. Ande com muito, muito cuidado. Não é complicado, mas se você errar, vai morrer, então preste atenção. Você queria aprender. É assim que se aprende.

Callum deu um sorrisinho malicioso. Eu não sabia se ele estava brincando. Decidi não perguntar. Fui seguindo-o pelos degraus. A entrada para o túnel do metrô estava bem à nossa frente: um suave semicírculo negro que dava em um desconhecido negro como piche. Callum colocou uma lanterna em minha mão.

– Mantenha a lanterna apontada para a frente e para baixo. Ande de um jeito lento e uniforme e não pule se vir um rato. Eles vão correr de você, não se preocupe.

Fiz como ele mandou, tentando agir com total despreocupação quanto ao trilho eletrificado ou aos ratos ou à escuridão. Uma vez dentro do túnel, a temperatura imediatamente caiu alguns graus. Depois de uns cinco metros, vimos um homem. Ele estava bem entre o trilho e a parede de tijolos inclinada do túnel. Vestia uma camisa de trabalho grosseira e botas, calça de flanela cinzentas e largas, sem casaco.

– Odeio esta estação – sussurrou Callum.

Quando apontei o facho de luz da minha lanterna diretamente sobre o homem, ficou mais difícil vê-lo. Ele era tão pálido e frágil... era como um efeito de luz, uma espécie de tristeza visível na escuridão do túnel.

– Escute, amigo – disse Callum. – Sinto muito, mas você vai ter que parar de mexer com essa chave. Apenas se afaste dela, está bem?

– Minha família...

– Em muitas das vezes – disse Callum para mim, sem tirar os olhos do homem – a intenção deles nem é fazer o que fazem. A presença deles só interfere com dispositivos eletrônicos. Duvido que ele sequer saiba que está mexendo com o mecanismo. Você nem está fazendo de propósito, não é?

– Minha família...

– Pobre coitado – disse Callum. – Está bem, Rory. Venha mais para perto. Aqui.

Havia um pequeno recesso na parede do túnel, onde Callum ficou para que eu pudesse me aproximar do homem. Quando o fiz, senti o ar palpavelmente mais frio e azedo. Os olhos do homem eram esbranquiçados. Ele não tinha pupilas. Sua expressão era terrivelmente triste.

Callum tirou a lanterna da minha mão e a substituiu pelo seu celular. Ele tinha o mesmo modelo antiquado de Bu.

– Quero que você faça o seguinte – disse ele. – Aperte os números um e nove. Aperte com força e mantenha pressionados.

– O quê?

– Faça como eu disse. Vá em frente. Você tem que ficar a uns trinta centímetros de distância.

Posicionei meus dedos no um e no nove, e estava prestes a pressionar quando Callum esticou as mãos e moveu meus braços para a frente, de maneira que minhas mãos e o telefone acidentalmente atravessaram o tórax do homem. Tive uma sensação suave quando o atravessei, como se tivesse enfiado o braço em uma sacola de papel cheia de ar. Isso fez com que eu me contraísse por um segundo, mas o homem mal pareceu notar que eu havia invadido sua cavidade torácica.

– Muito bom – disse Callum. – Agora aperte, os dois ao mesmo tempo, com força!

Segurei o celular com mais firmeza, enterrando minhas unhas no teclado numérico. Imediatamente senti uma mudança no ar ao nosso redor: havia um calor muito suave, mas que aumentava progressivamente, e minhas mãos começaram a tremer.

– Continue segurando – disse Callum. – Ele vibra um pouco. Mantenha pressionado.

O homem olhou para baixo, para minhas mãos unidas em uma posição de oração em seu peito, tremendo, segurando o telefone com toda a força. Depois de um ou dois segundos, houve uma luminosidade intensa, como a de uma lâmpada se apagando – só que era uma lâmpada gigantesca, do tamanho de uma pessoa. Não houve som, mas uma suave rajada de ar e um cheiro estranho, doce, que só consigo descrever como de cabelo e flores queimando.

E então ele não estava mais lá.

28

Estávamos em uma pequena praça em frente a uma igreja. O vigário abria a porta para o culto matutino e não ficou muito satisfeito em me ver vomitando silenciosamente sobre um montinho organizado de folhas secas varridas. A sensação era bizarramente boa, de vomitar naquele ar limpo, com a brisa. Significava que eu estava viva e que não estava no túnel. Significava que o cheiro não estava mais nas minhas narinas.

– Está se sentindo melhor? – perguntou Callum quando me levantei.

– O que eu acabei de fazer?

– Você resolveu o problema.

– É, mas *o que eu fiz*? Eu acabei de matar uma pessoa?

– Não dá para matar uma pessoa morta – disse Callum. – Não faz sentido.

Consegui alcançar um banco de pedra e despenquei nele, virando o rosto para cima para absorver o máximo de umidade que eu conseguisse.

– Mas eu fiz *alguma coisa*. Ele... explodiu. Ou sei lá o quê. O que aconteceu com ele?

– Não fazemos ideia – disse Callum. – Eles simplesmente somem. Você queria saber. Agora sabe.

– O que eu sei é que vocês combatem *fantasmas* usando *telefones.*

O vigário nos encarava do topo dos degraus. Apesar de o vômito ter me deixado meio trêmula, cada passo me devolvia um pouco das forças. Eu estava feliz de ter me livrado do que quer que eu tivesse expelido.

– Stephen me contou que sofreu um acidente de barco – falei. – O que houve com você?

Callum se recostou e esticou as pernas.

– Tínhamos acabado de nos mudar de Manchester para cá. Meus pais haviam se separado um ano antes, e nos mudávamos muito, de casa em casa. Minha mãe conseguiu um emprego aqui e fomos morar em Mile End. Eu era bom no futebol. Estava prestes a virar profissional. Sei que um monte de gente *diz* coisas assim, mas estava mesmo. Eu treinava. Um olheiro prestou atenção em mim. Em mais alguns anos, eles achavam, eu estaria pronto. Futebol era tudo o que eu tinha e só o que fazia. Não importava para onde fôssemos, minha mãe sempre garantia que eu tivesse treinamento. Então era dezembro. Chovia sem parar, estava um frio de congelar. Os ônibus não passavam nos horários normais. Um garoto com quem eu estudava tinha me mostrado um atalho por um antigo conjunto que estavam derrubando. Não era para entrarmos ali. Estavam envolvendo o lugar com cercas e placas de aviso, mas isso não impedia ninguém.

– Como assim um conjunto?

– Ah, sim, um conjunto habitacional. Programas de moradia pública. Alguns são lugares difíceis. Aquele era um dos piores... tinha sido dilacerado, fedia, estava caindo aos pedaços, completamente perigoso em todos os sentidos. Então eles fizeram todo mundo se mudar e o fecharam. Estavam construindo um condomínio luxuoso no lugar. Então entrei, correndo, sem problemas. Um bom atalho até em casa. E aí... eu vi o fio. Cortado. Se movendo. No chão. Soltando faíscas. Ali estava eu, de pé naquela poça do tamanho de um lago a menos de três metros de distância. Eu vi a coisa sair do chão. Eu a vi dar um salto e se mover. Então ela chicoteou para dentro da água, e senti a primeira onda de choque... e depois eu o vi. Ele tinha cabelo comprido e uma camiseta amarela com uma gola grande, e por cima uma espécie de macacão marrom sem mangas, e uma calça boca de sino, e aqueles sapatos... vermelhos e brancos, com solas de cinco centímetros. Ele não se parecia com ninguém que eu já tivesse visto antes, tinha saído direto dos anos setenta. Ele não estava lá um segundo antes, mas eu vi que ele segurava o fio e ria. Depois percebi que minhas pernas tremiam. Caí de joelhos. Ele ameaçou colocar o fio de volta na água, e eu dizia "não, não, não faça isso". Ele apenas continuou a rir. Eu tentei me mexer, mas caí de cara na água. Depois disso, não consigo me lembrar. Eu sobrevivi, é claro. A coisa toda foi registrada no circuito de vigilância, então algum segurança viu tudo acontecer. É claro, o que viram foi que invadi o lugar e tive uma espécie de convulsão e caí na água onde eu tinha pisado. Encontraram o fio quando chegaram aqui, lógico, então perceberam que eu tinha sido eletrocutado. Eu contei sobre o outro garoto, mas, quando olharam a filmagem, viram que eu estava sozinho. E esse foi o começo...

    Callum olhou para o pináculo da igreja. O vigário desistira de nos encarar e enfim nos deixara sozinhos.

    – Alguma coisa aconteceu comigo na água – disse ele. – Alguma coisa aconteceu com as minhas pernas. Porque, daquele dia em diante, eu não consegui mais correr direito, não consegui mais chutar direito. Perdi toda a minha confiança. A única coisa que eu conseguia fazer, jogar futebol, tinha sido tirada de mim. Mas aí, algumas semanas depois, um homem apareceu na minha porta para perguntar se eu queria um emprego. Ele já sabia tudo sobre mim, minha família, o futebol. Precisei ser convencido de que era tudo verdade, mas então concordei. Primeiro, me mandaram para um treinamento, na maioria coisa de polícia. Então conheci Stephen. Ele estava no comando. Não nos demos bem no começo, mas ele é legal, o Stephen. Quando começou a me treinar, ficou evidente por que o tinham escolhido para ficar no comando.

– Por quê?

– Porque ele é um gênio – disse Callum. – Notas máximas em Eton. É o mais inteligente que você vai encontrar. Mas ele não é um doidão, como a maior parte dessas pessoas... ele só é meio especial às vezes. Enfim, depois eu fiquei acompanhando uma pessoa do metrô por um tempo. Eles me aceitaram como trainee. Stephen me ensinou sobre as Sombras, sobre a história, sobre os novos planos de como as coisas seriam gerenciadas. Quando ele achou que eu estava pronto, me deu um terminal.

Ele ergueu o telefone e olhou para o aparelho com admiração.

– Um terminal? – falei. – É assim que chamam, então.

Callum assentiu.

– A primeira coisa que fiz foi voltar àquele canteiro de obras. Quando cheguei lá, os novos apartamentos já tinham sido construídos. Brilhantes, de vidro, com uma academia na cobertura, todos cheios de banqueiros. Tive que procurar um pouco, mas o encontrei. Acho que ele não gostava muito do novo prédio. Estava no estacionamento, simplesmente vagando, com ar de entediado. Cheguei a sentir pena dele por um segundo, coitado, condenado a andar por um estacionamento e a qualquer monstruosidade que viesse. Ele não me reconheceu. Não achou que eu pudesse vê-lo. Não me deu a menor atenção quando fui diretamente até ele, tirei meu telefone, apertei um e nove e fritei ele. Ele nunca mais vai machucar ninguém. Mas esse foi o dia em que eu soube... esse era meu verdadeiro chamado. Não sei o que faria sem isso. É a coisa mais importante da minha vida. Faz você recuperar um pouco do controle.

– Quando Bu foi até ele, estava com o telefone na mão – falei, quando finalmente tudo na memória que eu revivia constantemente na cabeça se encaixou. – Achei que ela estivesse me entregando o aparelho.

– Ela finalmente tentou usar – disse Callum, parando. – Meu Deus... – Ele se inclinou para a frente e colocou a cabeça entre as mãos. – Ela não acredita em usar o terminal – explicou ele. – Sempre brigamos por causa disso.

Eu tinha estado tão envolvida com o meu papel naquilo que nunca chegara a perceber de fato o que Callum, Stephen e Bu sentiam um pelo outro. Percebi que tinham ficado chateados, mas... agora que me toquei. Eles eram amigos.

– Então – disse ele, erguendo a cabeça. – Agora você sabe que podemos cuidar dele. Está se sentindo melhor?

Não respondi, porque não sabia.

Jazza não estava quando voltei, então fiquei sozinha, ouvindo as pessoas falando e rindo nos outros quartos.

Minha escrivaninha era um pesadelo – um altar a todos os deveres que eu não tinha feito ao longo dos últimos dias. É incrível a velocidade com que seu futuro acadêmico pode desmoronar. Uma ou duas semanas e você já sai completamente de sintonia. Era a mesma coisa que ter perdido o ano inteiro. Era a mesma coisa que nunca ter vindo para Wexford. Claro que agora eu tinha coisas mais importantes com que me preocupar, mas me permiti alguns minutos de pânico para absorver a grandiosidade de quão ferrada eu estava, sem contar o problema do Estripador. Era como tirar umas férias mentais do estresse dos fantasmas e da visão dos assassinatos.

Escureceu rápido, e tive que ligar a luminária da escrivaninha. Então ouvi gente se levantando e indo jantar. Já eram cinco horas. Eu não estava com vontade de comer, mas tinha que sair. Não ia ficar ali sozinha. Quando saí, vi que Callum não estava mais lá, e a viatura tomara o lugar dele. Stephen estava ao volante. Ele fez um sinal para que eu me aproximasse e abriu a porta. Assim que entrei, ele dirigiu até a esquina, para longe dos olhares intrometidos das pessoas que iam jantar.

– Hora de repassar o plano para amanhã – disse ele. – É muito simples. Você fica em Wexford. Faremos a cobertura do prédio o tempo todo. Bu já está bem o suficiente para vir. Ela não pode andar, mas pode estar aqui, em uma cadeira de rodas. Pode ficar de olho. Amanhã de manhã, darei uma busca no seu prédio de cima a baixo. Tenho permissão especial da escola. Quando tivermos certeza de que está limpo, você ficará lá dentro a noite inteira, com Bu. Eu vou ficar na entrada, e Callum nos fundos do prédio. Ele não vai conseguir entrar sem que um de nós dois o veja. Você não vai ficar sozinha em momento algum, nem indefesa. E você terá isto.

Ele estendeu um telefone – mais especificamente, o telefone de Bu, que era o mesmo modelo antigo que todos eles carregavam. Aquele ainda tinha os arranhões esbranquiçados no plástico negro da parte de trás de quando ela derrapara pela rua, durante o acidente.

– Sei que você sabe o que é – disse Stephen.

– Não faço ideia do que você está falando – retruquei.

— Eu segui vocês dois — disse ele, simplesmente. — Vi você entrar na estação Bethnal Green e vi sua reação quando saiu de lá.

— Você seguiu...

— Callum queria contar para você desde o início — disse ele. — Eu provavelmente acabaria contando se ele não tivesse feito. Eu tinha uma sensação de que ia acontecer. Mas agora que você sabe...

Ele ergueu o celular.

— Chamamos de terminal. *Terminal* quer dizer fim, ou extremidade.

— É um *telefone* — falei.

— O telefone é apenas um invólucro. Qualquer aparelho serviria. Telefones são apenas os mais fáceis e menos conspícuos.

Ele removeu a parte de trás do aparelho e me mostrou o conteúdo. Dentro, onde deveria haver todos os circuitos e as partes eletrônicas, havia uma pequena bateria e dois fios unidos no meio por fita isolante preta. Ele ergueu essa ponta com muito, muito cuidado e fez um sinal para eu me aproximar e olhar. Ali, envolta nas finas extremidades de cada fio, estava uma pequena pedra de algum tipo — rosada, com um risco serpenteando pelo meio.

— Isto é um diamante — explicou ele.

— Vocês têm telefones cheios de *diamantes*?

— Tem um diamante em cada. Esses fios conduzem uma corrente para dentro da pedra. Quando apertamos o um e o nove ao mesmo tempo, a corrente atravessa o diamante, emitindo um pulso que somos incapazes de ouvir ou sentir, mas ele...

— Explode fantasmas.

— Prefiro pensar que dispersa a energia residual que um indivíduo deixa para trás depois da morte.

— Ou isso — falei. — Mas diamantes?

— Não é tão estranho quanto parece — retrucou Stephen. — Diamantes são excelentes semicondutores. Servem a muitas utilizações práticas. Estes três diamantes *especificamente* têm várias falhas, então não são lá tão valiosos para a maior parte das pessoas. Mas para nós o preço é incalculável.

Ele encaixou cuidadosamente a capinha traseira do telefone. Depois de se certificar de que o telefone estava fechado direito, entregou-o a mim.

— Eles têm nomes — prosseguiu ele. — Este se chama Perséfone.

— A rainha do submundo — falei.

Eu tinha um livro sobre mitologia quando era pequena.

— Descrita por Homero como a rainha das sombras — disse Stephen, assentindo. — O que Callum usa é Hipnos, e o meu é o Tânato. Hipnos é a personificação do sono, e Tânato é o irmão dele, a morte. Eles têm esses nomes poéticos por um motivo. Toda arma secreta recebe codinomes nos arquivos. Essa informação que acabo de compartilhar é sigilosa, então por favor tenha cuidado com ela.

Olhei para o telefone na minha mão. Ainda sentia aquele cheiro do túnel do metrô. Ainda sentia o vento, via a luz...

— Isso os machuca? — perguntei.

— Não faço ideia — respondeu ele. — Essa questão já me incomodou no passado, mas não mais. Você precisa pegar isso e, se chegar o momento, *precisa* usar. Você entende?

— Nunca vou conseguir entender isto — respondi.

— Um e nove — disse ele. — É só disso que precisa se lembrar.

Engoli em seco. Minha garganta ainda queimava do vômito.

— Vai lá — disse ele. — Tente descansar um pouco. Vou estar bem aqui. Apenas mantenha isso por perto.

Saí do carro, apertando com força o telefone. Ao olhar para Stephen, tentei me lembrar do que Jo tinha dito a respeito de jovens defendendo o país. Ele parecia cansado, e havia apenas um indício de barba ao longo do seu queixo. Eu tinha a ele. Tinha a Callum. Eu tinha um telefone velho.

– Boa noite – falei, com a voz seca.

29

Mais uma vez, acordei por volta das cinco da manhã. Eu tinha ido dormir com o terminal na mão, mas o deixara cair durante a noite. Tive que procurá-lo por alguns segundos. Estava embaixo do edredom, perto dos meus pés. Não sei o que fiz enquanto dormia para chutá-lo ali para baixo. Eu o desenterrei e o apertei firme, pressionando o um e o nove. Treinei a posição várias vezes, largando-o e pegando-o novamente o mais rápido que conseguia, posicionando os dedos sobre os botões. Agora eu entendia por que usavam telefones antigos – nada de teclado smart. Quando chegasse a hora, você tinha que encontrá-los e senti-los sob as almofadas dos dedos.

Eu me levantei e me apoiei no aquecedor sob a janela. A viatura de Stephen estava estacionada bem do lado de fora. Era a única coisa que eu conseguia ver com muita clareza, já que o sol ainda não havia nascido – tinha quadradinhos amarelos que refletiam a luz por toda a lateral, alternando com azul, laranja e amarelo néon na parte de trás. Viaturas policiais inglesas levavam a sério esse negócio de serem vistas.

Para todos os outros em Wexford, aquela era apenas uma quinta-feira normal – no geral. Assim como no último ataque do Estripador, ficaríamos trancados logo após um jantar adiantado. Algumas viaturas agora ladeavam os prédios, acompanhadas por furgões de reportagem.

Naquela tarde, fui até a biblioteca. As baias estavam todas cheias – as pessoas pareciam estar fazendo o de sempre, estudando, martelando o conteúdo antes que as aulas recomeçassem, na semana seguinte. Fui direto para o andar de cima, para as pilhas. Alistair estava na posição de sempre, todo estirado no chão, um livro à frente. Hoje, era poesia. Dava para ver pelas extensas margens em branco da página e pela pose especialmente lânguida dele.

Sentei ali perto e coloquei um livro aberto no meu colo, para que eu pelo menos pudesse fingir estar lendo se alguém me encontrasse. Não dissemos nada um para o outro, mas ele pareceu não se incomodar com a minha presença. Alguns minutos mais tarde, porém, um assistente da biblioteca apareceu com o carrinho. Ele apontou para o livro no chão diante de Alistair.

– Isto é seu? – perguntou ele.

– Não – falei.

Eu deveria ter me tocado por que ele estava perguntando, porque ele esticou o braço e pegou o livro, soltando-o dentro do carrinho. Alistair pareceu mal-humorado enquanto sua leitura se afastava sobre as rodas.

– Qual é o seu problema? – perguntou ele. – Você parece terrível.

Vindo de Alistair, soava quase como um elogio.

– É ruim? – perguntei. – Morrer?

– Ah, qual é, não vem com essa – disse ele, se esparramando totalmente no chão.

– Eu tenho medo de morrer – falei.

– Bem, ainda vai levar um tempo para acontecer com você.

– O Estripador quer me matar.

Isso o fez hesitar. Ele ergueu a cabeça do chão para olhar para mim.

– Por que está dizendo isso? – quis saber ele.

– Ele mesmo disse.

– Está falando sério? – perguntou ele. – O Estripador?

– Aham – falei. – Algum conselho? Caso aconteça?

Tentei sorrir, mas eu sabia que não parecia um sorriso – e não dava para esconder o tremor na minha voz.

Alistair se sentou lentamente e tamborilou com os dedos no chão.

– Eu nem me lembro de ter morrido. Só de ir dormir.

– Não se lembra de nada?

Ele sacudiu a cabeça.

– Achei que era um sonho muito esquisito – disse ele. – No meu sonho, o IRA colocava uma bomba no meu peito, e eu sentia o tique-taque, e estava tentando contar às pessoas que ia explodir. Então a bomba explodiu. Eu vi a explosão sair do meu peito. E então parte do sonho desvaneceu, e eu estava no quarto, e era de manhã. Eu estava olhando para mim mesmo na cama. Até onde sei, isto tudo é parte daquele sonho. Talvez eu ainda esteja nele.

– Por que você acha que voltou?

– Eu não voltei – disse ele. – Só nunca fui embora.

– Mas por quê? Quer dizer, não falam que os fantasmas volt... ficam por aqui porque têm assuntos inacabados ou algo assim?

– Quem diz isso?

Era uma boa pergunta. A resposta era: programas de televisão, filmes e a prima Diane. Não exatamente as fontes mais confiáveis de informação.

– Eu odiava este lugar – disse ele. – Tudo o que eu queria era ir embora. A morte deveria ter cuidado disso, e ainda assim, aqui estou eu. Mais de vinte e cinco malditos anos nesta maldita escola. Não sei o que dizer a você. Não sei por que sou assim ou o que acontece com outras pessoas. Só sei que ainda estou aqui.

– Você iria embora, se pudesse?

– Sem nem pensar duas vezes – disse ele, deitando-se novamente. – Mas pelo visto não vai acontecer. Nem penso mais nisso.

Apertei o terminal no meu bolso. Eu podia transformar o sonho de Alistair em realidade, agora mesmo. Em um segundo. A enormidade disso chegava a ser engraçada. Não quer mais existir? Ok! *Zap*. Pronto. Uma cortina de fumaça e você já era, como um truque de mágica. Percorri os botões com os dedos. Talvez fosse dessa maneira que eu devesse passar o dia – libertando uma pessoa.

Mas aquele ali era Alistair, em quem eu acabara pensando como alguém que frequentava minha escola, não apenas uma figura em um túnel. Ou, como eles chamavam mesmo? Uma sombra.

Tirei completamente o terminal do bolso e o coloquei no colo. Na verdade não sei o que teria feito se Jerome não tivesse aparecido e sentado ao meu lado. Felizmente, ele sentou do outro lado, ou teria acabado bem em cima de Alistair.

– O que é isso? – perguntou Jerome, indicando o telefone com a cabeça.

– Ah... o celular da Bu.

– *Esse* é o telefone dela? Qual a idade dessa coisa?

Ele esticou a mão para pegá-lo, mas afastei o aparelho.

– Você não deveria estar estudando? – perguntei.

– Eu deveria me encontrar com meu grupo de latim. Mas somos apenas cinco, e três estão fora.

– Maricas.

– *Audaces fortuna iuvat.*

– O que significa isso? – perguntei.

– A sorte favorece os corajosos – responderam ele e Alistair ao mesmo tempo.

Jerome se mexeu um pouco até ficarmos com os braços e as pernas colados.

– Você está bem? – perguntou ele. – Por que está aqui em cima sentada no chão?

– É silencioso – falei. – E eu gosto do chão.

Acho que Jerome estava preparado para aceitar qualquer coisa que eu dissesse naquele momento como um flerte. Ele estava com aquela expressão que indicava alto nível hormonal e timing perfeito. Sob qualquer outra circunstância, eu teria adorado. No momento, porém, não estava sentindo muita coisa. Tinha exaurido minha reserva de emoções.

– Ah, meu Deus – disse Alistair.

– Desculpe – respondi.

– Pelo quê?

Foi Jerome quem disse isso.

– Achei que eu... tinha arranhado você – menti. – Com a minha unha.

– Vá em frente – disse Alistair, com uma voz cansada. – Acontece o tempo todo. Estou acostumado.

– Você está bem? – perguntou Jerome, o rosto perto do meu.

Ele pronunciou as palavras de um jeito tão inglês, tão rebuscado. Não respondi. Dei um beijo nele.

Nosso último beijo tinha sido num frenesi. Naquele dia foi diferente. Apertamos os lábios um contra o outro e os mantivemos ali. Dava para sentir o ar quente do nariz dele conforme ele inspirava e expirava. Beijamos o pescoço um do outro. Comecei a me empolgar um pouco e ceder à sensação que voltava a percorrer lentamente minhas veias. Beijar é uma compensação para um bocado das porcarias que você tem que aguentar na escola e na adolescência em geral. Pode ser confuso, esquisito e desajeitado, mas às vezes simplesmente faz você derreter e esquecer tudo o mais que estiver acontecendo. Você poderia estar em um prédio em chamas ou em um ônibus prestes a despencar de um penhasco e não importaria, porque você seria apenas uma poça. Uma poça no chão da biblioteca, beijando o cara de cabelo cacheado.

– Mas será que dava para vocês não rolarem para cima de mim? – perguntou Alistair. – Eu estava aqui primeiro.

Quando o sinal tocou, indicando o que seria o fim das aulas se fosse um dia comum, ambos demos um pulo e piscamos. Alistair tinha se levantado e ido para um outro canto, e eu estava ouvindo umas risadinhas mais ou menos na nossa direção. Saímos da biblioteca com os olhos embaçados e a gola da camisa amassada. As três viaturas de polícia tinham virado duas viaturas e quatro furgões, bem maiores. Também havia pessoas em grupos de três e quatro, carregando cartazes e velas.

– Vai ter uma vigília hoje à noite – disse Jerome, ajeitando a gravata de monitor. – No local do assassinato de Mary Kelly. É a apenas algumas ruas daqui. Estão esperando centenas de pessoas.

O sol já estava se escondendo, e as multidões se aproximavam. O Estripador, o Estripador, o Estripador.

Fomos para o refeitório, que ficava ali perto. Jerome segurou minha mão. Isso não passou despercebido. Também não foi mencionado. Mas eu vi que foi registrado. De repente eu estava morrendo de fome, e peguei uma porção generosa de torta de peixe. Comi com uma das mãos, com a outra segurando a de Jerome por baixo da mesa. Havia apenas um indício de suor na testa dele. Fiquei orgulhosa. Eu era o motivo do suor.

E a vida pareceu boa por cerca de meia hora.

– Então, estão especulando onde vai ser esta noite – disse Jerome. – Porque vai ser num ambiente fechado, certo? Um monte de gente está apostando nos hotéis, por causa de todos os turistas...

Meu bom humor explodiu. *Plop*. Já era.

Ele tagarelou por uns bons dez minutos sobre as várias probabilidades de locações para o assassinato daquela noite. Aguentei pelo máximo de tempo que consegui.

– Tenho que ligar para os meus pais – falei, me levantando.

Enfiei minha bandeja na prateleira de qualquer jeito e me juntei às várias pessoas que se dirigiam lá para fora.

A droga da chuva enevoada tinha começado de novo. Dava para vê-la sob o brilho alaranjado das luzes por cima do gramado e diante da escola. Mais um monte de gente havia se amontoado em torno da escola agora, o povo com seus cartazes, e os policiais, e o punhado de gente da imprensa que tinha decidido usar o local do crime anterior como ponto de transmissão.

– Ei! – gritou Jerome. – Espere! Rory!

– Não é um jogo – falei, me virando.

– Eu sei disso – respondeu ele. – Olha, eu sei que você é uma das testemunhas. Desculpa.

– Você não sabe de nada – cortei.

Eu me arrependi mesmo enquanto falava, mas a verdade pura e simples era que... alguma coisa tinha que ceder. Os beijos tinham me distraído por algum tempo, mas a realidade estava de volta.

Jerome olhou para mim, confuso, e sacudiu a cabeça, incapaz de articular as palavras.

– Vou voltar – disse ele. – Tenho que cumprir tarefas a noite inteira.

Eu o observei cortar caminho pelo meio da praça, erguendo a gola do blazer contra a chuva que caía e parando apenas para ajeitar a bolsa-carteiro.

Stephen estava de pé perto da porta, uniformizado. Reconheci Callum, também com um uniforme da polícia. Precisei de um momento para reconhecê-lo, pois o capacete estava afundado, cobrindo o rosto. Geralmente, Stephen usava um suéter da corporação, escuro e de gola V, com dragonas nos ombros, mas, naquela noite, ele e todos os outros policiais, incluindo Callum, estavam com coletes para operações especiais, repletos de pequenos bolsos. Stephen acenou para mim quando entrei.

Havia uma pequena comoção no salão comunitário. Descobri que era um grupo de pessoas em torno de Bu, que havia retornado triunfante em uma cadeira de rodas. Não é que Bu fosse extremamente popular nem nada, mas ela havia sido *atropelada* e voltara em uma *cadeira de rodas*. Esse tipo de coisa atrai atenção. Jo, reparei, estava de pé bem ao lado da cadeira, os braços educadamente cruzados. Nem entrei para cumprimentá-las. Subi direto.

Eu tinha prometido aos meus pais que ligaria depois do jantar, então subi para cuidar disso. Eles haviam me arrancado diversas promessas de que eu ficaria dentro do prédio trancado, cercado por todos os policiais. Bristol, ao que parecia, também estava em alerta máximo, assim como a maior parte das cidades principais. Será que o Estripador de repente atravessaria o país? Será que assassinos iriam querer copiá-lo? Parecia que as pessoas não queriam que Londres ficasse com toda a diversão. Todo mundo merecia compartilhar o medo.

Desliguei o telefone assim que consegui, e fechei os olhos. Ouvi Jazza entrar.

– Você viu a Bu? – perguntou ela.

– Vi – respondi.

– Você não foi dar oi. E Jerome estava vagando na frente do prédio, com cara de chateado.

– A gente discutiu – falei.

– Você não está muito falante.

Senti quando Jazza se sentou na beirada da cama.

– Todo mundo está com medo, Rory.

O impulso de gritar era imenso, mas eu me contive. Gritar com Jazza seria ruim. Apenas mantive os olhos fechados e esfreguei o rosto.

– Seria melhor você descer e dar oi a Bu – disse ela.

– Eu vou.

Jazza estava decepcionada comigo. Dava para ver por seu suspiro suave e pelo jeito como ela se levantou e saiu sem dizer mais uma palavra. Eu conseguira uma tríade – Alistair, Jerome, Jazza. Na verdade, as três únicas pessoas em Wexford com quem eu tinha alguma conexão especial. Se aquela seria minha última noite, eu tinha feito um belo trabalho até agora.

A escuridão caíra, e agora era a noite do Estripador.

30

Foi uma noite longa, e eu não sabia o que era pior: o terror que eu mal conseguia manter sob controle ou o tédio. Ficamos sentadas naquela salinha de estudos por seis horas inteiras. Bu tentou me entreter lendo fofocas sobre celebridades inglesas cujos nomes eu só tinha ouvido recentemente. Minha bunda estava dormente de tanto ficar sentada. Minhas costas doíam por causa da cadeira. O ar na sala de estudos ficou rançoso, e eu passei a odiar as paredes azul-bebê.

Eu tinha a impressão de que as coisas deveriam ser mais dramáticas – não apenas ficar sentada enquanto o tempo pesava cada vez mais sobre meus ombros.

– Pode dormir se quiser – disse Bu pouco depois de uma da manhã. – Não na cama, mas se quiser pode deitar.

– Não. Não posso fazer isso.

Ela se balançava para a frente e para trás na cadeira.

– Você me viu com Callum, né? – perguntou ela.

Não entendi direito aquela pergunta. Eu tinha visto Callum, e ele estava com ela.

– Você acha... Ok. Eu... eu gosto bastante dele. Sempre gostei, né, mas nunca tive ninguém a quem pudesse contar. Um ano sem ninguém para quem contar. E talvez ele simplesmente não ache que possamos ficar juntos, por causa do trabalho. Os dois, eles levam muito a sério, sabe? Eles ficaram mais perturbados depois do que quer que tenha acontecido a eles. Callum tem raiva. E Stephen... bem, é Stephen.

Essa informação súbita sobre a vida amorosa de Bu me confundiu.

– O que isso quer dizer? – perguntei.

– Ele é inteligente... tipo, muito inteligente. Ele estudou em Eton. Chique demais. Mas tem algo nele... quer dizer, eu sei que aconteceu alguma coisa ruim. Eu sei que ele não fala com a família. Ele só faz trabalhar. Quer dizer, deve ter um motivo para o terem escolhido para recomeçar a coisa toda. E eu amo Stephen. De verdade. Nunca pensei que teria um amigo tão chique como ele, sabe? Ele é um fofo. Só que não tem vida. Ele lê. Ele dá telefonemas. Ele fica sentado em frente ao computador. Não sei se ele tem hormônios.

O que Bu estava dizendo fazia certo sentido. De todos os caras que eu já conhecera, Stephen me parecia o mais... eu não sabia direito qual era a palavra certa. Mas entendi o que Bu queria dizer. Eu nunca tinha a sensação de que Stephen pensava *naquele* tipo de coisa.

– Callum tem hormônios – prosseguiu Bu. – Eu o vi em ação quando saímos juntos, quer dizer, como amigos. A gente sai e ele conhece alguém assim que entramos pela porta da boate ou algo assim. Mas ele não sai com ninguém, nunca. Talvez a gente não possa. Talvez isso faça parte do que somos. Quer dizer, não podemos dizer que estamos com alguém. Mas é isso que torna tudo perfeito, entende? Você precisa me ajudar com isso, né? É bom ter uma garota por perto.

Ela deu um suspiro, e eu, um sorrisinho.

– E você tem hormônios – disse ela. – Você e Jerome, sempre se amassando loucamente.

Jerome. Ele estava logo ali, em Aldshot, mas era o mesmo que estar na Lua. Eu poderia ter mandado uma mensagem, ligado para ele ou enviado um bilhete, mas aquela não era uma noite em que eu pudesse ter uma conversa desse tipo. Então talvez não houvesse mais amassos loucos no futuro.

– É – falei, com tristeza.

O ponteiro do relógio marcou mais uma hora. Jazza bateu à porta e disse que estava indo deitar. Charlotte veio avisar que estavam distribuindo biscoitos no salão comunitário e deixou um punhado para nós. Gaenor entrou para falar com Bu. Jo aparecia de vez em quando para confirmar que o prédio estava seguro.

Dei um pulo quando meu telefone vibrou. Havia algumas poucas pessoas que poderiam me mandar mensagem àquela hora – meus amigos de Bénouville (apesar de eles geralmente mandarem e-mails) e Jerome.

Olá, dizia a mensagem. Estou entediado.

Eu sentia o mesmo, mas não fazia ideia de quem era meu companheiro de tédio. O número não era de Jerome. Eu só tinha cinco números ingleses registrados no meu celular, e aquele não era nenhum dos cinco.

Quem é?, respondi.

O telefone vibrou de novo. Um outro número desta vez, e outra mensagem.

Todo mundo ama o Insolente Jack.

– É Jerome? – perguntou Bu.

Insolente Jack. Era outro apelido do Estripador no passado, outra falsa assinatura. O telefone vibrou de novo. Um terceiro número.

Venha à estação de metrô King William Street às quatro.

O ambiente pareceu muito frio de repente. Bu deve ter percebido que havia algo errado, porque pegou o telefone.

– King William Street? – disse ela, olhando a mensagem. – Não é uma estação.

Ela ainda segurava o aparelho quando chegou outra mensagem. Leu sem pedir minha permissão, e vi sua expressão se anuviar.

– O que foi? – perguntei.

– Vou chamar o Stephen.

Ela estava esticando a mão para pegar o próprio telefone e tentou continuar segurando o meu, mas eu o tirei dela.

Vou matar esta noite, dizia a nova mensagem. Vou matar e matar e matar e matar novamente até conseguir chegar a você. Vou matar por todo o caminho. Vou traçar uma linha de sangue até alcançar você. Venha a mim primeiro.

Pelo menos isso deixava as coisas claras. Quase apreciei o quão inequívoca era a mensagem.

Stephen estava dentro da sala de estudos conosco em cerca de um minuto. Ele pegou o celular da minha mão e rapidamente passou os olhos pelas mensagens de texto.

– Todas de números diferentes – disse ele. – Você reconhece algum?

Balancei a cabeça em uma negativa. Ele já estava no próprio celular, fazendo uma ligação.

– Preciso rastrear algumas mensagens de celular...

Ele recitou o número das mensagens e desligou sem se despedir. Bu já estava no laptop.

– King William Street – disse ela. – Eu pesquisei. É uma estação de metrô inutilizada bem ao norte da ponte de Londres.

Olhando por cima do ombro dela, Stephen leu o artigo sobre a estação.

– O que é isso aí embaixo? – perguntou ele, apontando.
– Também foi cenário de uma batida de apreensão de drogas em 1933, que falhou e resultou na morte de seis policiais disfarçados.

– Uma coincidência meio estranha, ele querer encontrar Rory na mesma estação abandonada onde seis policiais morreram, não é? – perguntou Bu.

– Muito – disse Stephen. – Tem um link para um artigo. Clique aí.

Eles ainda estavam examinando isso quando o telefone de Stephen começou a tocar. Ele atendeu e ficou ouvindo, murmurando alguns "sim", até que desligou.

– Rastrearam as mensagens – disse ele. – Todas de telefones diferentes, trianguladas até um pub a duas ruas daqui. Tem uma festa lá esta noite. Podemos rastrear todos os donos, mas isso é irrelevante. Ele está simplesmente pegando telefones. O que importa é que está por perto.

– O que não é um problema – disse Bu. – Estamos prontos para enfrentá-lo. Essa ideia da estação... ele não pode estar falando sério.

Puxei o laptop de Bu para mim. O artigo era de um site de notícias do tipo "hoje na história". À esquerda da tela havia uma coluna de fotografias, os rostos das vítimas.

Primeiro achei que estava imaginando coisas. Eu definitivamente não estava com a cabeça muito boa.

– Não gosto disso – disse Stephen, tirando o capacete e sentando-se na mesa. Passou as mãos pelo cabelo até deixá-lo arrepiado. – Sabemos que ele está perto deste prédio agora. Por que mandá-la atravessar a cidade até uma estação antiga?

– Talvez ele queira fazer com que ela saia, para matá-la lá fora?

– Provavelmente – disse Stephen.

Ignorei a maneira casual como tratavam meu assassinato iminente. Minha atenção ainda estava grudada na tela. Não. Não era minha imaginação.

– Ele quer que eu vá para onde ele morreu – falei.

Tanto Bu como Stephen olharam para mim. Apontei para a quinta fotografia na lateral da tela.

– É ele – falei. O homem careca na foto sorria para nós. – Aquele é o Estripador.

31

Meu pronunciamento foi recebido com um lon-go silêncio.

Eu ainda encarava a fotografia na tela. O Estripador tinha um nome: Alexander Newman. Em vida, ele sorria.

— Rory — perguntou Stephen —, tem certeza de que é ele?

Eu tinha certeza.

— Ela tem razão — disse Bu, se inclinando para a frente e encarando a foto. — Eu nem o reconheci. Só me lembro dele me jogando na maldita rua. Mas ela tem razão.

— Isso muda as coisas — disse Stephen. — Ele está jogando com a gente. Acaba de passar das duas, então temos duas horas.

Ele andou de um lado para outro na sala de estudos por um momento. Houve uma batida à porta. Ele a abriu com violência. Era Claudia no corredor.

— Sim? — disse ele bruscamente.

— Está tudo bem aí dentro? — perguntou ela.

— Apenas fazendo algumas perguntas complementares — disse ele.

Claudia não pareceu convencida. Agora que eu parava para pensar, Stephen parecia muito jovem, e ultimamente estava sempre por perto. Eu não acho que ela duvidasse de que ele era um policial, mas não tenho certeza de que se convencera completamente de que ele estava pelo prédio por motivos estritamente investigativos.

– Entendo – respondeu Claudia. – Bem, dê um pulo na minha sala antes de ir embora, por favor.

– Sim, pode deixar – disse Stephen no mesmo instante. – Obrigado.

Ele não chegou a bater a porta na cara dela, mas foi quase isso.

– Vamos fazer duas coisas – disse ele. – Vamos fazê-lo pensar que Rory vai se encontrar com ele. Para afastá-lo daqui. E, depois, vamos tirar Rory deste prédio sem ninguém reparar.

– Por quê? – quis saber Bu.

– Porque – respondeu ele, com impaciência – antes achamos que ele simplesmente viria para cá e estaríamos esperando. Mas agora não tenho ideia de para onde ele planeja ir ou o que planeja fazer. Então nossa jogada é confundi-lo. Ele se manteve no controle da situação por tanto tempo que não imagino que vá ficar satisfeito se não souber o que está acontecendo por um instante. Tem algum outro jeito de sair deste prédio sem ser pela porta da frente?

– O único outro jeito que conheço é pela janela do banheiro – falei. – Mas recolocaram as barras.

– Não tem como sair por uma janela. Este prédio está cercado. A polícia repararia, ainda que o Estripador não. Nenhum outro jeito?

Balancei a cabeça em negativa.

– Tudo bem – disse ele. – Vocês duas ficam aqui. Eu já volto.

Stephen ficou fora por cerca de dez minutos. Jo apareceu durante uma das pausas na patrulha do prédio, e Bu disse a ela o que estava acontecendo, então ela ficou conosco. Quando Stephen voltou, trazia uma sacola de plástico de supermercado, que jogou em cima da mesa. A sacola tinha uma alça despedaçada e parecia suja, como se tivesse saído do lixo. Dentro, tinha um amontoado de tecido preto e branco e um objeto de plástico de um verde muito vivo.

– Vista isto – disse ele.

Virei o saco e descobri que o que estava dentro era um uniforme policial amarrotado completo, incluindo o colete.

– Onde você conseguiu isso? – perguntou Bu.

– É do Callum.

– E ele está vestindo o quê?

– No momento, não muita coisa. Vista.

Reparei que Bu ficou um tanto animada com essa informação.

– Vou lá bater um papo com a sua diretora. Você vai se trocar. Guarde suas roupas na bolsa. Rápido.

Callum e eu tínhamos mais ou menos a mesma altura; as calças ficaram meio compridas, mas não demais. A camisa ficou folgada – Callum tinha músculos e um peitoral largo em lugares diferentes do meu. O cinto era pesado e ficava ainda mais devido a coisas como algemas, uma lanterna, um cassetete e o que parecia spray de pimenta. O colete tático também era gigante e pesado, com um radiocomunicador no ombro.

– Pegue os meus sapatos – disse Bu.

Ela estava com um par de sapatilhas pretas, algo que conseguia calçar rápido. Estavam meio suadas por dentro e eram largas demais para mim, mas eram melhores que as sapatilhas cor-de-rosa com bolinhas que eu estava usando. Stephen bateu uma vez, e então abriu a porta enquanto eu ainda fazia os ajustes finais.

— E quanto a mim? — perguntou Bu.

— Você não pode se mexer com essa perna. Além disso, precisamos de você aqui com um terminal para o caso de eu estar errado. E você tem que fazer isto...

Stephen pegou o laptop dele e escreveu alguma coisa, então o passou para ela.

— Tem que descobrir um jeito de passar esta mensagem para todas aquelas câmeras na vigília. O mais rápido que puder.

— Posso ajudar com isso — disse Jo.

O capacete não encaixou de jeito nenhum. Era um daqueles altos, característicos dos policiais ingleses. Tinha um grande emblema prateado na frente, com uma coroa em cima. Era pesado, e instantaneamente caiu por cima dos meus olhos.

— Basta que você o mantenha no lugar segurando-o pela borda — disse Stephen. — É o capacete errado para mulheres, então mantenha a cabeça baixa.

— Não pareço uma policial.

— Você não precisa enganar ninguém de perto — disse Stephen. — Só precisamos sair do prédio e virar a esquina. Mandei Claudia verificar uma janela. Precisamos ir.

Bu parecia incomodada com nossa partida, mas tudo estava acontecendo tão rápido...

— Tomem cuidado — disse ela. — E não façam nenhuma besteira.

— Vemos vocês em algumas horas — disse Stephen. — Fique alerta. Fique com Jo por perto.

Sair de Wexford foi fácil. Eram apenas alguns passos pelo corredor, depois mais alguns até a porta principal. Passamos pelo salão comunitário tão rápido que tudo o que as pessoas viram foram duas figuras vagamente parecidas com policiais andando muito depressa.

Uma vez do lado de fora, o jogo mudou totalmente. Havia quatro policiais na frente do prédio, quase todos conversando entre si ou olhando para as pessoas entrando e saindo da vigília. Mas um deles se virou na minha direção. Abaixei a cabeça na mesma hora, segurando o maldito capacete no lugar. Fingi estar falando no rádio que havia grudado no ombro do colete de Callum. Não conseguia me equilibrar tão bem nos sapatos ligeiramente maiores de Bu, e de vez em quando os malditos paralelepípedos eram meus inimigos. Senti a barra da calça que eu havia dobrado para dentro se abrir aos poucos. Stephen não podia me ajudar a andar, porque isso pareceria muito esquisito, mas ele se mantinha muito próximo, então eu podia esbarrar nele para evitar uma queda. Ele me guiou direto pela rua de paralelepípedos, que passava por um dos prédios de salas de aula antes de chegar à rua comercial principal. Assim que saímos da propriedade da escola, Stephen me pegou pelo braço para me ajudar. Ele meio que me arrastou pela rua, virando abruptamente em um pequeno beco perto de um prédio em reforma para ser transformado em apartamentos chiques.

Não havia nada ali além de lixo – antigas cadeiras de escritório e rolos de tapete descartado e uma caçamba cheia de pedaços de madeira e parede quebrada.

– Somos nós – disse Stephen.

– Ah, graças a Deus – disse uma voz.

Callum emergiu de trás da caçamba. Mesmo com tudo o que estava acontecendo, foi difícil não reparar nisto: ele estava só de cueca, meias e sapatos. A cueca era do tipo apertado – não daquelas pequenas, mas de pernas um pouco mais compridas, que parecem meio esportivas. As pernas dele eram mais cabeludas do que eu teria esperado, e ele tinha uma grande tatuagem, algo que parecia uma videira que começava em alguma parte da virilha e ia até alguns centímetros acima do joelho.

Não acho que eu tenha disfarçado bem quando reparei em tudo isso.

– Pode se trocar – disse Stephen, me entregando a bolsa. – Vou pegar o carro.

– Por favor, seja rápido – acrescentou Callum. – Isto não é tão divertido quanto parece.

Passei por cima das tábuas e me enfiei atrás da caçamba. Estava frio e sujo ali atrás, e só ficou mais frio e mais desconfortável quando tirei o uniforme de policial. Fui jogando as roupas para longe conforme as ia tirando, de forma que, quando saí, Callum já estava completamente vestido, se abotoando e fechando os zíperes. Foi ligeiramente decepcionante.

Stephen parou o carro no final do beco. Entramos. Provavelmente era ilegal parar ali, mas, dirigindo uma viatura, ele podia fazer o que quisesse. Estava com um laptop aberto, ligado a um console central na frente do carro, e parecia acessar uma base policial.

– Tem um Alexander Newman aqui – disse Stephen. – Diz que ele morreu em 1993, que foi o ano do incidente na King William Street, mas a ficha dele não menciona isso. Diz que ele era do ramo de operações especiais. Diploma de medicina em Oxford. Treinado como psiquiatra no hospital St. Barts, três anos na força... O que é que esse cara estava fazendo em um esquadrão antidrogas?

– É com isso mesmo que deveríamos estar nos preocupando agora? – perguntei.

– Ele quer que você vá para o lugar onde ele morreu – disse Stephen, sem se virar. – É evidente que esse lugar tem significado no que quer que esteja acontecendo. Quanto mais soubermos sobre isso, melhor podemos determinar o que faremos... ou o que *ele* vai fazer. Também tem uma coisa muito estranha na ficha deste caso. Um evento assim, com seis policiais mortos... deveria ter documentação infinita. Este registro parece escasso.

– Você adora papelada, não é? – perguntou Callum.

– Estou dizendo que, para um caso dessa magnitude, deveria haver centenas de páginas. Mas tudo o que tem aqui é o laudo geral, o laudo do legista e quatro depoimentos de policiais. Basicamente, aqui só diz que uma unidade de homens armados foi enviada para a cena, para tentar tomar o controle da situação, mas que, no momento em que chegaram, todos os policiais estavam mortos. De acordo com isto, havia quatro policiais no veículo que foi dar o reforço armado.

Ele digitou mais alguma coisa. Olhei pela janela, para a rua escura em que ele havia estacionado. Ninguém à vista. Havia uma câmera do circuito de vigilância apontada diretamente para nós. Isso era quase engraçado agora.

– Parece que um morreu e os outros dois estão aposentados. Mas um ainda está trabalhando: sargento William Maybrick. Polícia da Cidade de Londres, em Wood Street. Ele vai trabalhar esta noite.

– Como você sabe? – perguntou Callum.

– Porque todo mundo está trabalhando esta noite – respondeu Stephen. – Acho que vale a pena irmos lá para descobrir o que ele sabe. Com as sirenes ligadas, chego em cinco minutos.

32

Outra curiosidade sobre Stephen: ele era realmente bom no volante. Foi trocando de marcha numa velocidade incrível enquanto rasgávamos a cidade, passando a toda diante de bancos e tirando finos dos táxis e carros com aparência muito cara que ainda singravam pelas ruas. Captei parte de uma observação sarcástica de Callum sobre o fato de Stephen comemorar um monte de aniversários em corridas de kart. Stephen o mandou calar a boca.

Chegamos cantando pneu em frente à delegacia. Como estávamos em uma viatura, pudemos parar bem na frente. A delegacia de Wood Street parecia uma fortaleza construída inteiramente com blocos de pedra branca. Havia algumas janelas e grandes portas duplas de madeira com um brasão esculpido na pedra logo acima: dois leões rugindo um para o outro por cima de um escudo. Duas luminárias antigas, que pareciam ter pertencido a postes de rua a gás e convertidas para eletricidade, com a inscrição POLÍCIA, eram a única fonte de luz ou identificação.

– Como pretende conseguir que ele fale com você? – perguntou Callum enquanto tirava o cinto de segurança.

– Nós temos meios – respondeu Stephen.

– 'Nós'? Eu faço parte desse 'nós'. Não conheço nossos meios.

Eles saíram e continuaram falando, mas fora do carro eu já não conseguia ouvir tão bem. Eu não sabia direito o que fazer. Estava na parte de trás, em meu pijama de jacaré. Saltar do carro me parecia a ideia lógica, mas a porta não abria. Stephen voltou e me libertou dali. Então nós três entramos na delegacia. Na recepção, Stephen pediu para falar com o sargento Maybrick de um jeito tão firme, como se tivesse todo o direito, que o policial ergueu uma sobrancelha. Ele olhou para Stephen, e então para Callum, e finalmente para mim. Eu parecia ser o elo fraco naquele quadro geral.

– E vocês são...? – quis saber ele.

– Apenas ligue para ele.

– Ele está muito ocupado no momento.

– Isto tem a ver com o caso do Estripador – disse Stephen, se inclinando por cima da bancada. – O tempo é crucial. *Pegue o telefone.*

A palavra *Estripador* realmente tinha um efeito incrível nas pessoas. O policial da recepção pegou o telefone instantaneamente. Um minuto depois, um homem saiu do elevador para o corredor. Era pelo menos cinco centímetros mais alto que Stephen e devia ter o dobro do peso. Havia marcas de suor sob os braços da camisa branca de seu uniforme, e as dragonas nos seus ombros tinham muito mais listras que as de Stephen.

– Vocês têm informações para mim? – perguntou ele.

O sotaque dele, eu agora conseguia reconhecer, era Cockney: puramente londrino.

– Preciso que me diga tudo de que se lembra sobre a morte dos seis policiais na estação de King William Street em 1993 – respondeu Stephen.

Até para os meus ouvidos, a exigência parecia ridícula.

– E quem é você exatamente, cabo? – questionou o sargento.

Stephen tirou um bloco de notas do cinto, abriu, rabiscou alguma coisa e passou o papel ao sargento.

– Ligue para este número – disse ele. – Diga que está com o cabo Stephen Dene aqui. Diga que preciso que me dê informações.

O sargento Maybrick pegou o papel e encarou Stephen bem nos olhos.

– Se estiver desperdiçando meu tempo, filho...

– Ligue para o número – insistiu Stephen.

O sargento dobrou o papel ao meio e reforçou o vinco correndo os dedos pela dobra várias vezes.

– Ellis – disse ele ao homem ao balcão –, certifique-se de que estes três fiquem aqui.

– Sim, senhor.

O sargento seguiu pelo corredor e pegou o telefone. Stephen cruzou os braços, mas, pelo jeito como cerrava e abria o punho, dava para ver que ele não tinha plena certeza de que aquilo ia funcionar. O policial na recepção nos avaliava. Callum se virou para a parede a fim de esconder a tensão em seu rosto.

– Que número é este? – sussurrou ele na direção de Stephen.

– Um dos nossos superiores – sussurrou Stephen. – E ele não vai ficar feliz de eu ter dado o telefone dele.

A conversa foi breve. O sargento Maybrick marchou de volta pelo corredor até nós, passando pelo policial curioso na recepção.

— Lá fora — disse ele, passando direto por nós no caminho até a porta.

Uma vez lá fora, ele nos afastou do prédio. Teve um ataque de tosse, então pegou um maço de cigarros e acendeu um.

— O que são vocês? — perguntou ele. — Operações especiais? Investigação criminal?

— Não tenho autorização para informar isso — disse Stephen.

— Então eu realmente não quero saber. Tem certeza de que quer que eu conte isto com ela aqui?

Acho que meu pijama não inspirava muita confiança. Ou o fato de eu estar pulando na ponta dos pés para me manter aquecida.

— Tenho — respondeu Stephen.

— A coisa na King William foi feia. Fiquei contente ao deixar aquilo para trás. — O sargento Maybrick sacudiu a cabeça e deu uma longa tragada no cigarro. — Recebemos uma ligação dizendo que tinham ouvido tiros e que policiais haviam sido abatidos. Não sabíamos o que estavam fazendo lá nem por quê aquilo tinha acontecido. Fomos quatro, como reforço, no carro especial. Fomos direcionados a um prédio na King William Street: Regis House. Há uma porta no porão que leva à antiga estação. É um lugar bem fundo, sem elevador, um longo lance de escadas. Eu me lembro de ter avaliado a situação: éramos quatro, entrando em terreno completamente desconhecido, subterrâneo. Se o atirador, ou atiradores, ainda estivessem lá embaixo, estariam encurralados. Poderiam nos pegar nas escadas, ou se ver em uma posição em que acabariam matando todo mundo. Não era uma situação boa, não importava por qual ângulo a avaliássemos. Escuridão total, escadas abaixo, pareciam continuar eternamente, girando e girando. Perdemos o sinal do rádio. Gritamos que estávamos descendo, ligamos as lanternas...

demos a quem quer que estivesse lá embaixo todas as chances de aparecer. Silêncio absoluto.

Ele voltou a olhar para mim antes de prosseguir.

– A área da plataforma foi dividida em dois andares durante a guerra. Então havia um lance de escadas e uma área administrativa no andar superior. A porta estava aberta. Quando vimos que a área principal da plataforma estava limpa, dois de nós quatro subimos as escadas, e os outros dois entraram nos túneis. Encontrei uma mulher, Margo Riley, primeiro. Estava na mesa. David Lennox estava no chão perto do armário de materiais. Mark Denhurst estava em uma das salas dos fundos. Jane Watson morreu com um cano nas mãos, tentando lutar, imagino. Katie Ellis estava perto da entrada dos túneis. Todos mortos muito antes de termos chegado.

– E Alexander Newman?

– Mandaram que procurássemos seis policiais. Encontramos cinco mais ou menos na mesma área. Finalmente o encontramos também, mais para dentro dos túneis. Bala na cabeça. Aquilo sempre me incomodou. Havia algo que não encaixava no que eu estava vendo. Foi só mais tarde que descobrimos que era uma operação secreta, uma batida de apreensão de drogas que tinha dado errado. Os traficantes tinham conseguido acesso e estavam armazenando e transportando cocaína pelos túneis antigos. Era uma cena terrível, e estranha. Não se parecia com nenhuma outra batida que eu já tivesse visto, e eu já tinha visto algumas. Não havia drogas por perto, nenhuma evidência de troca de tiros. Funcionava como algum tipo de escritório ali embaixo. Parecia um grupo de pessoas assassinadas enquanto cuidavam de seus afazeres. E eu tive a impressão...

Desta vez a hesitação dele não foi ligada a mim. Ele fumou por um momento, depois jogou o cigarro no chão e o pisoteou.

– Certamente eu tive a impressão de que Newman tinha sido o executor. Os outros estavam desarmados e todos tinham sido baleados. Ele estava com uma arma na mão e o ferimento na cabeça parecia autoinfligido... mas estava muito escuro. Ninguém quer acusar um colega de profissão de fazer algo assim sem provas, mas... Enfim, nos tiraram dali bem rápido. Eu nem me lembro de ter visto os investigadores de cena do crime por lá. Ninguém estava tirando fotos nem nada. Fomos tirados dali e nos mandaram ficar de bico calado, o que eu fiz até agora. Houve um rumor... apenas um rumor, veja bem... de que Newman tinha sido afastado em algum momento. Todos suspeitávamos de que ele havia tido algum tipo de colapso, matado os outros, talvez sob o estresse de trabalhar disfarçado por tanto tempo. A história oficial era de apreensão de drogas, e nunca a desafiamos. Aqueles policiais estavam mortos. Nada os traria de volta. As famílias mereciam paz. Mas a cena estava errada. Eu sempre soube que estava errada. Está me dizendo que isto tem a ver com o Estripador?

– Tem mais alguma coisa de que se lembre a respeito daquela noite? – perguntou Stephen.

– Só que foi terrível – disse ele. – Não se vê muitas coisas assim, e é melhor não ver. Uma vez na vida já é o suficiente.

– Mais nada? Nada de estranho?

– Acho que teve uma coisa esquisita. Quando encontramos Newman, ele estava segurando um walkman.

– Um o quê? – perguntou Callum.

– Acho que você é jovem demais para isso – disse Maybrick. – Um walkman da Sony. Ele não o estava apenas segurando, agarrava o aparelho com força contra o corpo. Uma coisa estranha de se segurar durante uma batida de apreensão ou um tiroteio grande.

A expressão de Stephen se alterou instantaneamente. Suas sobrancelhas se ergueram tanto que pareceram puxar todo o rosto dele no movimento.

– Isso significa alguma coisa para você? – perguntou o sargento. – O que está acontecendo aqui? Eu mereço saber. Tem um monte de homens meus na rua hoje à procura desse canalha.

– Obrigado – disse Stephen. Não usou mais sua voz profunda e séria. Esse era o Stephen normal. Na verdade, havia um tremor em sua voz. – Isso é tudo.

Não havia muitas opções de lugares onde fazer uma breve reunião às três da manhã na noite do Estripador, então nos sentamos no carro de polícia a algumas ruas dali, o motor ligado.

– Ainda não sei o que acabamos de descobrir – disse Callum. – Só sei que estou com náuseas.

Pela primeira vez eu não era a única completamente perplexa e perdida. Stephen tinha o olhar fixo à frente, na parte de trás de uma van.

– Stephen? – chamou Callum. – Diga que não está pensando no que estou pensando. Por favor me diga que não.

– Um walkman – disse Stephen, baixinho. – Antes de telefones celulares, seria o aparelho perfeito. A mesma ideia. Um objeto comum que todo mundo poderia carregar por aí. Alguns botões apertados para fazer a corrente elétrica atravessar as pedras. Uma estação de metrô usada como central. Um corpo encontrado agarrado a um walkman. Não eram policiais disfarçados... eram *a gente*. O esquadrão não foi descontinuado por causa de fundos, foi porque um de nós ficou maluco e assassinou todos os outros.

Callum deu uma risada sombria e esfregou as mãos no rosto.

– Uma estação morta – disse ele. – Para a polícia morta. É assim que as chamam, as estações inutilizadas. Estações mortas.

– Ele sabe que existimos – prosseguiu Stephen, o olhar ainda fixo. – Todas as mensagens. Assassinar pessoas diante das câmeras. Ele queria que soubéssemos que ele era um fantasma. Queria nossa atenção. Ele nos conhece. É um de nós.

– Isso parece uma emboscada – disse Callum. – Se você estiver certo, ele quer que a gente vá ao lugar onde ele assassinou o esquadrão anterior inteiro. Eu já estive nesses túneis e estações antigas. Se você não souber andar neles, está encrencado.

– Se não formos – disse Stephen –, ele vai matar pessoas. É nossa única chance. E temos que decidir agora.

Callum soltou o ar ruidosamente e bateu a cabeça contra o encosto do banco. A distância, eu ouvia o *uón-uón-uón-uón* das sirenes, viaturas de polícia perseguindo um homem que nunca poderiam ver, que nunca poderiam pegar.

– Você não pode ligar para alguém? – perguntei. – Pedir orientação sobre o que fazer?

– Não tem ninguém que possa nos dizer o que fazer – disse Stephen. – Temos superiores, mas ninguém pode tomar esta decisão. O tempo é curto demais, e as informações são muito escassas. Depende apenas de nós.

Ele abriu o laptop mais uma vez.

– Estação King William Street – disse. – Popular entre os exploradores urbanos. Tem desenhos e fotos do lugar aqui. Construída em 1890, fechada em 1900. Durante a Segunda Guerra Mundial, foi convertida em abrigo contra ataques aéreos... Há dois pontos de acesso. O principal é o porão de um grande prédio comercial chamado Regis House, na King William

Street, como o sargento acaba de dizer. Leva à escada de emergência da construção original. Você desce vinte e dois metros em espiral até os túneis. O outro ponto de acesso é na estação de London Bridge. Os antigos túneis da King William Street são usados para ventilar a estação. As únicas pessoas que podem descer por lá são os engenheiros do metrô de Londres. O público não pode mais, porque está cheio de cabos energizados.

– Minhas palavras preferidas – disse Callum. – Cabos energizados.

– Você pode entrar pela London Bridge – disse Stephen. – Parece que é possível atravessar por um túnel por baixo do Tâmisa. Eu vou pela escada. Vamos para cima dele por duas vias e o pegamos no meio. Não estou dizendo que é completamente seguro, ou que é ideal. Mas somos, literalmente, as duas únicas pessoas que podem impedi-lo, e este é o único momento em que saberemos onde ele planeja estar. Aceitamos este trabalho por um motivo.

– Porque somos aberrações – disse Callum. – Porque somos azarados.

– Porque podemos fazer uma coisa que as outras pessoas não podem.

– Mas isso eles não nos contaram, não é? Não nos contaram que alguém do último esquadrão ficou doido e assassinou os outros.

– Você teria mencionado? – perguntou Stephen, simplesmente.

Não costumo planejar muitos ataques ou cercos, mas até eu sei que é ruim quando você entra por um porão em um lugar a mais de vinte metros de profundidade que a maior parte das pessoas sequer sabe que existe.

— Odeio esse plano – disse Callum finalmente. – Mas sei que você vai entrar lá sozinho se eu não for. Então acho que estou dentro.

— Tenho que ir com vocês – falei.

Não é que eu seja extremamente corajosa... acho que simplesmente me desliguei de mim por um momento. Talvez coragem seja isso. Você esquece que está em maus lençóis quando tem outra pessoa em perigo. Ou talvez haja um limite para o quão assustado se pode ficar, e eu já tinha chegado lá. Qualquer que fosse o caso, eu falei sério.

— Sem chance – disse Stephen no mesmo instante. – Vamos esconder você em algum lugar pelo caminho.

— Vocês não têm escolha – falei. – Nem eu. Ele quer a mim. Ele vem atrás de mim. Se vocês falharem, em algum momento ele vai conseguir me pegar.

— Ela tem razão – disse Callum.

— Ela nunca fez isso antes – argumentou Stephen.

— *Vocês* mal fizeram isso antes – rebati. – Olhe, Callum acabou de dizer que isso parece uma emboscada. Vocês não podem simplesmente entrar de fininho torcendo para conseguir encurralar o Estripador. Precisam de alguma isca para mantê-lo ocupado.

— Ela tem razão – disse Callum novamente. – Estou odiando essa conversa inteira, mas ela tem razão.

— E ela está desarmada – acrescentou Stephen. – O outro terminal está com Bu, que vai precisar caso ele resolva ir a Wexford. Não podemos deixá-la indefesa.

— Vou colocar as coisas de outro jeito – falei. – Eu vou. Não estou pedindo permissão. Não posso viver deste jeito. Não posso viver sem saber como termina.

Assim que proferi as palavras, soube que eu tinha descoberto a razão para meu súbito surto de coragem pura. Eu não podia continuar assim, com aquela visão, sabendo que algum fantasma poderia ir atrás de mim. Ou eu ia acabar com aquilo, ou ia morrer tentando.

Stephen colocou a cabeça entre as mãos por um momento, então bateu num ritmo tenso no volante. Em seguida ligou as sirenes de novo e pisou no acelerador.

WHITE'S ROW, LESTE DE LONDRES
9 DE NOVEMBRO
2H45

Em 1888, a Miller's Court era uma ramificação sombria da Dorset Street, conhecida como a pior rua de Londres. O quarto treze, no número vinte e seis da Dorset Street, tinha uma entrada particular pela Miller's Court. O quarto treze sequer era um quarto de verdade: era apenas um antigo salão de fundos, com uma janela quebrada. Lá dentro havia uma cama, uma mesa e uma lareira. Foi ali que, na manhã de 9 de novembro de 1888, o corpo de Mary Kelly foi encontrado pelo proprietário do quarto, que apareceu às dez e quarenta e cinco para cobrar o aluguel. Foi a única vez que o Estripador atacou em um ambiente fechado e a única em que a cena do crime foi fotografada. As imagens hediondas de Mary Kelly no quarto treze entraram para os anais da história.

A redenção da Dorset Street foi tão impossibilitada que nos anos 1920 os prédios foram todos demolidos para dar espaço ao novo mercado de frutas que seria inaugurado em Spitafields. No exato local onde antes ficara o quarto treze havia agora um armazém no qual caminhões podiam entregar mercadorias para abastecer o lugar. E às duas da manhã naquele dia 9 de novembro, mais de cinco mil pessoas se reuniam ali. Elas ocupavam todo o estreito espaço entre o armazém e o estacionamento de vários andares, transbordando para as ruas ao redor. A maior parte delas tinha vindo para uma vigília que duraria a noite inteira, em homenagem às vítimas do Estripador, tanto as de 1888 como as atuais.

Mas também havia outras pessoas ali. Dezenas de repórteres dos noticiários tagarelando em dezenas de línguas diferentes diante de câmeras ligadas. Dezenas de policiais, de uniforme ou à paisana, vagando pela multidão. Carrinhos de souvenirs vendendo camisetas de Bem-vindo de volta, Jack e Sobrevivi ao 9 de novembro e tudo o que ganhei foi esta camisa idiota (com mancha de sangue falsa e tudo). Ambulantes de comidas e bebidas vendiam castanhas assadas, refrigerantes, chás, rolinhos de salsicha e sorvete. Em muitos aspectos, parecia Carnaval.

Ninguém reparou em quem começou a espalhar os folhetos. Eles apenas passaram a circular pela multidão, automaticamente. Tinham apenas seis palavras – nenhum chamado à ação, nenhuma instrução. Apenas uma simples e estranha mensagem.

Vários minutos depois, para enfatizar bem o ponto, uma chuva de folhetos caiu do céu. A garoa os deixou úmidos, pesados e grudentos, de maneira que alguns ficaram presos nas paredes antes de cair. A multidão olhou para cima, para o estacionamento de carros com vários andares atrás deles. Os folhetos continuavam caindo, mas não havia ninguém os jogando. Eles caíam e caíam, punhados por vez.

Uma das organizadoras da vigília descolou um folheto da parede e o leu.

– O que é isto? – disse ela. – Algum tipo de brincadeira de mau gosto?

Como o estacionamento ficava mais ou menos no local do quinto assassinato do Estripador, tinha sido fechado e trancado por aquela noite. Diversos policiais patrulhavam o térreo. Ninguém poderia ter subido até o topo. No entanto, era de lá que vinham os folhetos. Estava uma falação nos radiocomunicadores de ombro, e uma equipe subiu para sondar cada andar e descobrir quem estava lá em cima. Havia dois outros policiais no escritório do estacionamento, olhando perplexos para os monitores do circuito interno de vigilância. Eles viam os folhetos caindo, mas não a pessoa que os jogava. Os informes começaram a chegar: "Primeiro andar, tudo limpo." "Segundo andar, tudo limpo."

Lá embaixo, na rua, os repórteres encaravam a chuva de papel. As câmeras foram direcionadas para cima a fim de captar a tomada. Pelo menos era diferente, algo para quebrar a monotonia de esperar a coisa acontecer, as baboseiras infinitas dos repórteres e as tomadas das viaturas passando por ali.

Apenas uma pessoa na multidão viu quem estava jogando os folhetos. Essa pessoa era Jessie Johnson, de dezessete anos, que três dias antes havia sofrido um choque anafilático depois de comer um amendoim. Ela viu a mulher de uniforme dos anos 1940 se inclinando para a frente em um dos andares, jogando os papéis no ar.

– Ela está ali – disse Jessie. – Bem ali.

A observação de Jessie ficou perdida na confusão quando um helicóptero apareceu acima de todos, afogando tudo com o som das hélices que cortavam o ar e cegando a todos com o poderoso holofote de busca. A aeronave fez uma varredura pelo topo do estacionamento, enquanto as pessoas lá embaixo protegiam os olhos e as velas, tentando prosseguir com a vigília.

– Nunca esqueceremos – gritava a pessoa no microfone – que as vítimas têm nomes, têm rostos.... Levaremos esta noite conosco...

Jessie observou a mulher de uniforme terminar de jogar os folhetos e desaparecer. Minutos depois, a mulher saiu a passos bruscos do estacionamento, passando bem no meio de três policiais. Mesmo enquanto acontecia, Jessie já reescrevia a história em sua mente. Era estranho demais. A mulher devia ser policial ou algo assim. A menina não fazia ideia de que acabava de ver o último soldado em ação do Exército britânico da Segunda Guerra Mundial, ainda de uniforme, ainda defendendo o East End.

Jessie olhou para os folhetos, que cobriam a rua e eram lidos por milhares de pessoas e filmados por dezenas de câmeras de televisão. Diziam:

OS OLHOS IRÃO ATÉ VOCÊ

Terminais

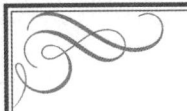

Homens seriam anjos, anjos seriam deuses.

– Alexander Pope,
"Ensaio sobre o homem"

33

Estávamos dentro da viatura, diante da Regis House, do outro lado da rua. Aquele era um dos incontáveis grandes prédios comerciais da cidade de Londres. Devia ter uns dez andares, todo em pedra branco-acinzentada, ocupado por muitos e muitos escritórios. A fachada era quase inteiramente de vidro, com uma grande placa suspensa de metal negro comunicando o nome e o endereço: 45, King William Street. Tínhamos deixado Callum na estação de London Bridge alguns minutos antes. Agora ele estava cruzando o Tâmisa por um túnel subterrâneo.

– Vamos dar mais dez minutos a ele – disse Stephen, olhando para o relógio no painel. Eram três e quarenta e cinco.

Stephen então olhou pela janela, inspecionando a rua. A King William Street dava na London Bridge, e não havia muitos pubs ou restaurantes naquela área. A rua estava deserta a não ser por nós. Observei o semáforo mudar, o homenzinho no sinal de "siga" passar de verde para vermelho.

Mais uma vez, era hora de aguardar. Londres inteira aguardava, em silêncio, como se a população estivesse com a respiração coletivamente suspensa em antecipação. Não havia ar suficiente no carro para mim. Algo apertava meu peito. Medo. Tentei manter as palavras de Jo em mente: o medo não podia me machucar. Era uma cobra sem veneno.

Aquilo não era cobra coisa nenhuma. Era uma tonelada de pressão.

– Lembra que eu disse que foi um acidente de barco? – perguntou Stephen, interrompendo minha linha de raciocínio. – Não é verdade.

Ele ajeitou de um jeito nervoso o seu colete de operações táticas.

– Quando conheci Callum e ele me perguntou o que tinha acontecido comigo, me preparei para contar a história, que começa num hangar de barcos, mas depois mudei de ideia. Ele simplesmente concluiu que sofri um acidente de barco, e eu nunca o corrigi. Desde então uso essa versão.

– Então o que realmente aconteceu? – perguntei.

– Minha família é bastante rica. Não era um lar amoroso nem saudável. Tivemos muita coisa enquanto crescíamos, mas uma vida familiar aconchegante não foi uma delas. Quando eu tinha catorze anos, minha irmã mais velha morreu de overdose. Pareceu acidental: ela tinha saído para a noite de Londres. Mas a autópsia mostrou que ela estava com grandes quantidades tanto de heroína como de cocaína no corpo. Ela tinha dezessete anos.

Era o tipo de coisa à qual se deve dar alguma resposta, mas, dadas as circunstâncias, senti que não haveria problema se eu continuasse calada.

– Ela morreu em um sábado. Na quinta-feira seguinte meus pais já tinham me mandado de volta para a escola e ido para

St. Moritz esquiar e 'arejar um pouco a cabeça'. Foi assim que minha família lidou com a morte da filha. Eles me mandaram embora e foram esquiar. Por três anos, simplesmente tentei bloquear tudo. Eu estudava. Praticava esportes. Era o aluno perfeito. Nunca me permitia parar por um segundo que fosse para pensar sobre o que tinha acontecido. Anos de bloqueio. Então, nas minhas últimas semanas na escola, quando eu tinha sido aceito em Cambridge, percebi que era a primeira vez que eu realmente não tinha nada para fazer, nada para o que trabalhar. E comecei a pensar... o tempo todo. Eu não conseguia parar de pensar nela. E fiquei com raiva. E fiquei triste. Todas as coisas que achei que tinha mantido longe da minha cabeça estavam todas ali, esperando por mim. Eu era capitão do time de remo, então tinha acesso ao hangar. Uma noite, no início de junho, entrei, peguei uma corda e a joguei por cima de uma das vigas...

Ele não precisava continuar. Eu tinha entendido.

– Você tentou se matar – falei. – E deve ter falhado. Porque está aqui. Espere. Você não é um fantasma, é? Porque isso deixaria minha cabeça totalmente em parafuso agora.

– Não falhei – disse ele. – Fui interrompido no meio do processo.

Ele tirou as chaves da ignição e as colocou em um bolso do colete.

– O que ninguém diz a respeito do enforcamento é como dói – disse ele –, e que não é rápido. Por isso que é uma punição tão terrível. Os carrascos misericordiosos sabem como quebrar um pescoço instantaneamente, o que é uma bondade. Quando você se enforca, no entanto, a corda corta seu pescoço. É agonizante. Assim que eu fiz, vi o erro que era, mas não conseguia mais tirar a corda. Você não consegue, depois que está apertada em torno do seu pescoço e o peso do seu corpo já começou a puxar você para baixo. Você chuta, puxa a corda, luta. Eu estava prestes a desistir quando vi alguém indo até mim. Outro aluno, mas não alguém que eu reconhecesse. Ele disse 'Você consegue me ver, não é?' E ele simplesmente me observou, com curiosidade. Então endireitou a cadeira e foi embora. Coloquei meus pés de volta na cadeira e tirei a corda do meu pescoço e jurei nunca, nunca mais dar tão pouco valor à minha vida, por pior que as coisas pudessem parecer.

Uma sirene fúnebre ao longe interrompeu a conversa.

– Está tudo bem – disse ele. – Eu aceito o que fiz, e não vou fazer de novo. Só não conto às pessoas normalmente porque... porque não posso. Não posso contar à maioria das pessoas que 'tentei me matar porque não conseguia lidar com a morte da minha irmã, mas tudo bem agora porque fui salvo por um fantasma'.

– Não pode mesmo – falei. – Eu entendo. Mas como você saiu disso para *isto*? Para a polícia fantasma?

– Outra coisa que não comentam, provavelmente porque está longe de ser relevante, é que se enforcar deixa uns machucados terríveis no pescoço. – Ele ajeitou a gola, como se estivesse se lembrando. – Não tem como confundir. – Na manhã seguinte, fui chamado à enfermaria, onde um psiquiatra queria falar comigo. Eu poderia ter mentido para ele, mas ainda estava um tanto atordoado. Contei exatamente o que eu tinha visto. Naquela tarde, me transferiram para um hospital psiquiátrico particular, onde me deram medicamentos e me colocaram na terapia. Dois dias depois, uma pessoa veio me oferecer um emprego. Ela disse que eu não estava louco. Estava *deprimido*, mas não louco. E estava deprimido por um bom motivo. Ela sabia o que tinha acontecido à minha irmã. O que eu vira era real. Eu tinha uma habilidade que me tornava raro e muito especial, e será que eu não queria usá-la para algo de valor? Eu não queria fazer a diferença? Uma semana depois, tive alta do hospital e fui levado a um escritório em Whitehall, onde outra pessoa me explicou as regras. Eu seria o primeiro em uma equipe reconstituída e altamente especializada. Tecnicamente seria um policial. Receberia treinamento policial. Seria, para o mundo exterior, um cabo de polícia. Era o que eu deveria dizer a todos. Na realidade, eu seria o comandante de um novo esquadrão da polícia.

Stephen apertou o volante com tanta força que seus dedos ficaram brancos. Foi o mais próximo de uma demonstração de sentimentos que eu já tinha visto nele.

– Era assim que eles recrutavam, entende? Procuravam em registros psiquiátricos por gente bem-sucedida que contasse uma história parecida, aqueles que haviam tido encontros com a morte quando jovens e em seguida relatavam ver pessoas que não estavam lá. Éramos tirados de hospitais psiquiátricos. Fui o último dessa estirpe. Bu e Callum foram recrutados em emergências de hospitais depois do acidente que sofreram. Ambos falavam sobre essas pessoas misteriosas que tinham visto... ambos sofreram acidentes. Ambos atletas. Ambos tinham a manha das ruas, ainda que não fossem acadêmicos. Ambos de Londres, e sabiam transitar pela cidade. Foram identificados, e me mandaram recrutá-los. Sou o último dos malucos.

– Você não me parece maluco – falei.

Stephen assentiu e olhou pela janela para a Regis House, depois novamente para o relógio.

– Três e cinquenta e cinco – disse ele. – Callum já deve ter entrado a essa altura. Hora de ir.

O prédio da Regis House claramente deveria estar trancado às quatro da manhã, mas as portas estavam abertas quando testamos. As luzes do saguão estavam acesas, e havia uma mesa de segurança que parecia geralmente contar com algum funcionário. A ausência do guarda era agourenta, a cadeira empurrada para trás até quase encostar na parede. Vimos uma xícara de chá pela metade e um computador aberto no site de notícias da BBC. Stephen se inclinou para a frente e olhou a tela.

– Última atualização há meia hora – disse ele.

Reparei num pedaço de papel sobre a mesa, com as seguintes instruções rabiscadas: "Pegue o elevador e desça um andar. As escadas ficam no final do corredor. Procure a porta preta."

Nenhum de nós dois discutiu o destino do guarda. Não havia sentido. Pegamos o elevador e então as escadas para a parte estrutural do prédio: a sala com os aquecedores, tubos e todo o maquinário pesado necessário para manter um lugar daquelas dimensões funcionando. Na extremidade da sala havia uma porta preta. Tinha alguns adesivos de alerta de segurança, mas nada fora do comum. Nada que indicasse aonde poderia levar. Stephen tirou o colete que refletia a luz e o jogou no chão, e então testou a maçaneta com cuidado. A porta se abriu. Senti uma rajada de vento frio passar pela abertura.

– Uma pergunta – falei. – Você me contou tudo aquilo porque acha que vou morrer?

– Não – disse ele. – É porque você está prestes a fazer uma coisa corajosa, e achei que eu também deveria ser corajoso.

– Vou encarar isso como um sim – falei.

Antes que eu pudesse hesitar mais um segundo, coloquei a mão sobre a dele e puxei a porta, abrindo-a.

34

As escadas de emergência em espiral, construídas por volta de 1890, não haviam sido aperfeiçoadas desde então. Uma fileira de luzes industriais amarelas espiralava para baixo, descendo e descendo, sem nenhum fundo à vista. De alguma forma, aquele fio de bulbos expostos que descia serpenteando tornava tudo pior. Eles não produziam tanta luz – apenas o suficiente para expor o ladrilhamento antigo, sujo e faltando em vários trechos, e a condição rudimentar e desgastada dos degraus.

Fiquei ali parada no topo, meus dedões ligeiramente além da beirada, incapazes de se mover. Eu já sentia o frio se infiltrando pelo meu pescoço, congelando minhas mãos no corrimão antigo. O ar tinha um cheiro pesado, mineral. O único calor vinha de Stephen, que estava bem atrás de mim.

Sem que eu fizesse um esforço consciente, um dos meus pés se mexeu, e de repente eu estava descendo, me afastando do mundo, de tudo o que era seguro. Alguns degraus abaixo, ouvi o gotejamento pela primeira vez. Foi ficando cada vez mais alto conforme eu descia. O único outro som que se ouvia era um estranho e fraco assovio – o eco do ar passando pelas unidades de ventilação e refrigeração de ar e pelos outros túneis que formavam essa vasta rede sob a cidade. Aquele era o verdadeiro metrô. Comecei a ficar tonta devido à espiral, à monotonia da estrutura toda. Então as escadas em espiral se transformaram em um lance de escadas reto, talvez vinte ou vinte e cinco degraus no total.

– Por favor, desça – disse uma voz. – Cuidado com os últimos degraus. Não estão em condições muito boas.

Congelei onde estava. Agora meu cérebro se lembrara de que deveria sentir medo. Stephen continuava apenas um passo atrás de mim; ele levou a mão ao meu ombro.

– Não tem sentido parar – acrescentou a voz.

Ele tinha razão. Eu havia ido tão fundo que voltar não era mais uma opção. A partir dali, Stephen tinha que me deixar ir sozinha. Ele assentiu para mim, retirando a lanterna do cinto e a apertando, junto com seu terminal.

Desci muito lentamente os últimos degraus, que foram ficando mais largos conforme me aproximei do fim, e terminaram no que devia ter sido a antiga entrada, onde se compravam os bilhetes. Um pouco dos azulejos tinha sido retirado das paredes. Havia um monte de avisos de segurança modernos colados por toda parte, junto com outros muito mais antigos sobre fumo e armas químicas. Dois arcos se abriam à minha frente. Apontando para dentro de cada um deles havia um desenho de mão estilo cartum, um pouco da decoração vitoriana original que direcionava o fluxo do tráfego para entrar e sair da plataforma. Deviam ser bacanas na época, mas agora eram indescritivelmente arrepiantes.

Eu não conseguia mais ver Stephen – ele estava escondido logo além do alcance da vista, nos degraus, esperando. Passei pelo arco da direita e entrei na antiga plataforma. Era um espaço amplo, com um teto arqueado alto. A parte afundada onde os trens costumavam passar fora erguida ao nível da plataforma, de maneira que tinha virado um vasto salão. Parte do espaço fora convertido em uma estrutura de dois andares com um lance de escadas. O restante fora estranhamente mutilado. Havia paredes aleatórias, portais e corredores. Os túneis dos trens eram agora passagens escuras, que levavam a mais salas de formatos estranhos em um lugar que não deveria ter sala alguma. Pesados feixes de fiação, com pelo menos trinta centímetros de espessura, percorriam as paredes e as beiradas do chão. Havia alguns pôsteres remanescentes dos dias em que a estação era um abrigo antibombas, repletos de slogans como CONVERSAS NEGLIGENTES PODEM CUSTAR VIDAS e cartuns de Hitler se escondendo embaixo de mesas. Havia avisos sobre cigarros e respeito a vizinhos adormecidos.

Uma figura emergiu de trás de uma das paredes. Então eu compreendi por que as pessoas achavam que fantasmas flutuavam: eles se moviam com um estranho desprendimento. Parecia que tinham braços e pernas normais que os faziam andar e pegar, mas não havia músculos nesses braços e pernas – nenhum peso, nenhum sangue, nada do que dá aos seres humanos comuns seu jeito característico de se mover.

Afora essa aproximação silenciosa, Newman era surpreendentemente normal.

– Oi – falei.

– Não fique aí parada na porta – disse Newman. – Entre.

– Aqui está bom.

Newman carregava o que parecia uma maleta médica antiquada. Eu já tinha visto essas bolsas. Eram apetrechos do Estripador, vinham sendo vendidas em estandes por toda a cidade. Ele a apoiou em uma antiga estação de trabalho de metal e a abriu.

– Muito bom, o que fez com a mensagem – disse ele. – Não sei como conseguiu, mas foi muito eficaz. 'Os olhos irão até você.'

Ele pegou da bolsa uma faca de lâmina longa e fina. Ainda estava bem distante. Não sou boa em medir distâncias, mas ele estava longe o suficiente para que, se resolvesse correr atrás de mim, eu pudesse me virar e dar uma arrancada até as escadas. Mas ele não deu indícios de que pretendia correr até mim. Ele revirou dentro da bolsa de um jeito despreocupado.

– Quantos eles são? – perguntou.

– O quê?

– Lembra há algum tempo, quando nos conhecemos? – perguntou ele. – Quando joguei sua amiga na frente de um carro? Eu perguntei se você já tinha conhecido alguém como nós, e você me disse que conhecia... Acho que suas palavras foram "uma gente esquisita lá onde eu morava". Você estava mentindo, não é?

Não respondi.

– Não tem por que negar – continuou ele. – Eu realmente espero que você não tenha vindo até aqui sozinha. Seria de uma irresponsabilidade terrível mandá-la sozinha. Quem quer que esteja aí... por que não vem brincar também? Somos todos amigos aqui embaixo.

Nada. Apenas o ruído das gotas caindo.

– Não? – gritou ele. – Não quer? Olhe em volta. Está vendo isto? Esta era a antiga sede. Um bom lugar para nós, as Sombras. Scotland Graveyard. Não há nem um indício de tudo o que acontecia aqui embaixo, de todo o trabalho que fizemos. Quando o governo decide que não precisa mais dos seus serviços, faz você desaparecer. Se você não vier até aqui, acha que vai ganhar algum reconhecimento por sua coragem?

Nada ainda.

– Conheço este lugar melhor que qualquer um. Conheço todas as maneiras de entrar. Não vi ninguém descer com você, então só posso presumir que estejam vindo pelo túnel de London Bridge.

Ele esticou o braço para a esquerda, na direção de uma das aberturas escancaradas para a escuridão.

– A outra entrada é essa por onde você veio, Aurora, justamente por aquelas escadas. E eu observei você. Você veio sozinha. A não ser que haja alguém naquelas escadas, esperando para aparecer. Não espere tempo demais, pelo bem dela.

– Ei! – gritou uma voz de outra parte da estação. – Jack, o Masturbador! Aqui! Quero seu autógrafo.

Callum surgiu da escuridão do túnel, segurando o terminal à frente do corpo.

– Ah! – exclamou Newman. – Você é jovem. Faz sentido, imagino.

– É isso aí – gritou Callum. – Sou uma criança. Quer ver meu brinquedinho?

– Tem uma coisa que eu sei sobre seus brinquedos – disse Newman. – Existem três deles. Existem três de vocês? Espero realmente que sim.

– Não preciso de ajuda – respondeu Callum.

– Telefones – disse Newman, se aproximando de Callum. – Muito bom. – Tínhamos que carregar lanternas e walkmans. Até tentaram colocar um em um guarda-chuva. Incômodo demais. O telefone... Muito bom.

Enquanto Newman estava virado para o outro lado, Stephen saiu dos degraus, atravessando a pequena área da bilheteria, e se jogou contra a parede entre os arcos, bem ao meu lado.

– Você parece ávido – disse Newman a Callum. – Que bom que tenho esta faca. Qual de nós você acha que venceria no fim? Posso fazer um talho na sua garganta na mesma velocidade em que você aciona esse terminal em mim. Acha que deveríamos testar para ver?

Ele golpeou com a faca, descrevendo um arco à frente, e deu mais alguns passos na direção de Callum, que não se moveu um centímetro.

– Ah, gostei de você – disse Newman, se aproximando de Callum. – Corajoso.

– Pare – disse Stephen, me empurrando para o lado e entrando pelo arco.

– Lá vamos nós – disse Newman, que não pareceu nada alarmado. – Dois. Mais um, com certeza.

– Você não pode levar dois de nós – disse Stephen. – Faça um movimento contra um, e o outro vai pegar você. Pode ser um fantasma forte, mas ainda somos mais fortes.

– Os mortos são rápidos – disse Newman.

– Não tanto – retrucou Callum. – Pode acreditar em mim, corro mais que você.

– Com certeza – confirmou Stephen.

– Ah, bom – disse Newman, com um sorriso. – Imagino que o melhor seja eu me entregar.

– Coloque a faca no chão – disse Stephen.

– Sabe... – Newman recuou um pouco, na direção da estrutura de dois andares no meio da plataforma. – Eu aprendi uma coisa muito útil durante meu tempo aqui...

E com isso, escuridão... uma escuridão tão absoluta que meus olhos jamais tinham experimentado nada parecido. Meu cérebro não tinha ideia do que fazer com aquilo. Agora eu compreendia verdadeiramente onde estávamos. Estávamos bem no fundo da terra. Eu não tinha noção de espaço, nenhuma perspectiva. Não poderia ter encontrado o caminho de volta aos degraus. Eu não estava com meu celular – havia sido tirado de mim quando estavam rastreando as mensagens.

– Onde fica o interruptor? – disse ele. – Engraçado como o escuro é assustador.

A voz dele vinha de todas as direções, ecoando do teto abobadado, dos tijolos e azulejos. Ele poderia estar a trinta metros de distância, ou ao meu lado. Dois pequenos pontinhos de luz apareceram – o brilho dos telefones. Depois de um instante, foram acompanhados por um fino feixe de luz vindo de onde estava Stephen, e então de Callum. As lanternas.

– Duas luzes – disse Newman. – Onde está a terceira? Apareça... apareça...

Vi o feixe de Callum se mover de um lado para outro desenfreadamente.

– Aonde ele foi? – gritou Callum. – Está vendo?

– Continue empunhando o terminal – gritou Stephen para ele. – Ele não pode se aproximar de você. Eles estão mais poderosos agora do que no passado.

– Isso é um aviso para mim? – disse Newman. – Ainda estou vendo apenas dois de vocês. Tem que haver mais.

– Talvez houvesse um esquadrão maior se você não tivesse assassinado todo mundo com quem trabalhava – respondeu Stephen.

– Não era para acontecer daquele jeito. Eu não pretendia matar ninguém. Foi tudo uma grande infelicidade.

– Assassinar cinco colegas de trabalho foi uma infelicidade? Assumir o papel de Jack, o Estripador, foi uma infelicidade?

– Um meio para um fim – disse Newman.

Eu sabia muito bem que Stephen estava tentando fazê-lo falar para conseguir descobrir onde ele estava, mas ainda era impossível determinar. A acústica fazia o som de sua voz se espalhar por várias direções. Stephen esticou a mão e me pegou, colocando os braços ao meu redor. Ele fez uma manobra para nos pôr contra a parede, e então saiu de trás de mim e colocou o terminal em minhas mãos.

– Segure isto – sussurrou ele. – Fique apertando o um e o nove. *Não pare.* Fique contra a parede para ele não poder se aproximar por trás.

Eu queria perguntar o que ele ia fazer, mas estava assustada demais para falar. Eu o ouvi se afastar, e então se fez silêncio. Ninguém disse palavra alguma. Um minuto inteiro se passou, talvez mais, sem que absolutamente nada acontecesse. Afundei os dedos com tanta força no teclado numérico que consegui sentir minhas unhas o perfurando. O aparelho forneceu uma pequena bola de luz ao redor das minhas mãos, um brilho que se estendia por quinze a vinte centímetros, no máximo.

As luzes voltaram de repente. Minhas pupilas se contraíram em choque, e levou um momento até eu conseguir ver com clareza. Eu estava contra a parede perto dos arcos de entrada. Callum colara-se à parede oposta, na área de plataforma. Nos encaramos.

– Stephen! – gritou ele.

– Aqui – disse Stephen, baixinho.

Stephen falava de dentro da área da bilheteria, bem atrás de mim. O som não ecoava tanto ali. Pelo jeito calmo como ele falou, tive a sensação terrível de que havia acontecido alguma coisa muito ruim. Callum veio correndo na minha direção. Eu me desgrudei lentamente da parede e olhei pelo arco.

Stephen estava de pé no degrau de baixo, onde acionara o interruptor de um conjunto de luzes de emergência. Estava segurando o braço direito, perto do ombro. Newman estava de pé perto dele, inclinado casualmente contra a antiga cabine de venda de bilhetes.

– Stephen? – chamou Callum.

– Tinha alguém – disse Newman – querendo acender as luzes.

– Pegue-o – disse Stephen, baixinho. – Apenas pegue-o.

– O que diabos está acontecendo? – disse Callum.

– Permitam-me explicar o que vai acontecer – respondeu Newman. – Seu amigo acaba de receber uma injeção com uma dose extremamente alta de insulina. Dentro de alguns minutos ele vai começar a tremer e transpirar. E então vem a confusão. A fraqueza. Aí a respiração se torna difícil conforme o corpo começa a se desligar. A dose que eu dei a ele é fatal se não for tratada, mas facilmente reversível com uma pequena injeção. Por acaso tenho uma seringa pronta para usar. Eu a troco pelos três terminais. Você me dá os três, e ele vive. Ou ficamos aqui e o observamos morrer. E não vai levar muito tempo. Você não vai ter tempo de subir correndo aqueles degraus para buscar ajuda. Os três, agora.

– Callum, pegue-o – disse Stephen de novo.

Mas ele já parecia pálido, e estava agarrado ao corrimão para se manter estável.

– Você é doido – disse Callum. Havia um tremor em sua voz.

– O verdadeiro Jack, o Estripador, era maluco – respondeu Newman. – Sem dúvida. O que eu quero é racional. O terminal é a única coisa no mundo que pode me machucar. Se eu os tiver, não tenho predadores. Não tenho nada a temer. Todos queremos viver sem medo. Agora coloque o seu no chão e o chute para mim. Vocês dois. E quem mais estiver aí.

– Que tal você ir se ferrar? – estourou Callum. – O que acha dessa ideia?

– Que tal você pensar no bem-estar do seu amigo?

Callum revirou o terminal na mão.

– Descemos até aqui para acabar com isto – disse Stephen. – Vá em frente, Callum.

– Se você me matar – disse Newman –, mata ele. A escolha é sua.

Callum olhou para mim.

– Não vai se render? – perguntou Newman, educadamente. – Talvez você queira ficar no comando, será? Talvez seja por isso que está disposto a deixá-lo morrer.

– Callum! – disse Stephen. – Rory! Ele está bem ali! *Vão*.

– Não – disse Newman, apontando para Callum. – Este aqui... eu o compreendo perfeitamente. Ele não vai largar esse terminal, não por você. Nem por nada. Eu compreendo. É o que o faz se sentir seguro, não é? O que lhe devolve sua sanidade. O que lhe dá controle. A visão é uma maldição, e o terminal é a única cura. Eu solidarizo com você. É verdade. É por isso que estou aqui. É tudo o que eu quero também.

Não havia sarcasmo. Nenhum sorrisinho. Acho que ele disse isso com sinceridade, cada palavra.

– Tudo isto – disse Newman. – O Estripador, esta estação... tudo era apenas minha maneira de tentar mobilizar o esquadrão. Elaborei um plano que os trouxesse a um lugar que eu conheço bem. Sempre soube que vocês estariam em maior número, mais do que eu poderia vencer. Então desenvolvi um plano em que eu poderia conseguir o que queria de vocês, e vocês todos poderiam simplesmente ir embora. Ele não tem muito tempo, Callum.

Newman se recostou contra a cabine de venda de bilhetes e nos avaliou. Percebi que eu também segurava o terminal diante do corpo, os dedos posicionados no um e no nove. Tinha feito o movimento inconscientemente. Callum e eu estávamos encurralados, incapazes de avançar.

– Estou vendo a sua expressão – disse Newman a Callum. – O jeito como você segura esse terminal, como se sua vida dependesse disso. Algum deles pegou você também? Foi assim que ganhou a visão? Vários de nós tivemos experiências assim. Sempre fomos um pouco diferentes, um pouco mais intensos. Eu tive meu acidente aos dezoito anos. Tinha ganhado uma moto usada de presente, por ter passado para Oxford. Era 1978. Eu estava na cidade onde nasci, New Forest. Um monte de pistas de terra, nada além de pôneis no caminho. Foi o melhor verão da minha vida. Tinham acabado as provas, o futuro se estendia à minha frente. Era uma noite de céu perfeitamente claro, o sol ainda à vista lá pelas nove da noite, meados de junho... eu estava voltando para casa de uma visita a minha namorada, descendo um trecho da estrada que eu conhecia perfeitamente bem. Então, de repente, alguma coisa me atingiu, me derrubando da moto. Voei para trás, a moto indo parar contra uma árvore. Quando olhei para cima, havia um garoto parado diante de mim, rindo. Os amigos do meu pai estavam passando por ali a caminho do pub, e me encontraram com a moto batida. Contei a eles sobre o garoto. Apontei para ele. Ainda estava rindo. Eles não o viram. Fui levado para o hospital. Os médicos presumiram, muito sensatamente, que eu estava na moto quando ela atingiu a árvore e que eu tinha sofrido uma lesão na cabeça. Comecei a ver pessoas... pessoas que ninguém mais podia ver. Fui internado em um hospital psiquiátrico para observação por um mês, contra minha vontade. Vocês todos sabem como é, tenho certeza. Sabem que não estão malucos, e ainda assim as provas de que estão parecem incontestáveis.

Dava para ver que Callum ouvia tudo isso com a maior atenção, o olhar indo de Stephen para Newman.

– Conforme o verão avançava, percebi que eu tinha que tomar uma decisão. Ou eu ficaria naquele hospital, ou seguiria com a minha vida. Decidi que o melhor a fazer era mentir, dizer aos médicos que eu não conseguia mais vê-los ou ouvi-los. Eles concluíram que eu estava me recuperando da lesão, então fui liberado. Decidi, por causa do meu problema, virar psiquiatra. Eu estudava medicina em Oxford. Quando terminei, fui para St. Barts, que é o antigo distrito de ladrões de cadáveres para autópsias. Se tem um lugar onde você não quer ter a visão, é onde se cavam covas para roubar cadáveres, porque o lugar está repleto deles, e não são agradáveis. Mas terminei meu treinamento, passei nas provas e tirei a licença de psiquiatra. Meu primeiro emprego foi no sistema penitenciário, trabalhando com jovens infratores. Era um bom trabalho para mim, lidar com gente jovem, incompreendida, raivosa. Era um bom lugar para aprender sobre o mal. Sobre o medo. Sobre o que acontece com pessoas isoladas e confinadas desde a tenra idade. E, pode não ser surpreendente para vocês, eu encontrei quatro adolescentes que também tinham a visão.

Stephen estava tentando se manter estável, mas teve que se sentar nos degraus. Callum também estava fazendo um esforço, mas tudo aquilo que Newman dizia... eu sei que estava causando um impacto nele.

– Um dia, um homem veio até mim na rua e me perguntou se eu gostaria de usar minhas habilidades por uma boa causa. Ainda não sei quem ele era, alguém com uma patente muito alta na polícia ou no serviço secreto, imagino. Descobri que haviam começado a examinar dossiês de instituições psiquiátricas para verificar se tinha alguém relatando um conjunto muito específico de delírio: declarando que conseguia ver fantasmas depois de uma experiência de quase morte. Um jeito brilhante de recrutar, na verdade. Fui levado para Whitehall, a um pequeno escritório, e me explicaram sobre as Sombras. Eles sabiam o que eu era. Gostavam do fato de eu ter trabalhado no sistema penitenciário. Gostavam de tudo a meu respeito. Deram a única coisa que eu desejava desde o meu acidente: uma arma. Algo para me proteger contra essas coisas que eu via. No dia em que me tornei uma Sombra, fiquei feliz de verdade pela primeira vez desde os dezessete anos. Aposto que foi o mesmo com você.

"Eu sabia que estávamos fazendo um trabalho de lixeiros, limpando os fantasmas de plataformas do metrô e de antigas casas, mas não me importava. Eu me sentia feliz. Mas não consegui fugir da minha natureza. Os outros... eles foram tirados da provisão comum de força policial. Eu era um acadêmico. Um médico. Um cientista.

"Antigamente havia uma forma de tratamento para esquizofrênicos chamada terapia por choque insulínico. Os pacientes eram levados ao longo de diversas semanas para receber regularmente o choque de insulina, que era intensificado a cada dose. Depois de algum tempo, eram colocados em coma todos os dias e trazidos de volta após aproximadamente uma hora. Não era um processo muito agradável, e os resultados eram discutíveis. Mas eu vi outra utilidade no procedimento. Projetei uma série de experiências para testar diferentes áreas do cérebro, para ver qual levava as pessoas a desenvolver a visão. Mas, para isso, eu teria que recriar as condições sob as quais a visão se desenvolve. Para ser mais específico, eu tinha que levar o corpo a um estado que imitasse o princípio da morte. A terapia por choque insulínico fazia justamente isso. Neuropsiquiatria paranormal, e eu era a única pessoa no mundo qualificada para praticá-la.

"Meu status como Sombra me dava acesso irrestrito, e eu já era conhecido como médico. Então voltei aos lugares onde tinha trabalhado antes. Minha ideia era simples: eu levaria os jovens dotados de visão que havia conhecido e diria que os trataria com uma terapia experimental. Conseguir insulina não é difícil, nem o processo de levar alguém a um coma diabético. É um procedimento um pouco arriscado, mas, se feito com cuidado, não causa nenhum dano permanente. E eu estaria trabalhando com jovens do sistema carcerário, gente já considerada irremediável. Realizei esse trabalho durante dois anos, levando os mesmos indivíduos ao coma por cerca de doze vezes cada. Também conduzi exames físicos e psicológicos.

"Ninguém sabia sobre a minha pesquisa. Eu planejava revelá-la apenas quando tivesse um resultado claro, ponto em que sem dúvida receberia um laboratório adequado e recursos para seguir adiante. Descobrir o que controla a capacidade de ver os mortos? É um trunfo valioso. Então eu continuava cumprindo minhas atribuições normais: removendo fantasmas de prédios, fazendo com que trens voltassem a funcionar, todas as funções triviais que nos faziam desempenhar. No meu tempo livre, eu cumpria meu verdadeiro trabalho. Tinha acabado de localizar um quinto indivíduo para a pesquisa, uma jovem. Comecei o processo com ela. Até hoje, não sei o que deu errado. Eu a coloquei em coma... e ela não voltou. Foi quando as autoridades descobriram o trabalho que eu vinha fazendo. Deveriam ter me agradecido, apesar da falha. Mas não".

Eu agora estava convencida de que Newman contava a verdade. Podia ser um assassino, e mau, mas era honesto. Ao menos estava sendo naquele momento.

– O problema de entrar para uma agência secreta do governo é que eles não podem demitir você. E não podiam me levar a julgamento também. Não... a coisa toda tinha que ser muito discreta. Fui retirado de minha unidade, meus poderes foram revogados, e retiraram meu terminal de mim. Desci aqui naquele dia para conversar com meus colegas Sombras, e para pegar um terminal. Eu precisava do aparelho. Não podia voltar a viver como antes, sem ter com o que me proteger. Eu trouxe a arma porque... tinha que fazê-los ouvir a voz da razão, e me dar um terminal. Mas eles não me deram. Simplesmente não queriam cooperar. Imagino que não acreditassem que eu fosse atirar...

– Callum! – disse Stephen, com a voz fraca.

– Você pode deixá-lo morrer – disse Newman – ou pode salvá-lo, agora mesmo.

– Deixe-me vê-la – disse Callum. – Deixe-me ver a seringa.

– Não posso fazer isso. Não até cada um de vocês colocar o terminal no chão e o chutar para mim.

– Você pode estar mentindo.

– Mas você conhece minha história agora. Sabe por que matei. Sabe o que eu quero. Eu *quero* que vocês o salvem. Quero proteger aqueles que têm a visão. Só que eu também quero proteger a mim mesmo. Não há absolutamente nenhum motivo para que todos nós não possamos sair ilesos desta.

Então ele olhou diretamente para mim.

– Aurora – disse ele. – Você foi incrivelmente corajosa, e sequer está no time. Você arriscou sua vida para salvar outras. Juro a você: se colocar isso no chão e chutar para mim, farei valer minha palavra. Entregue o terminal.

Stephen baixou a cabeça. Acho que ele sabia o que eu estava prestes a fazer e não podia ver acontecer. Mas eu não podia vê-lo morrer. Coloquei lentamente o terminal no chão imundo e o chutei. O aparelho aterrissou mais ou menos perto de Newman.

Agora que eu havia me rendido, todo o fardo pesava sobre Callum. Ele parecia tão mal quanto Stephen. Transferia o peso do corpo de um pé para o outro, como se estivesse se preparando para dar uma arrancada. Seu corpo estava pronto, mas sua mente não.

– Agora você, filho – disse Newman.

– Não me chame de *filho*! Não ouse *falar* comigo.

Newman fechou a boca e ergueu os braços para os lados, colocando-se como um grande alvo.

– Você decide – disse ele. – Aceito meu destino. Se você puder viver com a morte do seu amigo, posso aceitar meu fim aqui. Foi uma luta nobre para todos os envolvidos.

Stephen não conseguia mais implorar. Tinha despencado contra a parede com os olhos semicerrados. Callum se ergueu nos calcanhares, os joelhos flexionados. Ele ia fazer. Eu tinha certeza.

E então ele simplesmente abriu as mãos e deixou o terminal cair.

– Chute para cá – disse Newman, baixinho.

Callum deu um toque perfeito com a lateral do pé, mandando o aparelho direto até Newman. Eu nunca tinha visto uma pessoa em tamanha agonia. Ele esfregou o rosto com as mãos e as manteve ali em posição de reza.

– Dê o remédio – disse ele.

– Quando eu conseguir o terceiro – respondeu Newman.

A postura dele também mudara. Seus olhos tinham se arregalado e havia uma energia nele... ele parecia vivo.

– O terceiro não está aqui – respondeu Callum.

– Mentira!

Foi um grito perfurante, com eco.

– Não está aqui – disse Callum de novo, tirando as mãos do rosto e suspirando. – Mas, se você o salvar, posso levá-lo até ele.

– Ah, não – disse Newman. Ele começou a andar de um lado para outro. – Ele vai morrer, está entendendo? E vai ser *culpa sua*. Está me ouvindo? *Culpa sua!*

Newman estava gritando com a terceira pessoa que ele ainda acreditava estar agachada na escuridão, talvez nas escadas, talvez nos túneis. Ele catou os dois terminais aos seus pés e começou a andar de um lado para outro, olhando pelos arcos, olhando para a escada, procurando a última Sombra. Stephen ia morrer à toa, a não ser...

A não ser que alguém pudesse acalmar Newman, alguém em quem ele acreditasse. Alguém que não representasse ameaça. Alguém com quem ele já tivesse conversado antes. Alguém como eu.

– Eu levo você – falei.

35

Houve um som nos degraus, um grunhido baixo de Stephen quando ele me ouviu dizer essas palavras. Newman parou de andar e me encarou, uma expressão desvairada em seus olhos. Ele voltou à cabine e espatifou os dois terminais, com força, e então abriu a carapaça barata do celular com um ruído, como se fossem dois ovos de páscoa de plástico. Arrancou os fios do interior, tirando os diamantes de cada um, e lançou os telefones vazios e quebrados no chão. Tendo terminado de fazer isso, recuperou a faca, que estava ali em cima da bancada, e atravessou a sala com poucos e longos passos, bem na direção do meu rosto.

– Está mentindo para mim? – perguntou ele, enfiando a ponta no meu queixo.

– Não – falei entre os dentes trincados.

Era difícil falar. Newman pressionou ainda mais a faca, forçando minha boca a fechar. Senti a ponta da lâmina entrar em minha carne, abrindo um pequeno buraco. Mais de perto, ele tinha um cheiro de podridão que queimava o interior do meu nariz. Ele já não parecia mais controlar totalmente as próprias ações.

Ele girou a faca uma vez, me agarrou pelo cabelo e me arrastou pela sala até a cabine.

– Enfie a mão aí – ordenou, apontando com a faca para umas tábuas antigas que selavam a janela da cabine.

As tábuas cederam quando as empurrei, e pude enfiar a mão na abertura, apesar de não conseguir ver o que estava tentando pegar. O que senti foi mais sujeira e teias de aranha, e eu tinha certeza de que estava enfiando a mão em um lugar que havia muito servia de ninho para ratos e camundongos. Senti o que pareciam lápis e algumas coisas semelhantes a pedras que provavelmente era cocô de rato petrificado, mas então alcancei algo liso e fino, de plástico. Puxei cuidadosamente pela abertura. Era uma seringa, com tampa e imaculada, cheia de algum líquido.

– Tire a tampa e injete nele – disse Newman.

– Onde?

– No braço.

Cheguei perto de Stephen, que olhou para mim com um rosto escorregadio de suor.

– Não faça isso – disse ele. – Não deixe que ele pegue o terminal.

Tirei a tampa que cobria a agulha e a enfiei no braço de Stephen. Precisei de muita força para atravessar o suéter e a camisa e a pele. Não entrou completamente da primeira vez, então precisei continuar pressionando para alcançar o músculo.

– Desculpe – falei.

O êmbolo era igualmente difícil de apertar, mas por fim consegui levá-lo até o fim, e o que quer que estivesse dentro da seringa estava agora em Stephen. Quando a tirei, Newman me deu uma chave de braço e colocou a faca diante do meu olho.

– Fique exatamente onde está – disse ele a Callum. – Se eu chegar a *pensar* que ouvi você nos seguindo, corto ela toda.

Eu já tinha ficado sozinha com o Estripador antes, mas ele nunca havia me *segurado* antes. Quando Jo tocava você, a sensação era de uma brisa suave. O Estripador parecia conter a força do vento de um furacão – ou pelo menos uma tempestade bem sinistra, do tipo capaz de arrancar um telhado ou uma árvore. Ele me arrastou degraus acima até chegarmos à parte da escada em espiral, então começou a me empurrar à frente dele.

– Se eu não conseguir meu terminal, não vou me conter – disse ele. – A garota de cabelo comprido, a sua amiga da janela? O garoto de cabelo cacheado? Vão ter que esfregar as paredes por semanas para conseguir lavar todo o sangue. E o que vou fazer com você vai ser ainda pior. Está entendendo?

– Sim.

Eu estava chorando um pouquinho, mas limpei o rosto e comecei a subir. Tropeçava o tempo todo conforme subíamos, e sentia a faca tocar o meio das minhas costas. Quando chegamos ao porão, ele trancou a porta de acesso, fechando Callum e Stephen lá dentro. Dali, me permitiu caminhar sozinha, sabendo que a ameaça me mantinha na linha.

– Onde está? – disparou ele quando entramos no elevador.

– Em Wexford.

– Eu vou na frente, você me segue.

Estava sinistramente quieto lá fora. Nenhum carro. Nenhuma sirene. Ninguém. Apenas o Estripador e eu, avançando no escuro. Ele fez uma curva fechada quando saímos do prédio e seguiu até o rio. O edifício era muito próximo ao Tâmisa, e a King William Street seguia até a ponte London Bridge – uma longa calçada. Newman foi até o meio da ponte, e eu, junto com ele, lutei contra todos os impulsos de começar a correr e nunca, jamais parar.

O Tâmisa estava bem iluminado, alinhado com prédios e monumentos. Aquela era a principal ruazinha de Londres. Todas as luzes estavam acesas naquela noite.

– Hypnos – disse ele, erguendo um dos diamantes. – Tem uma suave nuance cinzenta na falha.

Ele ergueu o outro para comparar.

– Este é Tânato. A cor é parecida, mas levemente mais esverdeada, se você olhar bem. A falha de Perséfone é nitidamente mais azulada.

Eu mal enxergava os diamantes. O vento soprava no meu rosto, e eu estava assustada demais para processar informações tão detalhadas.

– Têm efeitos ligeiramente diferentes – explicou ele. – Hypnos é o mais rápido. Tânato é mais lento para agir, mas não muito. E Perséfone, a que estamos indo buscar agora...

Ele colocou um diamante em cada mão e a fechou ao redor deles.

– ...era o que eu carregava. Muito poderosa. Era por isso que eu a preferia. Além disso, um nome adorável, Perséfone. A deusa do Submundo. Arrastada para o inferno, depois trazida de volta.

Newman sacudiu os dois diamantes nas palmas das mãos como se fossem dados, depois levou o braço para trás e os jogou. Eles desapareceram no ar antes de caírem no rio lá embaixo.

– Dois já foram – disse ele. – Falta um. Vamos lá, Aurora.

Ele se virou e andou de volta pelo mesmo caminho pelo qual tínhamos vindo, subindo a King William Street. O leste de Londres é antigo e confuso, cheio de pequenas ruas e curvas, mas ele andava cheio de determinação, resoluto e rápido. Passamos pelo meio do distrito financeiro de Londres, pelos vestígios das decepcionadas festas para o Estripador, todas esperando por aquele último corpo. Costuramos por entre multidões, uma pessoa viva e outra morta. No escuro, ninguém reparava na faca que percorria as ruas da cidade, empunhada por ninguém. Ou, se reparavam, atribuíam a uma ilusão de ótica, um reflexo, ou excesso de cerveja.

Eu quase tinha que correr para acompanhar Newman, meus pensamentos ainda mais acelerados. Callum tentaria nos seguir, mas teria que sair de lá primeiro, e com certeza levaria Stephen para um lugar seguro. Então estava muito atrás de mim. Bu estaria acordada e alerta, e Jo ainda estava de vigia em algum lugar do prédio. Mas Bu estava em uma cadeira de rodas. Eu levaria o Estripador para dentro da escola, e a única pessoa que podia enfrentá-lo estava impotente.

Mas eu continuava, ainda o seguia, porque não havia alternativa.

Wexford ainda estava mais ou menos acordada. As luzes permaneciam acesas em algumas das janelas. A fileira de policiais havia minguado. Agora havia apenas uma viatura e nenhum policial de fato à vista, mas várias pessoas passavam pela praça conforme a vigília chegava ao fim.

– Onde está? – perguntou Newman quando chegamos ao gramado.

– Dentro do prédio do meu alojamento.

– Onde?

– Está com uma pessoa. Eu posso entrar, pegar e trazer para você.

– Ah, acho que vamos entrar juntos.

Encostei o cartão no leitor ao lado da porta. Ouviu-se um bipe e o clique quando ela destrancou. Havia apenas duas pessoas no salão comunitário. Charlotte era uma delas, adormecida na cadeira perto da porta. A outra era Bu.

— Olá, Rory — disse Charlotte, acordando com um bocejo. — Ainda acordada?

Bu, como era de se esperar, se concentrou em Newman.

— É ela — disse Newman. — Da noite em que fomos caminhar. Ela é um deles?

Em um segundo, Bu estava com o terminal pronto, apontado na direção dele. Newman moveu a faca para ela poder ver e a ergueu do lado direito do meu pescoço, a ponta abrindo um pequeno buraco na carne.

— Os outros estão vivos por enquanto — disse ele. — Pergunte a Aurora. Eu mantive minha palavra. Em troca, vou ficar com esse terminal. Você pode largar isso no chão, ou então ela será a primeira a morrer. Aí eu acabo com essa aí na cadeira, e depois com você.

— Está se sentindo bem? — perguntou Charlotte a Bu.

Bu ergueu o telefone e manteve os dedos em cima do um e do nove, mas não apertou.

A pressão no meu pescoço aumentou. Senti um fio de sangue correr pela lateral.

— Você está em uma *cadeira de rodas* — disse Newman. — Não tem opção.

Bu hesitou por mais um momento, depois o largou no chão.

— Você deixou seu telefone cair — disse Charlotte. — Sério, está tudo bem?

— Cale a boca, Charlotte — disse Bu, sem tirar os olhos de mim ou de Newman.

Charlotte se virou, ainda sentada, para ver o que estava acontecendo. Não conseguia dar sentido à cena, eu parada de um jeito tão rígido, Bu largando o telefone por aí. Ela se levantou e estendeu a mão para o celular, o que fez Newman se lançar para a frente. Ele agarrou um abajur na mesinha de canto e o quebrou na cabeça de Charlotte quando ela se abaixou. Quando ela deu um gritinho de surpresa, ele a atingiu mais uma vez, e mais uma, até ela cair no chão e ficar imóvel. Então ele pegou calmamente o terminal da mão dela.

– Pronto – falei. – É todo seu. Como eu disse.

– Disse mesmo – concordou ele.

Eu não fazia ideia do que ia acontecer agora, e não tenho certeza de que Newman tivesse alguma ideia também. Ele encarou o terminal em choque. Sangue escorria do talho na cabeça de Charlotte. Eu não sabia se ela ainda estava viva. Newman observou o noticiário por um momento, hipnotizado pela imagem dos carros de polícia rodando pelas ruas, ainda à procura dele.

– Estamos numa situação e tanto, não é? – disse ele. – Nosso acordo era que, se eu conseguisse o terminal, seu amigo Stephen poderia viver. Eu honrei o combinado. Mas dei início a um projeto, um grande projeto, e ele precisa ser completado. O Insolente Jack precisa terminar seu trabalho.

– Mas...

– Aurora – disse ele, pacientemente –, é um espetáculo bom demais para terminar. E, na verdade, você sempre soube. Você não fugiu de mim, você me enfrentou. Teríamos que terminar isto.

Isso não me perturbou tanto quanto deveria. Era mais como um sonho. Eu entendia exatamente o que ele queria dizer. Talvez tivéssemos mesmo que terminar isto. Talvez ele fosse a pessoa que eu sempre imaginara ao meu lado na Inglaterra, um par escrito nas estrelas: o matador e a vítima, unidos pelo destino. Ou talvez eu simplesmente estivesse cansada de fugir dele, cansada de sentir aquela faca.

— Por quê? — quis saber Bu.

— Por quê? — disse Newman. — Porque eu posso.

— Mas de que isso serve?

Newman apontou para a televisão atrás dele.

— Esta história — disse ele — atraiu muitas imaginações. Escolhi Jack, o Estripador, por uma razão muito específica. Medo. Jack, o Estripador, é uma das figuras mais temidas da história. Olhe só para todas essas pessoas obcecadas por ele. Faz mais de cem anos, e ainda estão tentando descobrir quem ele é. Ele é cada figura no escuro. É cada assassino que conseguiu escapar. É aquele que mata e nunca explica por quê. No grande esquema das coisas, ele nem matou tanta gente assim. Sabe o que eu acho que é? Eu acho que é o nome. E nem foi ele quem inventou, foi um jornal, com base em uma carta falsa.

— O nome da estrela, no *Star* — falei.

Ele riu e assentiu, parecendo genuinamente satisfeito.

— O nome da estrela — repetiu ele. — Muito bom! No jornal *Star*. É claro que agora há meios muito mais eficientes de transmitir notícias: notícias constantes, atualizadas instantaneamente. Eu sou a história. Eu sou a estrela. Estou no controle.

Newman nunca me parecera louco antes desse momento, mas algo havia se destacado, revelando a energia crua que corria por baixo. Ele tinha o que queria, e agora não tinha mais nada a temer.

Ele ia me matar.

Perdi um pouco a visão periférica, um som oco em meus ouvidos. Ele era tudo o que eu conseguia ver. Estava agitando a faca, rasgando casualmente a parte de cima de uma das cadeiras.

— Você ao menos vai embora de Wexford? — perguntei.

— É um pedido razoável. — Ele deu de ombros.

— Rory! — exclamou Bu.

Ela tentou levar a cadeira até onde eu estava, mas ergui uma das mãos.

– Aqui não – falei. – Por favor. Não na frente dela.

– Onde, então?

– Tem um banheiro no fim do corredor.

Eu estava dizendo essas palavras como se fizessem sentido.

– Um lugar tão bom quanto qualquer outro – disse ele. – Eu sigo você desta vez.

Não havia sentido em dizer adeus a Bu. Eu apenas assenti e saí da sala para o corredor. Não conseguia ouvir Newman atrás de mim, mas sentia sua presença. Abri a porta do banheiro e entrei. Ele me seguiu e o trancou depois que entramos.

O talho veio assim que me virei para encará-lo. Foi tão rápido que nem tive tempo de olhar para baixo e ver o que a faca estava fazendo comigo. Minha camiseta instantaneamente se encheu de sangue. Não senti nada. Apenas encarei a mancha vermelha cada vez maior na frente do meu corpo. Fiquei vendo-a se alongar e alargar. Eu não estava sentindo dor alguma, o que parecia estranho.

Ficar de pé de repente se tornou problemático. Meu corpo estava inteiramente frio e minhas pernas tremiam. Comecei a deslizar pela parede. Conforme afundava, meu novo ângulo me dava uma ótima vista do sangue encharcando minhas roupas, então decidi nunca mais olhar para aquilo. Foquei em Newman, na calma diligente do rosto dele.

– Vou contar uma coisa interessante a você – disse ele, batendo a pontinha da faca na pia. – Você mudou meus planos. O que eu queria era achar o esquadrão, encontrar um deles. Em vez disso, achei você. Era tão mais fácil ter um alvo, alguém com quem falar, alguém em quem as Sombras pudessem se concentrar. Então vou recompensar você. Eu estava segurando um terminal quando morri. Meus dedos estavam nos botões. Suspeito... não tenho provas, apenas suspeito... de que teve algo a ver com o jeito como sou. Não apenas voltei, mas voltei bastante forte. E fui a única pessoa naquela estação a voltar. Sempre quis saber se essas coisas estão conectadas. Eu cortei você, e agora você vai sangrar. Tive que ir no abdômen. Você teria perdido a consciência e morrido em instantes se eu tivesse cortado no pescoço. Evitei a artéria femoral também. Foi um bom corte.

Ele recuou até a parede oposta, se abaixou e chutou o terminal pelo chão para mim.

– Vá – disse ele. – Pegue. Use-o em si mesma. Segure-o pelo máximo de tempo que puder.

Tirei a mão do abdômen e o peguei. Tentei encontrar o um e o nove, mas havia pontos na frente dos meus olhos e meus dedos escorregavam. Talvez eu conseguisse me levantar. Decidi tentar. Minhas mãos, no entanto, estavam escorregadias demais por causa do sangue, deslizavam pelo azulejo. Eu não tinha firmeza, e tentar me mover só piorou as coisas. O movimento fez doer, e muito.

– Não lute – disse ele. – Vai sangrar mais rápido. Apenas descanse e pressione os botões. É sua melhor chance, Aurora. Vamos descobrir o que ele pode fazer. Vamos ver se conseguimos transformar você em um fantasma.

Algo estava acontecendo com a porta. A porta estava se mexendo. Não, a porta estava crescendo... a porta estava crescendo para dentro...

Eu devia estar tendo alucinações.

Não, a porta estava crescendo para dentro do banheiro, em caroços estranhos. Então os caroços viraram coisas que eu reconhecia. O topo de uma cabeça com um chapéu. Um joelho, depois uma perna, um pé, um rosto. Era Jo, forçando o corpo para dentro.

Nem Newman esperava por isso, um soldado da Segunda Guerra Mundial tentando passar pela porta.

– Como diabos você fez isso? – perguntou ele. – Eu precisaria de séculos para passar por uma porta desse jeito.

– Experiência – disse ela. – E força de vontade. Não é agradável.

Jo estava mais perto de mim do que Newman. Ela se colocou imediatamente ao meu lado e arrancou o terminal da minha mão.

– Acredito que você tenha tirado isso de uma amiga minha – disse ela, erguendo-o. – E também fiquei sabendo que você a lançou na frente de um carro.

Newman deu um passo para trás na direção da cabine do banheiro. Ele tentava manter a calma, mas estava perdendo a compostura.

– Quem é você? – perguntou ele.

– Sargento Josephine Bell, da Força Aérea Auxiliar Feminina.

– Acho que você não sabe o que isso faz – disse ele. – Deveria tomar cuidado.

– Ah, eu acho que sei exatamente o que faz – disse Jo.

Não houve hesitação no movimento dela – foi ágil, de um jeito que nenhum ser vivo teria conseguido fazer. No instante seguinte, ela estava no canto com Newman. Eu me lembro da luz. Algo como um tornado se formou no meio do banheiro, e a porta da cabine se abriu com violência. Houve um barulho também, um som de deslocamento de ar que logo foi afogado pelo estrondo de espelhos se despedaçando acima de mim, despejando vidro em pó em uma nuvem gigantesca que pareceu se manter no ar por um momento antes de cair. E o cheiro – aquele cheiro doce de queimado – preencheu a sala. E então a luz esmaeceu, e eles não estavam mais lá. Nenhum dos dois.

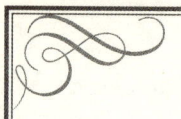

36

No Ministério Anjos da Cura, a prima Diane lê a aura das pessoas. Ela diz que auras são anjos que pairam atrás de você, que protegem você, e dá para saber que tipo de anjo é pela cor. Ela tem um diagrama. Anjos azuis lidam com emoções fortes. Os vermelhos lidam com o amor. Os amarelos, com a saúde. Anjos verdes lidam com o lar e a família.

Mas você tem que ficar de olho nos anjos de luz branca. Eles estão no topo do diagrama. Os anjos de luz branca aparecem quando ocorrem os *grandes eventos*. Se a prima Diane vê um anjo de luz branca atrás de alguém, geralmente vai conferir nos jornais se há artigos sobre acidentes ou obituários.

– Luz branca – diz ela todas as vezes, apontando para o artigo. – Vi a luz branca, e você sabe o que é que acontece.

E o que acontece é que alguém é atropelado por um ônibus ou cai numa antiga fossa de esgoto a céu aberto e morre.

Eu estava vendo luz branca naquele momento, por toda parte, suave, brilhante e completa.

– Droga – falei.

Em resposta, a luz esmaeceu só um pouquinho. Eu não estava morta. Tinha bastante certeza disso. É claro, era possível que eu estivesse morta e simplesmente não fizesse ideia. Eu não sabia como era a sensação de estar morto.

– Estou morta? – perguntei em voz alta.

Não houve resposta, a não ser pelo bipe baixo de alguma máquina, e vozes. As coisas entraram em foco com um pouco mais de nitidez. Agora havia bordas onde antes havia apenas borrões vacilantes. Eu estava em uma cama, uma cama com grades e lençóis brancos com um cobertor azul-bebê por cima. Havia uma televisão em um suporte que podia ser movido para o lado da cama. Um tubo saía do meu braço. Eu podia ver a janela com uma cortina verde e uma vista do céu cinzento.

A cortina do meu outro lado se abriu. Uma enfermeira de cabelo loiro e curto veio até mim.

– Pensei ter ouvido você dizer alguma coisa – disse ela.

– Estou me sentindo estranha – falei.

– É a petidina – respondeu ela.

– O quê?

– É um medicamento que elimina a dor e deixa você grogue.

Ela pegou a bolsa de soro que agora eu via pendurada sobre a cama e examinou o nível do líquido ali dentro. Depois se concentrou no meu braço, verificando a fita do curativo que mantinha o tubo no lugar. Quando ela se inclinou por cima de mim, percebi que havia um relógio prateado preso por um alfinete diante da camisa do uniforme hospitalar – não um relógio normal, como de pulso, mas um tipo especial que parecia uma medalha. Como se ela fosse um soldado. Como Jo.

Jo...

Tudo começou a voltar à minha mente. O que havia acontecido no banheiro, a caminhada por Londres, a estação. Tudo parecia muito distante, como se tivesse acontecido a outra pessoa. Ainda assim, algumas lágrimas soltas escorreram dos meus olhos. Não foi minha intenção derramá-las. A enfermeira enxugou meu rosto com um lenço e me deu um gole d'água com um canudo.

– Pronto – disse ela. – Tome um golinho. Não tem por que chorar. Respire com calma, lentamente. Não queremos forçar seus pontos, vamos.

A água teve um efeito calmante.

– Você teve uma noite difícil – disse ela. – Tem um policial aqui para falar com você, se você estiver se sentindo disposta.

– Claro – falei.

– Vou mandá-lo entrar.

Ela me deixou sozinha. Um momento depois, Stephen apareceu na porta. Todas as coisas que o identificavam como um policial estavam ausentes: a jaqueta, o suéter, o chapéu, o cinto equipado, a gravata. Tudo o que ele tinha agora era a camisa branca, que estava marcada com sujeira e cheia de amassados e marcas de suor. Ele já era pálido normalmente, mas agora havia uma nuance nitidamente cinza-azulada em sua pele. Agora eu me lembrava. Voltava em fragmentos. A estação. A agulha. Stephen no chão. Ele tinha sido trazido de volta da beira da morte, e dava para ver.

– Fomos mandados para o mesmo hospital – disse ele.

Ele veio até a cabeceira da minha cama e me olhou de cima a baixo, avaliando meu estado.

– O ferimento – disse ele, baixinho – não penetrou sua cavidade abdominal. Tenho certeza de que dói um bocado, mas você vai ficar bem.

– Eu não sinto – respondi. – Acho que estou sob o efeito de umas drogas incríveis.

– Rory – disse Stephen –, não quero pressionar você nessas condições, mas eles estão chegando.

– Quem?

Eu mal tinha acabado de dizer isso quando houve uma batida enérgica à porta. Sem esperar por resposta, um homem entrou na sala. O rosto dele era jovem e sua cabeça estava cheia do que pareciam cabelos prematuramente grisalhos. Vestia roupas simples mas de corte impecável: sobretudo preto, blusa azul, calça preta. Poderia ser um banqueiro ou um modelo representando um viajante idealizado, como eu tinha visto na revista do avião. Alguém educado, de vida cara e quase deliberadamente fácil de esquecer, a não ser pelo cabelo grisalho. Outro homem entrou atrás dele – mais velho, de terno marrom.

O primeiro homem fechou a porta com delicadeza e deu a volta até o lado da cama mais próximo da janela, de onde podia se dirigir tanto a Stephen quanto a mim.

– Sou o sr. Thorpe, membro do serviço de segurança de Sua Majestade. Meu colega representa o governo dos Estados Unidos. Perdoem a intrusão. Compreendo que ambos tiveram uma noite difícil.

O americano sem nome cruzou os braços na altura do peito.

– O que está acontecendo? – perguntei a Stephen.

– Está tudo bem – disse ele.

– Temos que concluir algumas questões para esclarecer este assunto – prosseguiu Thorpe. – Requisitamos uma garantia de que este assunto esteja finalizado.

– Está – disse Stephen.

– Tem certeza absoluta, sr. Dene? Estava presente?

– Rory estava.

– Srta. Deveaux, pode dizer sem sombra de dúvidas que o... a pessoa... conhecida como Estripador não está mais entre nós?

– Ele se foi – falei.

– Tem certeza?

– Tenho certeza – falei. – Eu vi acontecer. Jo pegou o terminal e...

– E o quê?

Olhei para Stephen.

– Os dois desapareceram – falei.

– Os dois? – disse o sr. Thorpe.

– Outro... outra pessoa com quem trabalhávamos.

– Um *deles*? – disse o sr. Thorpe.

O mero jeito como ele disse isso já me fez odiá-lo.

– A ameaça foi neutralizada – disse Stephen, sem mudar o tom de voz.

O sr. Thorpe nos avaliou por um minuto. Antes, alguém como ele me deixaria morta de pavor. Agora, ele não era nada. Um homem de terno, vivo e respirando.

– Você precisa compreender... – O sr. Thorpe se abaixou para falar comigo. Ele tinha exagerado nas pastilhas de menta. – ...que não é do seu interesse discutir o que aconteceu com você esta noite. Na verdade, precisamos insistir para que não o faça. Nem com seus amigos, nem com sua família, orientadores religiosos ou profissionais de saúde mental. Este último seria o mais prejudicial para você, pessoalmente, pois seu relato seria interpretado como delirante. Além disso, você esteve envolvida em atividade prevista no Ato de Sigilo Oficial. Você é obrigada por lei a permanecer em silêncio. Acreditamos que o melhor seja você permanecer no Reino Unido no momento, enquanto o caso está sendo resolvido. Se desejar retornar aos Estados

Unidos, você ainda permanecerá sob a obrigação desta lei, devido às relações especiais entre os dois países.

O sr. Thorpe olhou para o homem na porta, que assentiu.

– Você deve perceber que falar sobre isto não vai ajudar ninguém – disse o sr. Thorpe, amaciando o tom apenas um pouco, de um jeito que pareceu muito intencional. – O melhor que pode fazer é voltar à escola e continuar com sua vida.

O homem de terno marrom pegou o celular do bolso e começou a digitar alguma coisa. Saiu da sala, ainda digitando.

– Cabo Dene – disse o sr. Thorpe, voltando a se levantar –, ficaremos em contato, é claro. Seus superiores estão muito satisfeitos com seu desempenho neste caso. O governo de Sua Majestade agradece a vocês dois.

Ele não desperdiçou mais um segundo em despedidas. Foi embora com a mesma rapidez com que tinha chegado.

– O que foi que acabou de acontecer? – perguntei.

Stephen puxou uma cadeira para perto de minha cabeceira e se sentou.

– Vão começar a limpeza. Precisam criar uma história que o público possa aceitar. O pânico precisa acabar. Todas as pontas soltas precisarão ser amarradas.

– E eu nunca vou poder contar a ninguém?

– Essa é a questão com o que fazemos... Não podemos contar a ninguém. Simplesmente pareceria loucura.

Por algum motivo, esse foi o estopim. Foi o que fez todos os medos dos últimos dias e das últimas horas virem à tona. Deixei escapar um soluço. Foi tão alto e súbito que Stephen chegou a tomar um susto e se levantar. Comecei a chorar incontrolavelmente, com suspiros que agitavam meu corpo. Acho que ele não soube o que fazer por um momento, de tão violento que foi o ataque.

– Está tudo bem – disse ele, colocando a mão no meu braço e apertando um pouco. – Já acabou agora. Já acabou.

Meus lamentos chamaram a atenção da enfermeira, que abriu a cortina com um movimento brusco.

– Tudo bem? – perguntou ela.

– Você pode fazer alguma coisa para deixá-la confortável? – disse ele.

– Já acabaram suas perguntas?

– Acabamos – respondeu ele.

– Faz quatro horas desde a última dose, então tudo bem. Só um minuto.

A enfermeira saiu por um momento e voltou com uma seringa. Ela injetou o conteúdo em um tubinho que saía do meu soro. Senti um breve afluxo gelado entrando em minha veia. Tomei mais alguns golinhos d'água, engasgando e tossindo um pouco antes de conseguir engolir como uma pessoa normal.

– Ferimento terrível – disse a enfermeira em voz baixa. – Espero que peguem quem fez isso.

– Pegamos – disse Stephen.

Depois de um ou dois minutos, senti que me acalmava lentamente, e tive um desejo incontrolável de fechar os olhos. As lágrimas ainda escorriam pelo meu rosto, mas eu estava quieta. Stephen manteve a mão no meu braço.

Ouvi a porta se abrir novamente. Achei que fosse a enfermeira, até que ouvi Callum cumprimentar Stephen e perguntar se eu estava bem. Consegui me libertar do empuxo pegajoso do sono induzido por drogas. Callum vinha empurrando a cadeira de rodas de Bu. Assim que passaram da soleira, Bu assumiu o controle, girando as rodas até chegar a mim e batendo na lateral da minha cama. Os olhos dela estavam com um tom vermelho opaco, e o rosto, marcado pelos resquícios da maquiagem do olho. Ela agarrou minha mão.

– Achei que você não fosse sair daquele banheiro – disse ela.

– Surpresa – respondi.

– Entrei no banheiro depois que tiraram você. Vi os espelhos e a janela. Senti o cheiro no ar. E Jo...

– Sinto muito – falei.

– Eu contei a ela onde você estava – disse Bu, lutando para manter a voz firme. – Eu a vi entrar. Ela é assim, sabe?

Algumas lágrimas pesadas escorreram pelos seus olhos. Todos fizemos uma pausa em silêncio por Jo. Callum colocou a mão no ombro de Bu. Tive a sensação de que ele estava pensando no fato de ter sido o único dentre nós que saíra incólume. Stephen mal se mantinha de pé, Bu não podia andar e eu estava estirada em uma cama de hospital. Mas talvez fosse ele quem sentisse mais dor.

– Encontramos o terminal também – disse Callum finalmente. – Bu conseguiu tirá-lo antes que fosse levado como prova. Não funciona mais. Eu tentei. Não é só a bateria no telefone. Alguma coisa aconteceu com o aparelho.

Ele enfiou a mão no bolso e tirou um diamante. Tinha ganhado uma tonalidade estranhamente esfumaçada, como um bulbo de lâmpada queimado.

– Um terminal abatido – disse Callum. – Pobre Perséfone.

– E os outros? – perguntou Stephen, esfregando os olhos. – Céus, eu tinha esquecido...

Eu também. Eles ainda nem sabiam a pior parte.

– Ele os jogou no rio – contei.

Dois minúsculos diamantes em algum lugar do Tâmisa. Um minúsculo diamante cheio de fumaça.

– É o nosso fim, então – disse Callum, baixinho.

– Não – contestou Bu.

– Sem terminais? – perguntou ele. – Não existimos sem terminais.

– Houve um esquadrão antes dos terminais – retrucou Stephen. – Vai ter outro depois. O Estripador está morto, e todos nós continuamos aqui.

As drogas se infiltravam sorrateiramente nos meus pensamentos outra vez, mas de um jeito mais quente e agradável. Tudo começou a ficar um pouco mais lento, e as coisas passaram a se mesclar. Os tubos eram parte do meu braço. O cobertor, parte do meu corpo. Mas não acho que tenham sido as drogas que me fizeram pensar que agora eu fazia parte do "nós".

37

Quando voltei a acordar, já era dia. Eu me sentia desconfortável. Minha barriga pinicava.

– Você estava tentando coçar os pontos – disse alguém. A voz era americana e muito familiar.

Abri os olhos. Stephen, Callum e Bu não estavam mais lá. No lugar deles, encontrei minha mãe.

– Aonde foram os outros? – perguntei. – Você os viu?

– Outros? Não, querida. Somos só nós. Entramos no primeiro trem. Estamos aqui desde cedo.

– Que horas são?

– Por volta de duas da tarde.

Eu queria desesperadamente coçar os pontos. Ela segurou minha mão de novo.

– Seu pai foi buscar um café – disse ela. – Não se preocupe. Ele está aqui. Estamos aqui agora.

Minha mãe soava tão... sulista. Tão suave. Tão fora de lugar. Minha mãe era meu lar. Aquele era um hospital inglês. Ela não fazia sentido naquele contexto.

Meu pai apareceu um minuto depois, trazendo duas canecas fumegantes. Usava sua calça jeans folgada de pai e um suéter da Universidade de Tulane. Ambos pareciam ter se vestido no meio da noite, com o que tinham conseguido encontrar.

– Chá quente – disse ele, erguendo as xícaras – é simplesmente errado.

Dei um sorrisinho. Éramos adeptos do chá gelado, todos nós. Tínhamos feito piadas sobre como seria nojento tomar chá quente, com leite. Simplesmente não é assim que se faz. Tomávamos chá gelado em todas as refeições. Rios incessantes de chá gelado, até no café da manhã, apesar de eu saber que rios incessantes de chá gelado mancham os dentes com uma atraente coloração bege, como um rendado velho. Além do mais, meu chá era nojento de tão doce... portanto, mais problemas com higiene dentária aí. Chá gelado, minha família...

– Papai...

Ele repousou as xícaras e ambos ficaram ali, com ar transtornado. A única coisa em que eu conseguia pensar era que isso era o que as pessoas deviam ver no próprio velório, quando estão presas no caixão: elas só conseguem ficar ali deitadas enquanto as outras estão de pé ao seu lado se lamentando e chorando. Era um pouco demais para mim, e as memórias voltavam cada vez mais depressa. Havia coisas que eu precisava saber... eu precisava ser atualizada.

– Posso ver o noticiário? – pedi.

Não acho que minha mãe tenha amado a ideia, mas ela girou a televisão para mim e pegou o controle, que estava enfiado ao lado do colchão. O canal de notícias estava, como era de se esperar, reprisando a matéria do Estripador. As palavras em negrito na parte de baixo da tela me disseram tudo: **ESTRIPADOR MORRE NO TÂMISA**. Captei a essência da história bem rápido. A polícia vinha rastreando o suspeito... suspeito identificado na escola de Wexford, a apenas alguns quarteirões do local de assassinato de Mary Kelly em 1888. Especulou-se que a escola, local do quarto assassinato, fosse a locação planejada do último também. A polícia interveio quando o suspeito tentou forçar a entrada no prédio... o suspeito fugiu... o suspeito pulou no Tâmisa... corpo retirado do Tâmisa por mergulhadores... provas confirmam que o suspeito estava envolvido em todos os assassinatos... nome ainda não divulgado... polícia confirma que o terror acabou.

– A polícia não divulgou à imprensa os detalhes sobre o que aconteceu a você – explicou meu pai. – Para protegê-la.

Fizeram exatamente o que Stephen tinha dito que fariam: criaram uma história que as pessoas aceitariam. Até colocaram um corpo na água para a polícia pescar. Assisti à filmagem dos mergulhadores trazendo-o à tona.

Desliguei a televisão, e minha mãe a empurrou para o lado.

– Rory – disse ela, acariciando meu cabelo e afastando-o da minha testa –, o que quer que tenha acontecido, você está segura agora. Vamos ajudá-la a superar isto. Quer nos contar agora?

Quase ri.

– Foi exatamente como disseram no noticiário – respondi.

Essa resposta serviria por um tempo – certamente não para sempre, mas por alguns dias, enquanto eu me recuperava. Pestanejei um pouco e tentei parecer ultracansada, só para fazê-los desistir por enquanto.

– Você tem que ficar aqui por pelo menos mais algumas horas – disse meu pai. – Reservamos um quarto de hotel para esta noite, onde você pode descansar um pouco, e amanhã vamos todos para Bristol. Você vai adorar a casa.

– Bristol?

– Rory, você não pode ficar aqui, não depois disto.

– Mas acabou – falei.

– Você precisa ficar com a gente. Não podemos...

Minha mãe agitou a cabeça de um jeito rígido, e meu pai assentiu e parou de falar. Comunicação silenciosa. Uma frente mental unida. Era um mau sinal.

– Só por enquanto – disse minha mãe, com cuidado. – Se quiser voltar para casa... podemos fazer isso. Não precisamos ficar na Inglaterra.

– Quero ficar – falei.

Outra comunicação silenciosa... apenas um olhar desta vez. Comunicações silenciosas significavam que estavam falando sério e que a decisão estava tomada. Eu ia para Bristol. Não adiantava tentar ganhar essa. Eles nunca me deixariam sair das vistas deles agora, não depois de eu quase ter sido retalhada no banheiro da escola. Eu ficaria sob cuidados e observação por um tempo, e, se desse qualquer indício de que ia surtar por causa do que tinha acontecido, entraríamos na mesma hora num avião de volta para Nova Orleans, e eu entraria no consultório do psicólogo no minuto seguinte.

Tudo isso era altamente indesejável agora. A Inglaterra era meu novo lar. A Inglaterra era onde ficava o esquadrão, onde eu era sã. Era complicado demais para eu resolver agora.

– Posso tomar outra injeção? – perguntei. – Está doendo.

Minha mãe saiu correndo para encontrar alguém e voltou com uma nova enfermeira, que me deu outra injeção no tubo do soro. Aquela era a última, me disse ela. Quando eu tivesse alta, me dariam uns analgésicos para levar.

Passei a tarde flutuando entre o sono e a vigília, vendo TV com meus pais. A TV ainda transmitia um monte de reportagens resumindo os eventos do Estripador, mas alguns canais haviam decidido que não tinha problema começar a passar programas não relacionados ao assunto. A vida normal voltava a dominar a televisão da tarde: talk shows baratos, programas sobre antiguidades e limpeza. Telenovelas inglesas que eu não conseguia entender. Comerciais infinitos de seguros para carros e anúncios estranhamente sedutores de salsichas.

Logo depois das quatro, vi duas figuras muito familiares na porta. Eu sabia que eles viriam em algum momento. O que não sabia era o que dizer a eles. Minha versão da realidade divergia da deles. Houve um aperto de mãos formal trocado com meus pais, e então eles se aproximaram da cabeceira e deram sorrisos ligeiramente temerosos – o tipo de expressão que você assume quando não faz a menor ideia do que dizer.

– Como está se sentindo? – perguntou Jazza.

– Com coceira – falei. – E meio doidona.

– Podia ser pior – disse Jerome, tentando sorrir.

Meus pais devem ter percebido que meus amigos precisavam de um minuto a sós comigo para dizer o que quer que precisassem dizer. Os dois então ofereceram chás e cafés a todos nós e pediram licença. Mesmo depois de saírem, o silêncio desajeitado reinou por um tempo.

– Preciso me desculpar – disse Jazza, finalmente. – Por favor, me deixe fazer isso.

– Pelo quê? – perguntei.

– Por... bem... é só que... eu não... Bem, eu acreditava em você, mas... – Ela se recompôs e recomeçou: – Na noite do assassinato, quando você disse que tinha visto alguém e eu não. Por um tempo, achei que você tivesse inventado isso, mesmo quando a polícia estava acompanhando você, ontem à noite. O tempo todo você era uma testemunha e... e aí ele veio atrás de você. Sinto muito. Eu nunca... Eu sinto muito...

Por um segundo me senti tentada – eu simplesmente queria soltar a história toda, do início ao fim. Mas não. O sr. Thorpe tinha razão: eu não poderia. Nunca.

– Tudo bem – falei. – Eu teria pensado a mesma coisa.

– As aulas ainda estão suspensas – disse Jerome. – Mas estamos presos lá até conseguirem afastar todos os repórteres. É um circo. Wexford, local do último ataque do Estripador...

– Charlotte – falei, de repente. – Eu me esqueci de Charlotte. Ela está bem?

– Sim – respondeu Jerome. – Precisou levar uns pontos.

– Está agindo como se estivesse tão ferida quanto você – disse Jazza, com nojo.

Charlotte tinha sido atingida na cabeça com um abajur por um homem invisível. Eu estava disposta a deixar essa passar.

– Você é famosa – disse Jerome. – Quando voltar...

Algo em minha expressão o fez parar.

– Você não vai voltar para Wexford, né? – perguntou ele. – Vão tirar você da escola, não vão?

– Bristol é legal? – perguntei a eles.

Jerome soltou o ar, aliviado.

– É melhor que Louisiana – disse ele. – Era isso que eu achei que você fosse dizer. Dá para ir de trem.

Jazza permaneceu em silêncio durante essa conversa. Ela pegou minha mão e não precisou dizer uma palavra. Eu sabia exatamente o que ela estava pensando. Não seria a mesma coisa, mas eu estaria a salvo. Estávamos todos a salvo agora. Tínhamos sobrevivido ao Estripador, todos nós, e conseguiríamos lidar com o que quer que acontecesse agora.

– Eu só queria uma coisa – disse Jazza, depois de um momento. – Só queria ter estado lá quando ela foi atingida por aquele abajur.

38

Então. Meu tio Will tem oito freezers no quarto de hóspedes. Foi preciso muito esforço para subir esses freezers pelas escadas, e acho que ele teve que reforçar o piso. Ele os mantém sempre cheios com todo tipo de provisões que se possa imaginar. Um está lotado de carne. Outro, de legumes e comidas congeladas. Sei que um tem coisas como leite, manteiga e iogurte. Acho que ele tem até manteiga de amendoim congelada em potes de plástico, feijões desidratados congelados e pilhas congeladas, porque ele leu em algum lugar que congelá-las faz com que durem mais.

Não sei se devemos congelar coisas como manteiga de amendoim ou pilhas, e sei, com certeza, que não quero beber leite congelado de três anos atrás, mas sei por que tio Will faz isso. Ele faz tudo isso porque passou por uma dezena ou mais de furacões de grande porte na vida. Teve a casa destruída pelo furacão Katrina. Conseguiu sair com vida, mas foi por pouco. Escapou por uma das janelas em um bote inflável e foi resgatado por um helicóptero. Perdeu o cachorro na inundação. Então se mudou para mais perto de nós, comprou uma casinha e a encheu de freezers.

É claro que, quando os furacões chegam, a energia elétrica vai embora, portanto o que ele provavelmente terá se passar por mais um serão oito freezers repletos de comida velha se degradando rapidamente, mas essa não é a questão. Não sei o que ele viu quando as águas subiram ao redor dele, mas, o que quer que tenha sido, fez com que quisesse comprar oito freezers. Algumas coisas são tão ruins que, uma vez que você tenha passado por elas, não precisa explicar seus motivos a ninguém.

Eu estava pensando sobre isso quando nosso grande táxi preto diminuiu a velocidade na praça de Wexford, avançando aos solavancos pelos paralelepípedos diante de Hawthorne. Eu poderia ter deixado meus pais irem buscar minhas coisas para mim – poderia ter ido embora de Londres e nunca mais olhado para aquele lugar outra vez. Mas isso me pareceu errado. Eu iria ao meu quarto. Buscaria minhas próprias coisas. Eu encararia aquele lugar e tudo o que tinha acontecido ali. Podiam me olhar estranho, mas eu não me importava.

De qualquer maneira, dava para ver com uma rápida olhada ao redor e no relógio que esse não seria um problema. Eram sete da manhã de um sábado. As luzes em Hawthorne estavam, na maioria, apagadas. Tirando duas pessoas atravessando o gramado e andando para o refeitório, não vi ninguém. Todo mundo ainda estava na cama. Havia dois furgões de reportagem por perto, mas estavam guardando o equipamento. O show tinha acabado.

Claudia abriu a porta quando nos aproximamos. Eu iria embora da mesma forma como chegara apenas dez semanas antes: com Claudia na porta esperando por mim.

– Aurora – disse ela com a voz mais suave, o mesmo tipo de voz que a maior parte das pessoas usa para vociferar ordens em microfones avariados de drive-thrus. – Como você está?

– Bem – respondi. – Obrigada.

Ela se apresentou aos meus pais com um de seus poderosos apertos de mão, capazes de esmagar coelhinhos. (Eu nunca tinha visto Claudia esmagar um coelhinho, para ser sincera, mas era aproximadamente essa a intensidade da pressão.)

Claudia tinha sido colocada inteiramente a par da situação e, por sorte, não ia complicar demais as coisas.

– Tem caixas lá em cima – disse ela. – Eu posso ajudá-los sem o menor problema.

– Prefiro fazer eu mesma – respondi.

– É claro – disse ela, com um aceno de aprovação, segundo minha interpretação. – Sr. e sra. Deveaux, por que não vêm à minha sala? Vamos tomar um chá e conversar. Aurora, leve o tempo que precisar. Estaremos bem aqui se precisar de nós.

– Lembre-se – disse minha mãe –, nada de levantar coisas, nada de se curvar.

Isso era por causa dos meus pontos. Meu ferimento não era tão ruim (só tinha pegado na carne, como dizem), mas um grande rastro de pontos ainda atravessava meu corpo. Eu havia recebido um conjunto de instruções sobre como me mover pelos dias seguintes, enquanto tudo cicatrizava. Não chegara de fato a *ver* meu ferimento ainda, pois estava coberto por um monte de ataduras e esparadrapo, mas, pelo tamanho das ataduras e pelo que eu sentia, tinha de quarenta a cinquenta centímetros. Eu teria, sem dúvida, uma cicatriz sinistra que correria da base das minhas costelas do lado esquerdo até o topo da minha coxa direita. Tinha sido estripada pelo Estripador. Era um slogan de camiseta ambulante.

Hawthorne parecia mesmo vazia durante o dia. Eu chegava a ouvir o aquecimento silvando pelos canos, o vento do lado de fora das janelas, o estalar da madeira. Talvez parecesse mais vazio que o normal porque eu estava indo embora. Eu já não fazia mais parte daquele lugar. Havia o cheiro familiar do meu andar – o adocicado remanescente dos xampus e hidratantes que flutuava do vapor dos chuveiros misturado com o cheiro estranhamente metálico que sempre emanava da lava-louças na copa. Toquei as portas conforme avançava pelo corredor, até chegar ao nosso quarto.

As prometidas caixas estavam empilhadas do meu lado do quarto, algumas perto do armário e outras em cima da cama. Parecia que Jazza já tinha começado o processo de empacotamento: alguns dos meus livros haviam sido colocados em uma caixa sobre minha escrivaninha, e minhas camisas e saias do uniforme estavam cuidadosamente dobradas em outra caixa.

Eu não tinha vindo arrumar nada grande, apenas pegar alguns itens pessoais e umas roupas para alguns dias. Decidi fazer tudo o mais rápido possível: um punhado de calcinhas da gaveta de cima, meus dois sutiãs favoritos, umas calças de moletom, o conteúdo de minha caixinha de joias de porcelana e minha gravata de Wexford. O último item obviamente não era uma necessidade, mas um símbolo do meu tempo ali. Eu ficaria com a gravata. Enfiei tudo em uma bolsa pequena. O restante de minha vida em Wexford iria mais tarde – os livros que eu não terminara de ler, as etiquetas que eu nunca usara, os lençóis, cobertores e uniformes.

A última coisa que peguei foi o cinzeiro em formato de lábios do Big Jim. Coloquei na cama de Jazza, junto com alguns colares do Mardi Gras. Peguei minha bolsa e saí do nosso quarto.

Desci as escadas de Hawthorne pela última vez. No último degrau, hesitei. Olhei para os panfletos no quadro de avisos, para os escaninhos abertos recém-entupidos de cartas. A voz de Claudia era bem audível, apesar de a porta da sala dela estar fechada. Ela contava aos meus pais sobre as oportunidades de hóquei em Bristol.

– ...quando os ferimentos tiverem sarado, é claro, mas a proteção garante uma boa cobertura...

Virei na direção do banheiro. Eu podia ir embora agora e nunca mais ver aquele lugar, mas algo me levou naquela direção. Segui pelo corredor. Corri a mão pela parede. Passei pelo salão comunitário, pelas salas de estudo...

A porta do banheiro não estava mais lá. Pela maneira como as dobradiças estavam retorcidas, parecia ter sido derrubada. O vidro dos espelhos havia sumido completamente; restavam apenas as bases de prata. Havia também uma rachadura no chão – longa, de pelo menos um metro e meio, com talvez meio centímetro de largura em alguns pontos. Corria irregular do centro do banheiro na direção da cabine, quebrando cada ladrilho minúsculo no caminho. Fui caminhando ao longo da rachadura até o lugar onde passava por baixo da porta. Abri a porta.

Havia uma mulher ali de pé.

Talvez ainda houvesse um pouco dos analgésicos no meu sangue ou algo parecido, porque eu deveria ter dado um pulo, gritado ou registrado alguma surpresa. Mas não.

Era uma mulher velha. Não em idade – ela parecia ter em torno de vinte ou trinta anos ou algo assim, era difícil dizer –, mas de época mesmo. Usava um vestido-camisa desgrenhado, de um tecido grosseiro.

Por cima usava uma saia pesada, cor de ferrugem, que ia até o chão, e, sobre a saia, um avental com machas amareladas.

Seu cabelo era preto como o meu e estava preso com um lenço. Mas não foram apenas as roupas que me disseram que ela era antiga – foi também o modo como a luz reagia a sua presença. Ela estava ali, sólida e real, mas havia uma aura estranha ao seu redor, como se ela estivesse de pé em meio à névoa.

– Olá? – falei.

Seus olhos se arregalaram em terror, e ela recuou para um canto, se espremendo entre o vaso sanitário e a parede.

– Não vou machucar você – falei.

A mulher pressionou as mãos contra as paredes azulejadas. Suas mãos estavam calejadas, vermelhas e marcadas com cortes, e alguns pontos estavam estranhamente enegrecidos e esverdeados.

– É sério – tentei de novo. – Está tudo bem. Você está segura aqui. Meu nome é Rory. Qual é o seu?

Ela pareceu entender isso, porque parou de agarrar as paredes por um momento e olhou para mim sem piscar. Abriu a boca para falar, mas saiu apenas um som arrastado. Um silvo lento. Não exasperado. Acho que era só o som da voz dela agora. Era um sólido início de conversa.

– Você sabe onde está? – falei. – Você é daqui?

Em resposta, ela apontou para a rachadura no chão. Até o ato de apontar para a rachadura a deixou novamente aflita, e ela começou a chorar... só que não conseguia chorar. Seus ombros subiam e desciam e ela fazia um som como o de ar vazando lentamente de um pneu de bicicleta.

– Aurora? – chamou Claudia. – Você está aqui embaixo?

Eu não tinha a menor ideia do que fazer naquela situação. Mas a mulher estava claramente aflita, então fiz o que tinha visto Bu fazer... estiquei a mão para ela, para tentar acalmá-la antes de Claudia entrar ali e a conversa acabar.

– Vamos lá – falei. – Está tudo bem...

Assim que fiz contato, senti um estrépito, como de estática. Não consegui mexer meu braço; alguma coisa passava por ele, algo que parecia uma corrente, algo que me fez ficar rígida, naquela posição. Tive uma sensação de queda, como um elevador que dá uma guinada e despenca entre os andares. A mulher abriu a boca para falar, mas, antes que pudesse dizer qualquer coisa, houve um deslocamento de ar ao nosso redor e um estrondo.

E então houve luz – impossivelmente brilhante, que dominava todos os sentidos. Consumiu nós duas. Um momento depois, se apagou. Caí para trás, tropeçando pela porta aberta da cabine e mal conseguindo me equilibrar antes de cair.

– Rory! – Era a voz da minha mãe, urgente.

Claudia também estava dizendo alguma coisa. Meus olhos ainda estavam se ajustando. Eu mal conseguia distinguir as formas no começo: a porta da cabine, a janela, o padrão dos azulejos. O cheiro já estava ali, doce, floral, quase como o de uma vela aromática. O cheiro inconfundível de quando um fantasma parte. Meus olhos voltaram a ganhar foco, e vi que a mulher não estava mais lá. Olhei para o espaço vazio, e então para minha mão.

– Rory? – chamou minha mãe. – O que aconteceu? O que foi esse barulho?

Não era uma pergunta que eu estivesse preparada para responder.

Agradecimentos

Tive a ideia para este livro num dia muito quente de verão em Londres. Joguei todo o resto para o lado e comecei a trabalhar nele como uma louca. Falei muito sobre ele. Arrastei pessoas para becos escuros no leste de Londres para encarar paredes e calçadas. Fiz algumas dessas pessoas assistirem a horas de filmagens feitas da cabine do condutor de um trem de metrô ("Ei! Esse aqui tem quarenta e cinco minutos de condução pelos túneis da linha Northern! Veja um pedaço!") Dependi das pessoas a seguir de muitas maneiras, e devo agradecimentos a todas elas.

Primeiro, a minha agente e amiga Kate Schafer Testerman – não existe eu sem Kate. Sempre me lembrarei com afeto de como você respondeu a meus e-mails sobre este livro enquanto estava em trabalho de parto, e eu perguntava por que estava respondendo a e-mails se estava em trabalho de parto, e você dizia que estava entediada e assistindo a episódios de *Buffy*.

A Jennifer Besser, minha editora, que acreditou neste livro desde o comecinho – não acho que o termo "fada madrinha" ficaria fora de lugar aqui. A Shauna

Fay, que está sempre presente e pronta a dar uma mãozinha. E a todos da Penguin, por todo o apoio.

Aos meus amigos Scott Westerfeld, Justine Larbalestier, Robin Wasserman, Holly Black, Cassie Clare, Sarah Rees Brennan, John Green, Libba Bray, Ally Carter... que leram manuscritos, me ajudaram a consertar problemas de trama e me convenceram a me afastar de beiradas (não que eu fosse pular, mas, como um gato, às vezes me descubro em lugares altos e perigosos). Vocês são sábios e tolerantes, e tenho sorte de conhecê-los. Acreditem em mim, eu sei que tenho.

Andy Friel, Chelsea Hunt e Rebecca Leach prestaram serviços como os primeiros leitores. Mary Johnson (enfermeira, especializada em cirurgia plástica, mãe) deu a consultoria médica e se acostumou a receber ligações minhas em que eu começava conversas com frases como "Então, digamos que eu estivesse serrando uma cabeça humana..."

Jason e Paula me permitiram casá-los no meio de tudo isso e aceitaram minha ideia de rolar um dado de vinte lados na cerimônia de casamento para determinar o sucesso da união.

E obrigada a todos vocês, meus amigos on-line, que ouvem minhas divagações todos os dias conforme sigo em frente alegremente.

Sem todos vocês, eu não estaria em lugar algum. Ou estaria em *algum lugar*, mas seria o lugar errado.

Este livro foi impresso na gráfica JPA, Rio de Janeiro, RJ.